MOEWIG ROMAN

Zum Buch

Kurz vor ihrer Hochzeit mit Philip Nash ist die schöne Aurora plötzlich verschwunden. Philip, der zuletzt mit ihr gesprochen hat, und Lydia, die Schwester Auroras, werden unversehens in mysteriöse Ereignisse verstrickt.
Die Suche nach der Vermißten, erschwert durch ominöse Telefonanrufe, geheimnisvolle Hinweise und versteckte Spuren, endet immer wieder im Nichts...
Was hat der seltsame Amand mit der ganzen Sache zu tun? Hat er Aurora vielleicht entführt, oder ist sie gar freiwillig mit ihm gegangen?
Spannend bis zur letzten Seite schildert die weltweit erfolgreiche englische Autorin Dorothy Eden die aufwühlenden Erlebnisse einer jungen Frau, die sich einer völlig unerwarteten Situation gegenübersieht.

Zur Autorin

Dorothy Eden wurde in Neuseeland geboren und verbrachte dort ihre Kindheit. Als Sechzehnjährige übersiedelte sie nach England, wo sie zu schreiben begann. Heute gilt sie international als eine der erfolgreichsten romantischen Schriftstellerinnen Englands. Ihre spannungsgeladenen Romane verhalfen ihr auch bei uns zu einer treuen Lesergemeinde. Bei Moewig erschienen von ihr bisher: *Die vollen Tage des Lebens* (2692), *Christabel* (2632), *Krähenrufe* (2671), *Das Drachenhaus* (2711), *Die Trommel von Salamanca* (2717) und *Der düstere See* (2720).
Dorothy Eden starb 1983 in London.

DOROTHY EDEN
Die entführte Braut

MOEWIG

MOEWIG Band Nr. 2729
Verlagsunion Erich Pabel-Arthur Moewig KG, Rastatt

Titel der Originalausgabe: Sleeping Bride
Aus dem Englischen von Elisabeth Epple

© 1972 für die deutsche Ausgabe by Franz Schneekluth Verlag, München
Lizenzausgabe mit Genehmigung des Franz Schneekluth Verlages
Umschlagentwurf: Franz Wöllzenmüller, München
Umschlagillustration: VEGA/Salter
mit freundlicher Genehmigung der Agentur Luserke, Friolzheim
Auslieferung in Österreich:
Pressegroßvertrieb Salzburg Gesellschaft m. b. H.,
Niederalm 300, A-5081 Anif
Printed in Germany 1990
Druck und Bindung: Ebner Ulm
ISBN 3-8118-2729-4

Meine liebe Lydia,
Du mußt es einrichten, daß Du sofort heimkommst, denn Aurora hat geschrieben und uns mitgeteilt, daß sie heiraten wird und zur Hochzeit nach Hause kommt. Ich bin so entzückt darüber, daß ich kaum denken kann. Es gibt so viel zu tun. Aber ist das nicht einfach himmlisch?

Alles Liebe
Millicent

P. S. Ich habe Dir nicht gesagt, wen Aurora heiraten wird. Sie hat nicht viel darüber geschrieben, aber sein Name ist Philip Nash, und er ist gerade eben von einer langen Expedition nach England zurückgekehrt. Er malt auch, Aurora wird also ein ungeheuer abwechslungsreiches Leben führen, was ihr bestimmt gefallen wird.

Noch am gleichen Tag, an dem der Brief ihrer Stiefmutter ankam, machte sich Lydia glücklich auf die Reise. Aurora hatte ihr Zuhause vor Jahren verlassen, und jetzt würde die Familie wieder beisammen sein.

Aber niemand konnte ahnen, daß sich die Hochzeitspläne in einen Nährboden für Gewalttätigkeit und Bosheit verwandeln würden, oder daß sich Lydia in den Mann verlieben würde, den sie nicht bekommen konnte — in Auroras Bräutigam.

Es war schon ziemlich spät, als der Wagen, ein schnittiger Jaguar, vor dem Café an der Portsmouth Road hielt.

Das Café war nur ein Notbehelf, ein Caravan mit heruntergeklappter Seitenwand, die den Blick auf eine Theke freigab, auf der dicke weiße Tassen standen. In einigen davon befanden sich noch Reste von abgestandenem Tee. Unter einem Glassturz sah man eine Platte mit einem eher traurigen Arrangement von Kuchen.

Der Besitzer war ein älterer, etwas kurzsichtiger Mann. Er kam hinter der Theke hervor, wo er in einer Taschenbuchausgabe von Homer gelesen hatte (er war ein bißchen so etwas wie ein Philosoph), und sagte etwas unwirsch: »Was hätten Sie gern?«

Nachdem er seine Kunden genauer angesehen hatte, fügte er ein verspätetes »Sir« hinzu.

»Zwei Tassen Tee, bitte. Ich möchte sie zum Auto bringen.« Der

Mann lächelte plötzlich sehr charmant. »Meine Tante ist schon etwas älter und fühlt sich nicht sehr gut.«

»In Ordnung, Sir. Milch und Zucker?«

Der Kunde mußte zum Auto hinübergehen und fragen. Eine helle, klare Stimme antwortete.

»Milch und Zucker für Tante Blandina, danke. Für mich keinen Zucker.«

Der Cafébesitzer schämte sich etwas, daß er nicht über solche Annehmlichkeiten wie Untertassen verfügte. Aber dies war nicht die Art von Kunden, die für gewöhnlich zu ihm kamen. Lastwagenfahrer, junge Leute auf Fahrrädern, Motorradfahrer hielten bei ihm und lehnten sich an die Theke, um ihren Tee zu trinken. Aber es kam nicht oft vor, daß ein so teures Auto wie dieses hier anhielt.

Als außergewöhnlichen Kundendienst ging er sogleich zu dem Wagen hinüber, um die Tassen wieder abzuholen. Er sah die Insassen des Wagens, ein gutaussehendes, dunkelhaariges Mädchen und eine alte, schwarzgekleidete Dame, mit gutfrisiertem weißem Haar und mehreren schweren Ringen an den Fingern. Sie machte den Eindruck einer wohlversorgten alten Dame, etwas dicklich und mit rosigen Wangen. Doch es waren ihre Augen, die einen verwirrten, verlorenen Blick hatten, die ihm besonders auffielen.

Das war es also. Es war nicht die Schwäche in ihren Beinen, sondern in ihrem Kopf, die ihren höflichen Neffen dazu veranlaßt hatte, sie im Wagen zu lassen.

»Ich glaube, sie fühlt sich jetzt besser, Armand«, hörte er das Mädchen sagen, als der Mann ins Auto stieg. »Nicht wahr, Tante Blandina?«

»Ja, Liebes. Viel besser, danke.« Die dünne, schwache Stimme erregte die Aufmerksamkeit des Cafébesitzers. »Aber ich wollte, ich wüßte, wohin wir fahren. Ich kenne diese Straße überhaupt nicht.« Sie blickte zum Wagenfenster hinaus, als ob sie die verschwommene Landschaft, die Wolkenschleier um den aufgehenden Mond, die vereinzelten Lichter in den Häusern und die lange, gerade, schwach schimmernde Straße zum erstenmal sähe. Als ob das alles etwas sei, das sie im Halbschlaf oder in einem Alptraum wahrnähme. »Es ist eine seltsame Straße«, sagte sie mit ihrer ängstlichen Stimme. »So seltsam ...«

Es war zwei Monate nach diesem Abend, als sich Aurora, das dunkelhaarige Mädchen, bereit machte, eine andere Reise anzutreten. Und dies war nicht nur ein Autoausflug aufs Land. Das war eine sehr viel längere Reise, eine endgültige. Sie hatte sich trotz großer Bedenken zu dieser Entscheidung durchgerungen. Schock, Argwohn, Angst und auch, um ganz ehrlich zu sein, ein Geschmeicheltsein von Philip Nashs Bewunderung für sie kamen zusammen.

Sie hatte nicht die Absicht gehabt, sich mit diesem schlanken, flüchtigen Bekannten, der trotz seiner schmachtenden Überschwenglichkeit so ernst sein konnte, näher zu beschäftigen. Noch hätte sie es sich auch nur träumen lassen, daß er damit beginnen würde. Er war nur ein wandernder Künstler (in den Tagen des Mittelalters hätte er gut ein fahrender Sänger sein können), der nach seiner Rückkehr aus den Tropen plötzlich den Wunsch verspürte, das blasse, klare Gesicht einer englischen Schönheit zu malen, als Kontrast zu den Schokoladengesichtern, mit denen sich sein Pinsel während der letzten Monate beschäftigt hatte. Ihre Begegnung mit ihm in einer Kaffeebar war recht amüsant und aufregend gewesen. Damals hätte sie allerdings nicht gedacht, daß sie sich in einem Monat auf die Hochzeit mit ihm vorbereiten würde.

Aber noch viel weniger würde sie manch andere Dinge geglaubt haben, sehr viel erschreckendere und unglaublichere Dinge. Sie wollte ihre Gedanken nicht bei diesen Dingen verweilen lassen, während sie ziemlich hastig packte.

Nachdem sie den Plan gefaßt hatte, Philip dazu zu bringen, ihr einen Heiratsantrag zu machen, war es ihre Absicht gewesen, diese Heirat so rasch wie möglich stattfinden zu lassen. Als er unerwarteterweise den altmodischen Wunsch nach Familienanschluß und den üblichen Höflichkeitsformeln geäußert hatte, mußte sie sich mit der ihr entfremdeten und mehr oder weniger schon aufgegebenen Familie in Verbindung setzen und an eine Rückkehr zur Herde denken.

Aber auch das erschien ihr allmählich als sehr gute Idee. Es gab ihr das Gefühl der Sicherheit und des Schutzes, beides Dinge, die sie im Augenblick bitter nötig hatte. Es war eine Zuflucht. Und außerdem entstanden dadurch eine Menge Gründe mehr, daß sie ihren Entschluß nicht mehr ändern konnte, den sie manchmal auf blödsinnige und gefährliche Weise bereute.

Außerdem würde es nett sein, Lydia, ihre junge Stiefschwester, wiederzusehen.

So räumte sie ihre Wohnung flüchtig auf und bereitete sie auf ihre und Philips Rückkehr von ihrer Hochzeitsreise in einigen Wochen vor. Dann packte sie fertig. Sie hatte schon das Richtige getan. Alles würde gut werden. Und sie wäre sicher...

Nachdem sie sich an diesem Morgen im Büro verabschiedet hatte, wollte sie eigentlich auf Philips Rückkehr warten, der in Northumberland Verwandte besucht hatte. Sein Zug sollte am frühen Nachmittag ankommen.

Aber nachdem sie den Schritten auf der Treppe gelauscht hatte, konnte sie es einfach nicht mehr ertragen, noch länger in ihrer Wohnung zu bleiben. Sie hatte sie so deutlich auf den Steinstufen gehört, das langsame Näherkommen, das Scharren vor ihrer Tür.

Wenn das wieder diese alte Frau war, konnte sie es nicht mehr ertragen. Sie würde die Tür nicht öffnen. Sie würde mit angehaltenem Atem in dem winzigen Vorraum stehen, dem langen, fordernden Läuten der Türglocke zuhören, dann dem Klopfen und dem Klappern des Briefkastens. Sie hatte das schon einmal gemacht, und damals hatte sie gedacht, die Alte würde nie mehr weggehen.

Diesmal jedoch gingen die Schritte wunderbarerweise an ihrer Tür vorbei und schlurften mühsam die nächste Stiege hoch. Aurora seufzte vor Erleichterung. Es war jemand anders gewesen.

Trotzdem, jetzt konnte sie nicht mehr hier herumsitzen. Panische Angst erfüllte sie. Schließlich raffte sie sich zitternd und schwach dazu auf, in Philips Wohnung anzurufen und eine Nachricht für ihn zu hinterlassen. Sie sagte, sie würde ihn um drei Uhr am Waterloo-Bahnhof erwarten. Wenn er nicht da sei, solle er ihr mit einem späteren Zug folgen. Das bedeutete, daß er direkt zum Waterloo-Bahnhof gehen mußte, wenn er rechtzeitig in London eintraf.

Er mochte sie für verrückt halten, daß sie so überstürzt davonrannte, aber er wußte nicht, wie zwingend dieser Wunsch war.

Es waren zwar keine Schritte mehr zu hören, aber gerade als sie den letzten Koffer schloß, läutete das Telefon. Sie fuhr zusammen, dann sah sie unsicher und voller Widerwillen auf das seelenlose Ding, das einen solchen Lärm verursachte.

Sollte sie abheben? Oder sollte sie einfach weggehen? Wenn nicht June Birch, ihre Nachbarin aus der unter ihr gelegenen Wohnung, nach dem Mittagessen mit letzten guten Wünschen aufgetaucht wäre, wäre sie ohnehin bereits längst weg, und das Telefon würde in einer leeren Wohnung läuten.

Da stand sie, ein schlankes, dunkelhaariges Mädchen, schlang die Arme um sich selbst, ihr Gesicht drückte Zweifel und angstvolle Gespanntheit aus.

Das Telefon hörte nicht auf zu läuten.

Ach, es würde Philip sein, natürlich. Woran lag es wohl, daß sie an ihn immer erst in zweiter Linie dachte? Das war ja ein schönes Omen für ihre Hochzeit.

Er wollte ihr möglicherweise mitteilen, daß er ihre Nachricht erhalten habe, und sie fragen, wo sie sich am Waterloo-Bahnhof treffen wollten.

Sie riß den Hörer mit einer schwungvollen Handbewegung hoch. Aber es war doch nicht Philip.

»Oh, du bist es!« Ihr Gesicht wurde verschlossen. »Ich habe dir doch gesagt, du sollst nicht anrufen.« Sie hörte überhaupt nicht auf die eindringliche Stimme, die ihr aus dem Apparat entgegenkam, sondern schrie hysterisch: »Ich habe dir gesagt, es hatte keinen Sinn. Ich habe es dir gesagt!« Und sie knallte den Hörer nieder und schnitt einfach die Stimme ab, bei deren Klang ihre Augen sich angstvoll geweitet und ihr Gesicht alle Farbe verloren hatte.

Dann glich sie einem Wirbelwind, trug ihre Koffer zur Tür, schlug Fenster zu, warf sich den Mantel über und strich sich noch ein letztes Mal übers Haar. Als letztes griff sie plötzlich unter die Matratze ihres Bettes. Ihr war eingefallen, daß sie da etwas versteckt hatte. Sie zog eine Zeitung heraus, riß sie in Stücke und warf die Papierschnitzel in den Papierkorb.

Danach war sie fertig zum Gehen. In diesen nicht allzu teuren Wohnungen gab es keinen Hauswart. Sie mußte also ihre Koffer selbst die Treppe hinuntertragen. In der kalten, zugigen Eingangshalle mit dem Steinfußboden traf sie June Birch wieder, die gerade mit einem vollbeladenen Einkaufskorb nach Hause kam.

»Oh, Aurora, Liebe, Sie gehen gerade! Ganz allein?«

»Philip wird mich am Waterloo-Bahnhof erwarten.«

»Oh, gut, dann — Sie werden eine wunderschöne Hochzeit auf dem Land haben. Ich hoffe, die Sonne scheint. Aber die scheint ja nie, nicht wahr? Ich freue mich darauf, wenn Sie wieder zurückkommen. Schicken Sie mir eine Postkarte, ich werde dann ein bißchen für Sie einkaufen. Milch und Brot und so.«

»Das ist nett von Ihnen, June. Würden Sie das wirklich tun? Ich lasse Ihnen meinen Schlüssel da. Und ich werde Ihnen dann später Nachricht geben. Ich habe wirklich keine Ahnung, wann wir zurückkommen werden. Jetzt muß ich aber fliegen!«

Sie bekam beinahe sofort ein Taxi. Während der Fahrt entspannte sie sich, erneuerte ihren Lippenstift und legte Puder auf die hektischen roten Flecken in ihrem Gesicht. Wenn sie am Waterloo-Bahnhof ankam und Philips hocherhobenen Kopf über der Menge entdeckte, so sagte sie zu sich selbst, würde sie ihm entgegenlaufen und sich in die Geborgenheit seiner Arme stürzen.

Denn jetzt war er ihre ganze Sicherheit, und alles würde gut werden ...

Aber Philip war nicht dort. Entweder kam er später als erwartet in London an; oder er hatte ihre Nachricht nicht erhalten. Sie wartete zehn Minuten, sah dauernd nach der Uhr und fühlte eine derartige panische Angst und Unruhe in sich aufsteigen, daß sie wußte, sie mußte unbedingt den nächsten Zug erreichen. Ebensowenig, wie sie es in der Wohnung ausgehalten hatte, konnte sie es jetzt ertragen, hier noch länger herumzustehen.

Sie mußte allein fahren. Aber zuerst konnte sie noch etwas tun. Sie eilte über die Straße in das Pub und kaufte eine Flasche Gin. Die würde sie brauchen, um guten Mutes den Fragen ihrer Mutter standzuhalten.

Und auch, um diese schrecklichen, unbegründeten Gewissensbisse zu ertränken, die sie zu überwältigen drohten.

Millicents Brief erreichte Lydia in Paris. Lydia hatte soeben ihren Job verloren. Zwei unwahrscheinlich verwöhnten und schwierigen französischen Kindern Englisch beizubringen war ja ganz schön, aber sich gegen die Annäherungsversuche ihres Vaters zu wehren, war etwas anderes. Selbst der Gedanke an den Sommer in Paris und den Besuch all der von ihr so geliebten Plätze war dies nicht wert. Außerdem hatte es der eingebildete Vater gar nicht gerne, abgewiesen zu werden. Er war erstaunt und ärgerlich, insbesondere darüber, daß er von einer so einfachen englischen Miß verschmäht wurde, die doch über seine Aufmerksamkeit geschmeichelt und erfreut zu sein hatte. So kam es, daß ihr Aufenthalt in dem Haus an der Avenue Matignon außerordentlich kurz war.

Sie handelte aus einem Impuls heraus, wie immer, und verständigte die Mutter der Kinder, die plumpe und stämmige Madame Bertrand, von ihrem Entschluß. Trotz der schrillen, entrüsteten Proteste verließ sie das Haus noch am gleichen Tag.

Flüchtig spielte sie mit dem Gedanken, sich in Paris einen anderen Job zu suchen, aber Millicents Brief, der gerade ankam, als sie sich steif verabschiedete, änderte ihre Pläne völlig.

Sie konnte das, was in dem Brief stand, kaum glauben.

Liebste Lydia,
Wenn Du diesen Brief bekommst, mußt Du es einrichten, umgehend nach Hause zu kommen, denn was glaubst Du, ist geschehen? Aurora hat geschrieben, daß sie heiraten wird und zur Hochzeit nach Hause kommt. Unnötig zu sagen, daß ich entzückt darüber bin, daß ich kaum klar denken kann. Besonders, da es eine Hochzeit ist, die schon so bald sein soll.

Aurora, das arme Ding, schreibt, daß es gut und schön sei, sich mit seinem Stiefvater herumzustreiten und an der abscheulichen Feindseligkeit festzuhalten, wenn man ein ganz gewöhnliches Leben führt. Aber wenn man heiratet, braucht man seine Familie. So hat sie um Verzeihung für ihr Benehmen gebeten, was nicht ausschließlich ihr Fehler war, denn auch Geoffrey kann recht schwierig sein.
Du kannst Dir vorstellen, wie aufgeregt ich bin. Der Zeitpunkt der Hochzeit soll so bald als möglich sein. Aurora hat ihren Job aufgegeben, was immer das auch war (sie gibt darüber keine Auskunft und teilt nur ihre Adresse mit: 5 Radlett Lane, NW 8), und kommt am Donnerstag heim. Ich habe schon mit dem Vikar gesprochen und alles wegen der Kirche geregelt. Glücklicherweise gibt es in diesem Monat sehr wenig Hochzeiten, so haben wir die Wahl zwischen verschiedenen Tagen, aber Aurora sagt, sie will keine Gäste außer der Familie haben.
Deshalb, meine liebe Lydia, mußt Du sofort heimkommen. Wenn Deine französische Familie Dir nicht freigeben will, mußt Du halt Deinen Job aufgeben. Du kannst leicht genug wieder einen neuen finden, und weshalb muß es denn überhaupt in Paris sein?
Ich bin gerade dabei, Auroras Zimmer umzustellen und es frisch und hübsch zu machen. Dein Vater ist in einem Zustand! Ich kann ihn einfach nicht beschreiben. Der arme Schatz hatte einen Schuldkomplex, weil es ihm nicht gelungen ist, mit Aurora auszukommen. Als ob das jemand gekonnt hätte. Sie hat diese unmöglichen Launen, und sie hat mir die Heirat mit Deinem Vater immer übelgenommen.
Aber nun ist alles vergeben, wie Du sehen kannst, und wir sind so glücklich. Komm bitte sofort nach Hause. Es gibt so viel zu tun. Aber ist das alles nicht himmlisch!

Alles Liebe
Millicent

P. S. Bin ich nicht komisch? Ich habe Dir gar nicht gesagt, wen Aurora heiraten wird. Sie hat nicht viel darüber erzählt, aber er heißt Philip Nash und ist gerade von einer langen Expedition irgendwohin nach England zurückgekehrt. Er malt auch Bilder. So wird Aurora ein ungeheuer abwechslungsreiches Leben haben, das ihr gefallen sollte, wie ich meine. Nochmals alles Liebe und nimm das nächste Flugzeug — oder Schiff, wenn Du es Dir nicht leisten kannst zu fliegen, obwohl ich glaube, daß Geoffrey Dir das Reisegeld schicken würde, wenn Du knapp bist. M.

Millicent, ihre geschwätzige, freundliche und etwas törichte Stiefmutter, hatte gewiß die Gabe, Dinge zu Papier zu bringen, und ihre geschriebenen Sätze hatten beinahe ebensoviel Ausdruck wie ihre lebhaften, wirren gesprochenen. Sie war ein Schatz, aber völlig unmöglich. Und es war nicht im geringsten überraschend, daß die beherrschte und verschlossene Aurora ihre Mutter als ebenso schwierig empfand wie ihren steifen und unbeugsamen Stiefvater.

Lydia hatte beide schrecklich gern. Sie verstand ihren Vater, seine Prinzipientreue und seine ausgeprägte Scheu. Und obwohl sie noch ein Baby war, als ihre Mutter starb, und zwölf Jahre alt, als ihr Vater beschloß, wieder zu heiraten, hatte sie ein Gefühl der Dankbarkeit und Freude empfunden, von Millicents warmer und dahinplätschernder Geschwätzigkeit eingeschlossen zu werden.

Lydia hatte Aurora, ihre drei Jahre ältere Stiefschwester, bewundert und sich danach gesehnt, ihr zu gleichen. Aurora hatte sie mit gelegentlicher Huld, meistens aber mit Gleichgültigkeit behandelt. Lydia hatte Auroras Groll nie verstanden, daß sie jetzt nicht mehr der einzige Lebensinhalt ihrer Mutter war, aber sie war sich in zunehmendem Maße der Feindseligkeiten während ihrer Kindheit und Jugendzeit bewußt geworden. Als daher Aurora im Alter von einundzwanzig Jahren ihren Entschluß mitgeteilt hatte, das Elternhaus zu verlassen und nach London zu gehen, um höchstens noch ab und zu für ein kurzes Wochenende nach Hause zu kommen, war es unmöglich, nicht erleichtert zu sein.

»Sie gleicht ganz ihrem Vater«, hatte Millicent mit tränenerstickter Stimme gesagt. »Wenn er ärgerlich war, hat er solche dramatischen Dinge getan. Aber sie wird darüber hinwegkommen. Sie ist ja trotzdem meine Tochter, selbst wenn ich sie nicht verstehe.«

Aurora schrieb gelegentlich und telefonierte verschiedene Male. Sie gab keinerlei Auskunft über sich persönlich und hielt auch nicht ihr Versprechen, manchmal zum Wochenende zu kommen. Lydia bemerkte, daß Geoffrey äußerst bekümmert war über diese ganze Geschichte, aber er meinte, das Mädchen sei alt genug, und wenn sie unbedingt ihr eigenes Leben leben wolle, völlig von ihnen allen getrennt, so könne man da nichts machen.

Millicent mußte ihm zustimmen, aber ihre gefühlvolle, überschwengliche Natur verlangte es nach Ausdruck, und deshalb wandte sie sich Lydia zu. Die beiden waren einander sehr zugetan. Wenn Millicent Lydias glattes Haar aufwickelte, pflegte sie zu sagen: »Du hast zwar nicht Auroras Aussehen, aber du bist trotzdem ein liebes Kind. Und du wirst dich noch entwickeln. Außerdem, Schönheit bringt nur Ärger.«

Aber niemand wußte, ob Aurora zu einem Mann gegangen war oder nicht.

Nach und nach vermißte Lydia, mit ihren eigenen Studien beschäftigt, Aurora weniger. Sie erkannte, daß sich ein Sturmzentrum aus dem Haus entfernt hatte, und ihre anfängliche Erschütterung machte einer ungeheuren Neugier Platz. Sie wollte zu gern wissen, was Aurora machte. Eines Tages würde sie es herausbekommen.

Nun hatte es den Anschein, als stehe das Geheimnis kurz vor seiner Aufklärung. Es war, wie Millicent geschrieben hatte, ungeheuer aufregend. Lydia bedankte sich im stillen bei Monsieur Bertrand für sein Benehmen, das ihre Abreise aus dem Haushalt der Bertrands so schön vorbereitet hatte, und eilte zum Gare du Nord, um den ersten Schiffszug zu erreichen.

Wie Millicent es vorhergesagt hatte, konnte sie sich einen Flug nicht leisten, aber da sie bereits gepackt und ihre Abreise geplant hatte, würde sie mit dem Kanalboot beinahe ebenso schnell zu Hause sein.

Was das wohl für ein Mann sein mochte, den Aurora heiraten wollte, so fragte sie sich ähnlich wie Millicent.

Als Lydia in London ankam, blieb ihr noch einige Zeit, bis ihr Zug nach Hause fuhr. Sie wußte, was sie tun wollte. Sie wollte zu der Adresse gehen, die Millicent ihr angegeben hatte, und nachsehen, ob Aurora noch immer in ihrer Wohnung war. Es würde lustig sein, bei ihr aufzutauchen und ihre alte Verwandtschaft zu erneuern, ohne von der geschwätzigen Millicent beobachtet zu werden. Wie Aurora jetzt wohl aussehen mochte? War sie noch immer diese dunkle, aufregende Schönheit? Und was würde sie von der jetzt einundzwanzigjährigen Lydia denken?

Nicht sehr viel, schätzte Lydia mit dem ihr eigenen völligen Mangel an Eigendünkel. Sogar Monsieur Bertrand mit seinen glühenden Anträgen hatte gestanden, daß er sie nicht gerade irrsinnig hübsch fand.

In der Rückschau war das eigentlich recht amüsant. Sie würde Aurora davon erzählen, wenn sie Zeit hatte.

Wenn Aurora London noch nicht verlassen hatte, könnten sie zusammen nach Lipham reisen und einander an den gegenseitigen Neuigkeiten ergötzen.

Der Wohnblock in St. John's Wood sah nicht sehr eindrucksvoll aus. Er war zwar ziemlich respektabel, aber schäbig. Lydia nahm leichtfüßig zwei Stufen auf einmal. Wie gut, dachte sie, daß Aurora nicht ihr ganzes Leben lang in dieser unerfreulichen Umgebung leben mußte. Aber sie hoffte, daß sie wenigstens noch diese halbe Stunde hier wohnen würde.

Es zeigte sich jedoch, daß die Hoffnung nicht erfüllt werden sollte, denn niemand öffnete auf Lydias Läuten. Sie war törichterweise enttäuscht darüber.

Macht nichts! Aurora mußte schon zu Hause sein, und in zwei oder drei Stunden würde sie sie wiedersehen.

Aber es wäre ein solcher Spaß gewesen, sich zuerst einmal so ganz allein zu begegnen. In einem vagen Versuch, sich davon zu überzeugen, daß die Enttäuschung nicht wirklich war, probierte Lydia den Türdrücker.

Zu ihrer ungeheuren Überraschung öffnete sich die Tür. Sie war nicht abgeschlossen gewesen.

So mußte Aurora also doch da sein!

»Aurora! Kann ich hereinkommen? Ich bin's. Lydia.«

Sie trat in ein winziges Vorzimmer und lauschte. Von drinnen kam kein Laut. Durch eine offene Tür konnte sie ins Wohnzimmer schauen. Sie ging hinein und bemerkte all die üblichen Anzeichen dafür, daß der Besitzer der Wohnung abwesend war. Die zugezogenen Vorhänge, eine leichte Unordnung, die nach dem Packen nicht mehr beseitigt worden war, ein Aschenbecher voller Kippen, eine Tasse mit eingetrockneten Teeresten, ein feiner Staubfilm auf dem Tisch. Auf dem Tisch lag auch eine Zeitung, die jemand zerfetzt und dann wieder versucht hatte zusammenzusetzen.

Das war seltsam, dachte Lydia und sah flüchtig auf den Namen. Der ›Daily Reporter‹ vom dritten April, notierte sie bei sich und nahm sich vor, Aurora später danach zu fragen, was sie darin gesucht hatte.

»Aurora«, rief sie wieder, jetzt unsicher.

Auch das Schlafzimmer war leer. Es war mehr ein Schlitz als ein Zimmer, und doch zeugte es von Auroras Weiblichkeit, aber auch von ihrer Abwesenheit, denn das Bett war ohne Bezüge und der Kleiderschrank leer.

In der Küche das gleiche Bild: ordentliche Schränke, ein leerer Kühlschrank, attraktives, aber billiges Porzellan, offensichtlich von Aurora selbst bemalt. Die ganze kleine Wohnung spiegelte ein klares Bild ihrer Eigentümerin wider: ein ordentliches Mädchen, das allein lebt und das Beste aus einer ziemlich traurigen Umgebung macht.

Es gab nur zwei recht eigenartige Tatsachen, die zu bemerken gewesen wären. Die unverschlossene Tür und die zerrissene Zeitung auf dem Tisch.

Und ein unbestimmtes Gefühl der Traurigkeit.

Das letzte war völlige Einbildung. Es hatte Lydia nur aus Enttäuschung darüber befallen, daß sie zu spät gekommen war, um Aurora noch hier anzutreffen. Eine leere Wohnung kam ihr immer seltsam verloren vor.

Sie würde hinuntergehen und an der Tür der Wohnung direkt unterhalb läuten, um zu sehen, was sie herausbekommen könne.

Die Frau, die auf ihr Läuten hin öffnete, war jung, mit schlüsselblumengelbem Haar in Lockenwicklern und Sorgenfalten auf der Stirn. Aber sie blühte richtig auf, als Lydia sich vorstellte.

»Schau an! Sie sind Auroras Schwester! Sie gleichen ihr aber nicht ein bißchen, nicht wahr?«

»Nein.«

»Oh, ich will damit nicht sagen, daß Sie nicht nett aussehen, aber Aurora ist wirklich eine Schönheit, nicht wahr? Ich habe mich immer gefragt, warum sie nicht schon lange ein Mann geschnappt hat. Ich meine, sie ist ja schließlich fünfundzwanzig. Ich habe mit neunzehn geheiratet, ich Dummkopf! Und war mit zweiundzwanzig geschieden...«

»Hören Sie, Mrs....«

»Birch. June Birch. Nennen Sie mich June.«

»Hören Sie, June, ich war oben, um nachzusehen, ob Aurora noch da ist...«

»Oh, Aurora ist schon weg. Sie haben sie leider verpaßt. Sie hat sich vor etwa einer halben Stunde bei mir verabschiedet.«

»Aber warum war dann die Tür zu ihrer Wohnung nicht abgeschlossen?«

»Nicht abgeschlossen? Guter Gott! Sie muß vergessen haben, sie zuzuschließen. Nun, das ist ja verständlich, nicht wahr? Wenn man zur Hochzeit fährt. Sie war so aufgeregt.«

Aber seltsamerweise klangen die Worte der gesprächigen Frau jetzt nicht überzeugend, und ein leicht verwirrter Ausdruck huschte über ihr Gesicht. Als ob ihr ein gewisser Mangel an Aufregung bei Aurora aufgefallen wäre.

»Nun, jedenfalls ist das nichts, worüber wir uns Sorgen zu machen brauchen, Liebe. Ich habe den Schlüssel, den Aurora mir hiergelassen hat. Ich werde ein bißchen für sie einkaufen, wenn sie von der Hochzeitsreise zurückkommt. Ich gebe Ihnen den Schlüssel, und Sie können ihr dann erzählen, daß Sie abgeschlossen haben.«

In diesem Augenblick überkam Lydia der äußerst merkwürdige Wunsch, nicht allein in die Wohnung hinaufgehen zu müssen. Dieses Haus war zwar nicht gerade ungemein heiter, aber es war ordentlich, ohne dunkle Ecken oder schummrige Treppen. Es war erfüllt von völlig normalen Geräuschen, von Kinderstimmen, von klapperndem Geschirr, irgendwo schlug eine Tür mit heftigem Knall zu, ein Radio lief mit zu großer Lautstärke. Und dennoch kam Lydia dieser alltägliche Eindruck trügerisch vor. Die Leere von Auroras Wohnung war eine Lüge. Sie war keineswegs leer gewesen. Irgend jemand war dagewesen und hatte sie beobachtet, während sie umherging. Die Person, die die Tür aufgesperrt hatte und, durch ihre Ankunft gestört, in Deckung gegangen war! Wo? Hinter der Tür zum Badezimmer vielleicht, oder hinter den Vorhängen im Wohnzimmer?

Ach Unsinn! sagte sie zu sich selbst. Wurde sie etwa hysterisch? Aber wenn June Birch mit ihr hinaufgehen würde ...

»Weil die Tür nicht abgesperrt war«, sagte sie schnell. »Ich finde, wir sollten uns davon überzeugen, daß alles in Ordnung ist. Ich weiß nicht, was alles da sein muß, aber Sie wissen es.«

»Gewiß, ich komme mit Ihnen hinauf, wenn Sie sich wegen Einbrechern Sorgen machen«, sagte June gutmütig. »Aber der Einbrecher müßte wie ein geölter Blitz da hinauf sein, um in der kurzen Zeit, seit Aurora weggegangen ist, durch die offene Tür in die Wohnung zu schlüpfen. Kommen Sie also, Häschen.«

Als sie den Treppenabsatz zum ersten Stock erreicht hatten, konnte Lydia in Auroras Wohnung das Telefon läuten hören.

Das würde den Eindringling erschrecken, wenn überhaupt einer da war. Sie hastete auf die Tür zu und erwartete jeden Moment, daß das Läuten jäh abbrechen würde, weil jemand den Hörer aufnahm. Aber der schrille Ton dauerte an, und als sie den Türknopf drehen wollte, bereit, mit June Birch zusammen in die Wohnung zu stürzen, entdeckte sie, daß die Tür zu war.

Das konnte nicht sein! Erst vor zehn Minuten hatte sie die Tür selbst zugezogen, ohne daß sie einen Schlüssel gehabt hätte, um ihn im Schloß umzudrehen. Und jetzt, als ob sie an Halluzinationen leiden würde, war die Tür fest verschlossen.

Sogar June, die realistische June, war fassungslos. »Aber Sie haben doch gesagt, sie war unverschlossen. Haben Sie auch richtig versucht? Sie müssen sich geirrt haben.«

»Nein. Ich ging in die Wohnung hinein. Ich habe es Ihnen gesagt. Sie wurde abgeschlossen, seit ich hier war. Eben in diesen letzten paar Minuten.« Ein Zittern überlief sie. »Es muß die ganze Zeit über jemand hier gewesen sein.«

June hob ihre stark nachgezeichneten Augenbrauen. »Um Himmels willen! Wie eigenartig! Das muß jemand gewesen sein, dem

Aurora einen Schlüssel gegeben hat. Nun, ich habe ihr nicht nachspioniert, und sie hat nicht viel gesprochen. Ein Mädchen hat schließlich ein Recht auf Privatleben.«

Das Telefon drinnen läutete weiter. Plötzlich war es von ungeheurer Bedeutung, daß jemand den Anruf entgegennahm.

»Öffnen Sie die Tür«, schrie Lydia. »Beeilen Sie sich! Ich will ans Telefon, bevor es aufhört zu läuten.«

Das Telefon befand sich in dem winzigen Vorzimmer. Lydia riß den Hörer hoch, während June vorsichtig an ihr vorbei ins Wohnzimmer ging.

»Hallo!«

»Liebling? Bist du's? Gott sei Dank habe ich dich noch erreicht. Ich bin schrecklich spät dran und . . «

»Einen Augenblick, bitte«, sagte Lydia. »Ich bin nicht Aurora, wenn sie es ist, mit der Sie sprechen wollen.«

»Oh! Das tut mir leid.« Die Stimme klang tief und aufregend. Sie schien im Hörer zu vibrieren. Unbewußt drückte Lydia ihn fester ans Ohr. »Wer ist es dann?«

»Ich bin es, Lydia. Die wunderhübsche jüngere Schwester.«

»Es freut mich, Sie kennenzulernen. Ich dachte nicht, daß dies vor heute abend geschehen würde. Hier spricht Philip Nash. Ich habe versucht, Aurora zu erreichen. Ist sie weg?«

»Ja, vor einer halben Stunde.«

»Dann habe ich sie verpaßt. Ich wollte ihr sagen, daß ich nicht zur verabredeten Zeit am Waterloo-Bahnhof sein kann. Ich bin überall aufgehalten worden. Wir wollten vor der Abfahrt des Zuges noch zusammen Tee trinken. Ich will mich lieber beeilen. Vielleicht kann ich sie dort noch erreichen.«

»Warten Sie einen Augenblick«, sagte Lydia. »Ich komme auch. Von wo aus rufen Sie an?«

»Von einer Telefonzelle am Piccadilly.«

»Dann warten Sie auf mich am Waterloo-Bahnhof. Ich werde in ungefähr einer halben Stunde dort sein. Wenn Aurora dort ist, sagen Sie ihr, sie soll warten. Wir können alle zusammen fahren.«

»Gute Idee. Also dann bis später. Und ich freue mich, Sie kennenzulernen, Lydia.«

»Was Sie nicht sagen!« rief Lydia. »Aber wäre es nicht vielleicht auch eine gute Idee, wenn Sie mir sagen würden, nach welcher Art von Mensch ich Ausschau halten soll. Ich bin ein Meter sechzig groß, ziemlich dünn, und ich werde einen Kamelhaarmantel tragen. Mein Haar ist glatt und so etwas wie sandfarben, und ich bin nicht, ich wiederhole ausdrücklich, ich bin nicht bemerkenswert hübsch.«

Aus dem Hörer kam ein leises, tiefes Lachen.

»Das ist fein, Lydia. Lassen wir es dabei. Ich werde Sie finden.«

Sie legte den Hörer sehr langsam auf die Gabel zurück. Für einen Augenblick hatte sie vergessen, daß sie in Auroras Wohnung stand und daß über dieser Wohnung ein Geheimnis lag. Ihr fiel plötzlich ein, daß sie diesen Mann, Philip Nash, mit der tiefen, angenehmen Stimme am Waterloo-Bahnhof neben Aurora finden würde, und dieser Gedanke erfüllte sie mit völlig grundloser und unerklärlicher Trostlosigkeit.

»Hier ist niemand«, rief June Birch aus dem Schlafzimmer. »Die Wohnung ist leer. Und nichts ist in Unordnung, nichts zerstört. Jedenfalls, soweit ich sehen kann. Wer immer auch hier gewesen sein mag, er muß über die Hintertreppe weggegangen sein.« Ihre Stimme kam näher. Sie stand unter der Tür, Hände in die Hüften gestemmt, ihr fahles Haar würde, wenn erst einmal die Lockenwickler entfernt waren, viel eher dazu passen, ein viel jüngeres und hoffnungsvolleres Gesicht einzurahmen. »Ich finde, wir sollten nicht zu neugierig sein. Es geht uns ja nichts an, wer einen Schlüssel haben könnte. Es könnte jemand sein, der nicht besonders entzückt über Auroras Heirat ist. So ist es vielleicht ganz gut, daß sie ihn verpaßt hat.«

»Aber es war ganz bestimmt jemand hier«, sagte Lydia gedankenvoll. »Denn die Zeitung ist fort.«

»Zeitung?«

»Ja. Als ich vorher hereinkam, lag eine Zeitung auf dem Tisch ausgebreitet. Sie war zerrissen und wieder zusammengefügt worden. Sie ist jetzt weg. Wie eigenartig!«

Jemand, der aus der Antarktis zurückgekehrt ist, vom Oberlauf des Amazonas oder aus der Wüste Sahara. Lydia hielt Ausschau nach einem schweren, breitschultrigen jungen Mann, sonnverbrannt und windgegerbt, mit scharfen Gesichtszügen, der so aussah, wie sie sich den Besitzer der tiefen Stimme vorstellte, die so angenehm durch das Telefon vibriert hatte.

Eine Hand legte sich auf ihre Schulter.

»Lydia? Die hübsche jüngere Schwester?«

Sie drehte sich um und sah in das schmale, blasse Gesicht eines tadellos gekleideten jungen Mannes, dessen Anzug Savile Row verriet und dessen Manieren die eines Absolventen der alten englischen Schule waren.

»Sie können unmöglich Philip sein!«
»Warum nicht?« Seine Augen waren sehr blau und noch betont durch schwere blonde Brauen. Er wirkte beinahe zerbrechlich, die Haut über seinen schmalen Wangen legte sich in viele kleine Fältchen, wenn er lächelte.
»Aber die Krokodile? Die Wüstensonne und was sonst noch alles?«
»Sie meinen das ausgetrocknete Malaria-Aussehen? Es tut mir leid. Ich bleibe immer rosig und weiß wie der hübscheste Säugling. Sind Sie jetzt enttäuscht? Und wenn wir schon davon reden, Sie entsprechen auch nicht ganz dem Bild, das Sie von sich gezeichnet haben.«
»Wie haben Sie mich denn dann erkannt?«
»Ich weiß nicht. Wie eigentlich?« Er runzelte leicht die Stirn. Für einen flüchtigen Augenblick — und sogar dann glaubte sie, verdunkelten sich seine Augen. Und der Schauer, den seine Stimme ihr am Telefon über den Rücken gejagt hatte, erfaßte sie wieder.
»Nun, ich hatte recht, nicht wahr?«
Sie nickte. Sie sehnte sich plötzlich danach, er würde sagen, sie sei wesentlich attraktiver, als sie von sich behauptet hatte. Aber er machte keine Bemerkung über ihr Aussehen. Er war schlank und groß. Er sah auf sie hinunter. Sie ordnete ihr Haar und war sich der sehr strahlenden und aufmerksamen Augen beinahe körperlich bewußt.
Das war kein Monsieur Bertrand mit dicken Lippen und fummelnden Bewegungen. Dies, daran erinnerte sie sich sehr schnell, war Philip Nash, der Verlobte ihrer Schwester.
»Aurora ist nicht da?« fragte sie höflich.
»Nein, ich muß sie versäumt haben. Wir wollten uns auf Bahnsteig 15 treffen, aber falls ich nicht rechtzeitig dort sein würde, sollte ich ihr nach Hause folgen ... Ich versuchte mein Möglichstes, aber alles hielt mich auf. Ich dachte, sie sei vielleicht ebenfalls aufgehalten worden, und deshalb versuchte ich es in ihrer Wohnung.«
»Versuchten es?«
»Zu telefonieren«, sagte er und sah sie verwundert an. »Sie waren am Apparat. Erinnern Sie sich nicht?«
»Ja, natürlich. Es ist nur, weil ...«
»Was?«
»Oh, nichts.« Man konnte ihm ja schließlich nicht von der unverschlossenen Tür erzählen, wenn man wie June Birch annahm, daß der Besucher ein anderer Liebhaber gewesen ist. Aber sah das Aurora ähnlich? Man wußte es nicht.

»Kaufen wir unsere Fahrkarten und suchen wir dann unseren Zug«, schlug Philip vor. »Dann können Sie mir erzählen.«

Sie hoffte, er würde dieses unwichtige Gespräch vergessen. Zuerst hatte es den Anschein. Sie fanden ein leeres Abteil und machten es sich darin gemütlich. Lydia fühlte sich zufrieden und glücklich und hatte schon die Anstrengung ihrer Reise von Paris vergessen. Zwar hatte sie noch keine Gelegenheit gehabt, sich mit ihrer Schwester zu unterhalten und die Zeit zu überbrücken, die seit ihrer letzten Begegnung vergangen war, aber wenigstens konnte Philip, der Aurora doch gut genug kannte, um sie heiraten zu wollen, ihr einiges über sie erzählen.

»Ich wohne im Wheatsheaf«, erklärte Philip. »Wir fanden, das sei das beste, während Aurora mit den Vorbereitungen für die Hochzeit beschäftigt ist. Ich wollte zuerst all diesem Unsinn entfliehen, aber man hat mir gesagt, dies sei der größte Tag im Leben eines Mädchens; und da möchte es gern seine Familie um sich haben.«

»Ja«, meinte Lydia unsicher.

»Oh, Sie brauchen nicht so behutsam zu sprechen. Ich bin im Bilde über den Abbruch der diplomatischen Beziehungen. Eine armselige Schau, fand ich, und es ist höchste Zeit, daß Aurora heimkehrt und ein paar auf den Hintern bekommt.«

»Dann kommt sie also Ihretwegen nach Hause?«

»Nein. Es war vollkommen ihre eigene Idee. Aber ich war ganz dafür. Verrückt, wissen Sie.«

»Wie meinen Sie?«

Sein Blick ruhte prüfend auf ihr. Das Aufregende daran war, daß er nichts verriet. Hielt er sie für sehr einfach? Beachtete er sie überhaupt?

»Daß sie auch ihre jüngere Schwester ignoriert hat.«

»Oh, ich nehme nicht an, daß sie mich vergessen hat«, sagte Lydia unbehaglich. »Ich war nur — nun, eigentlich lag das ganze Problem bei meinen Eltern. Daddy ist kein sehr umgänglicher Mensch, nicht einmal, wenn er der eigene Vater ist. Als Stiefvater ist er wohl ziemlich schwer zu ertragen. Und Aurora ist recht heißblütig und temperamentvoll. Ich nehme an, Sie haben das auch bereits herausgefunden, außer sie hat sich sehr geändert.«

»Aurora«, murmelte er. »Die schlafende Prinzessin. Aber sie ist weit davon entfernt zu schlafen. Weit davon entfernt.« Und dann kam er auf das mißliche Gesprächsthema zurück.

»Was war seltsam mit ihrer Wohnung?«

»Seltsam?«

»Sie schienen angenommen zu haben, ich sei dort gewesen.«

»Nein, überhaupt nicht. Es war so: Die Mieterin im unteren Stockwerk, eine June Birch, hatte einen Schlüssel und ließ mich ein. Auf dem Tisch lag eine zerrissene Zeitung. Ich, ich habe mich nur gefragt, weshalb Aurora versucht hat, sie wieder zusammenzufügen.«

»Wir werden sie fragen, wenn wir sie sehen, nicht wahr?« Er zog den Knoten seiner Krawatte fester und wischte ein Staubfädchen vom Jackenaufschlag. »Verdächtig«, murmelte er. »Nun, Lydia, wie ist es, wenn man so plötzlich einen ...«

Er wollte sagen »einen Bruder hat«. Sie wußte das. Aber ohne den Tonfall zu ändern, beendete er seinen Satz leichthin: »Die Schwester wieder zurückbekommt?«

Weshalb hatte er seine Bemerkung geändert? Lydias Herz begann ohne ersichtlichen Grund und zu ihrer Beunruhigung heftig zu klopfen.

»Ist sie noch immer so hübsch?«

Er lehnte sich zurück, seine Augen wurden schmal. »Soll ich Ihnen erzählen, wie ich sie das erstemal sah? Sie betrat ein Restaurant in der Kings Road. An jenem Morgen war ich gerade in England angekommen, nachdem ich mich beinahe zwei Jahre lang im Dschungel aufgehalten hatte und von dunklen Schönheiten umgeben war. Aurora war für mich — nun, wie ihr Name. Ich hatte das Gefühl, als sei ich durch Disteln und Dornen gefallen und stünde nun vor ihr — vor einer Göttin.«

»Entschuldigen Sie, daß ich unterbreche«, sagte Lydia kühl. »Aber vor einem Moment sagten Sie noch Prinzessin.«

»Prinzessin, Göttin«, wiederholte er gutgelaunt. »Was tut's. Es regnete, und ihre Wangen waren naß und sehr frisch, und sie war allein. Herrlich allein. Und das Bemerkenswerteste und Wunderbarste von allem war, daß sie keinen Ring am Finger trug.«

»Sie hatte mehrere Jahre geschlafen«, betonte Lydia und weigerte sich, an den Ring zu denken, der jetzt an ihrem Finger funkeln mochte.

»Ja, das muß sie wohl. Das ist die einzige Erklärung, die ich finden kann.«

»Aber Sie haben sie aufgeweckt.«

»Ja. Ich habe sie aufgeweckt, nicht wahr?« In seiner Stimme lag ein leicht fragender Unterton. Lydia vergaß einen Augenblick ihr Gefühl der Verlorenheit und wurde neugierig.

»Sind Sie sich dessen nicht ganz sicher?«

»Doch, ja, natürlich. Aber eine Frau muß sich irgendein Geheimnis bewahren, nicht wahr? Sie hat mir beinahe nichts über sich selbst erzählt.«

»Haben Sie etwa nicht einmal gewußt, wo sie arbeitete?« fragte Lydia überrascht.

»O doch, für ein paar Anwälte in der City. Armand irgend etwas. Sie pflegte manchmal über Armand und seine Tante zu erzählen. Ich glaube, er war Franzose.«

»Franzose!« Lydia dachte an Monsieur Bertrand, der ihr unfairerweise ein Vorurteil gegen alle Franzosen eingeimpft hatte, und wunderte sich gar nicht darüber, daß Aurora schnellstens in Philips Arme geeilt war.

Philip lächelte. »Sie sagen das ganz so wie eine Engländerin aus den Midlands.«

»Ich komme gerade aus Paris zurück«, erklärte Lydia in dem Versuch, sich zu verteidigen.

»Wirklich? Welche Farbe haben Ihre Augen, Lydia?«

»Können Sie das denn nicht sehen?«

»Nein. Sie wechseln. Wie das Wasser. Oder wie Juwelen, bei unterschiedlichem Lichteinfall.«

Lydia senkte den Kopf. »Heben Sie sich das für Ihre schlafende Prinzessin auf.«

»Das kann ich nicht. Schwarze Augen sind die ganze Zeit über schwarz. Wollen wir sehen, ob wir in diesem Zug etwas zu trinken bekommen?«

»Werden Sie langsam nervös?«

»Ganz jämmerlich nervös. Ich habe bis jetzt noch niemals Schwiegereltern kennengelernt.«

Aber wenn er wirklich nervös war, dachte Lydia und betrachtete sein feines, ernstes Profil, war es nicht wegen der bevorstehenden Begegnung mit Millicent und Geoffrey. Sondern wegen Aurora. Wie waren ihre Gefühle für ihn? Oder wie waren seine Gefühle für sie?

Eine Hochzeit auf dem Land. Die Maibäume wurden aufgestellt, und das Gras hatte die Farbe von grünem Samt. Zwei stolze und stattliche Schwäne, gefolgt von ihren Jungen, glitten auf dem Teich dahin, der an die Kirche und den moosbewachsenen Friedhof angrenzte. Um die Giebel und Kamine des Wheatsheaf flatterten und gurrten die Ringeltauben. Katzen schliefen auf den Fensterbrettern in der Sonne, und Kinder sprangen ausgelassen über das Kopfsteinpflaster. Die Szene war einfach idyllisch.

Sogar Philip mußte das zugeben. Lydia hatte ihn halb ärgerlich, halb amüsiert beim Wheatsheaf verlassen, über dessen Annehmlichkeiten er ein großes Aufhebens machte. Er sagte, er würde rechtzeitig zum Dinner oben im Haus eintreffen. Er mußte wirklich auspacken, ein Bad nehmen und sich in tadellosem Aufzug präsentieren. Wenn Lydia in der Zwischenzeit die Überbringerin seiner respektvollen Grüße an ihre Eltern und seiner Liebe an Aurora sein wolle ...

Als Lydia ihn verließ, lehnte er in seiner ganzen Länge lässig an der Bar, plauderte mit dem Barkeeper und bestellte einen weiteren doppelten Whisky. Als ob er wirklich nervös wäre ...

Millicent riß die Tür auf, sobald sie Lydia den Weg heraufkommen sah.

»Meine Liebe, da bist du ja! Ich freue mich so, daß du sofort kommen konntest. Ist das alles nicht einfach herrlich! Aurora kam vor einer Stunde an. Sie ist oben und ruht sich aus. Sie schien sehr müde zu sein. Du hast nicht zufällig Philip getroffen? Er sollte mit dem ersten Zug ankommen, den er erreichen konnte.«

Lydia löste sich aus Millicents Umarmung. »Er ist mit mir hergekommen. Er ist im Wheatsheaf.«

»Im Wheatsheaf! Aber warum hast du ihn nicht mitgebracht?«

»Er wollte sich frisch machen«, sagte Lydia, und es fiel ihr auf, daß das eigentlich eine recht fadenscheinige Entschuldigung war für einen verliebten Mann, der darauf brannte, seine Braut und seine Schwiegereltern zu sehen.

»Er ist ein überaus sorgfältiger junger Mann. Er wird zum Dinner hier sein. Reg dich doch nicht so auf, Millicent. Es genügt, wenn sich einer aufregt.«

»Wer?«

»Der Bräutigam.«

»Lydia, hat er dir nicht gefallen?« fragte Millicent erschreckt.

»Ich weiß nicht«, sagte sie langsam. »Ich nehme an, er könnte Auroras Typ sein. Wie sieht sie aus, Millicent?«

»Wunderschön!« sagte Millicent überschwenglich.

Lydia sah sie zweifelnd an. »Das nahm ich an. Ich mußte mir schon von Philip einiges darüber anhören. Aber wie sieht sie wirklich aus? Glaubst du, sie ist glücklich?«

»Sie erzählt mir nichts! Sie hat sich überhaupt nicht verändert. Solange ich ihr keine Fragen stelle, geht alles gut. Aber wenn ich es tue, zieht sie sich sofort zurück, und ihr Gesicht nimmt einen abweisenden Ausdruck an. Nicht eigentlich feindselig. Nur dieses ›Rühr-mich-nicht-an‹-Aussehen. Mir! Ihrer eigenen Mutter! Oh, sie war ganz süß, natürlich, und auch Geoffrey gegenüber. Wir tranken zusammen Tee. Wir haben uns über alles unterhalten, außer über persönliche Dinge.« Millicent fing an, an ihren Fingern herumzuzupfen. »Wir sprachen über die Blumen zur Hochzeit, über die Gäste, die Lieferantenbestellungen, wo sie und Philip leben werden, über ihre Aussteuer, sogar darüber, was wir mit den Kätzchen der armen Mary anfangen sollen. Aber über das, was sie während des letzten Jahres getan hat, oder wie sehr sie sich verliebt hat oder warum diese ziemlich plötzliche Heirat — nichts! Schweigen! Vollkommen und undurchdringlich!«

Lydia lachte über den melodramatischen Ausdruck auf Millicents Gesicht. »Du kannst nicht das ganze Eis in fünf Minuten brechen, meine Liebe.«

»Ich glaube nicht einmal, daß sie gern wieder zu Hause ist.« Das sagte Millicent mit gedämpfter Stimme und sah sich ängstlich um, als ob sie fürchte, Aurora sei leise ins Zimmer gekommen.

»Ach, Unsinn! Du kannst auch das nicht sofort feststellen.«

»Ich glaube wirklich nicht, daß sie glücklich ist. Wenn sie nicht spricht, brütet sie nur so vor sich hin.«

»Aber sie ist noch immer wunderschön.«

»O ja. Auf diese wilde, ungestüme Art. Ich kann mir nicht vorstellen, weshalb sie nicht schon früher geheiratet hat. Außer sie hat und sagt natürlich nichts. Wie soll man das wissen? Irgend etwas dieser Art würde ihr brütendes Aussehen erklären.«

»Jetzt bildest du dir aber etwas ein«, schalt Lydia. »Du bist verärgert darüber, daß du über diese letzten Jahre nichts weißt und machst deshalb gleich eine ganze Geschichte daraus.«

»Vielleicht. Aber warum tut sie so geheimnisvoll?«

»Es ist möglicherweise eine besondere Note, die sie kultiviert.« Die sogar so weit geht, daß sie aus der Seite eines alten ›Daily Reporter‹ ein Puzzlespiel macht, fragte Lydia im stillen. Und unterschiedslos die Schlüssel zu ihrer Wohnung verteilt? »Wann kann ich sie sehen? Schläft sie jetzt?«

»Ich weiß nicht. Geh hinauf und sieh nach. Vielleicht spricht sie mit dir, wenn sie es mit mir schon nicht tut.«

Lydia küßte Millicent impulsiv auf die Wange. »Sei doch nicht so empfindlich! Hier ist jedenfalls eine Tochter, die sich freut, dich zu sehen.«

»Lydia, Liebling, du bist ein solcher Trost. Ich bewundere dich. War's schön in Paris? War es unangenehm, so plötzlich abreisen zu müssen?«

»Es wäre sehr viel unangenehmer gewesen, dort zu bleiben.«

»Oh, Liebes! Diese Franzosen!«

»Einzahl. Und ich bin nicht einmal so schön wie Aurora.«

»Aber du bist sehr nett, Liebes. Frisch und jung.«

»Ein mageres Täubchen«, sagte Lydia. »So ungefähr hat er mich genannt. Ich gehe jetzt hinauf zu Aurora, und wenn sie schläft, wecke ich sie einfach auf.«

Aurora schlief nicht. Sie saß an ihrem Frisiertisch. Anscheinend war sie damit beschäftigt, ihre Nägel zu lackieren, aber als Lydia leise »He!« rief, fuhr sie sich rasch und verstohlen über die Augen, bevor sie sich umdrehte.

Es war beinahe so, als ob sie geweint hatte.

Aber ihre Augen strahlten und waren trocken, als sie aufsprang und Lydia entgegenkam. Sie war sehr schlank, beinahe mager. Ihr dunkles Kleid schloß sich eng um eine unwahrscheinlich schlanke Taille. Sie hatte hervorstehende Backenknochen, volle und schön geformte Lippen. Der Lidschatten war zu dick aufgetragen, und ihre Augenbrauen schwangen sich in dünnen Bögen über den Augen. Sie glich nicht im mindesten dem, was man sich als Millicents Tochter vorstellte. Ihre Eleganz wirkte seltsam unenglisch. Sie war, Lydia erkannte es mit tiefer Enttäuschung, eine Fremde.

Ihre herzliche Willkommensstimmung erlosch. Sie streckte ihre Hand wortlos aus und bot ihre Wange ohne jedes Gefühl dem Willkommenskuß Auroras dar.

»Hallo, Lydia! Du bist erwachsen geworden!«

Lydia zuckte die Achseln. »Hast du geglaubt, hier würde die Zeit stillstehen?«

Aurora stieß ein kurzes Lachen aus. »Irgendwie habe ich an dich immer wie an ein Schulmädchen gedacht. Blöd von mir. Du hast dich sehr verändert.«

»Wirklich?« sagte Lydia abwesend und dachte, daß dies also das Gesicht sei, das Philip in dem Restaurant gesehen und augenblicklich hatte malen wollen. Dieses schmale, elegante Gesicht mit den hohen Backenknochen und dem seltsam verlorenen Blick. Kein Wunder, daß es sich in sein Gedächtnis eingegraben hatte.

»Es ist nett von dir, daß du zu meiner Hochzeit nach Hause gekommen bist.«

»Es ist nett von *dir*, daß du gekommen bist«, sagte Lydia betont.

»Oh, das. Ich glaube fast, ich habe auf einen guten Vorwand gewartet, um diesen mißlichen Zustand mit den Eltern zu beenden. Nebenbei bemerkt, sie haben sich nicht verändert. Ich hoffe, Millicent hat nicht vor, drei geschlagene Wochen lang ein solches Theater zu machen.«

»Sie wird«, versprach Lydia.

»Oh, Himmel!« Ein krampfartiges Zucken huschte über Auroras Gesicht. »Ich bin gespannt, ob ich das aushalten werde. Diese Warterei auf die Heiratslizenz! Möchtest du etwas trinken?«

»Jetzt?«

»Das ist doch ganz in Ordnung. Ich habe eine Flasche Gin hier. Ich kann diese ›Cocktails-nur-um-sechs-Uhr‹-Sitte nicht ertragen. Willst du ihn mit Wasser trinken? Oder pur?«

Lydia verzog das Gesicht. »Beides finde ich scheußlich. Aber ich werde einen gewässerten hinunterwürgen.« Und mit plötzlicher Scheu fügte sie hinzu: »Es *ist* schön, dich wieder daheim zu haben, Aurora.«

Aurora goß gerade Gin in ein Glas. Sie hielt ihren Kopf geneigt. »Ich nehme an, ich sollte jetzt sagen, wie nett es sei, wieder hier zu sein. Aber ehrlich, ich fühle mich wie ein Fisch auf dem Trockenen. Ich hatte nicht vorausgesehen, welchen Wirbel und welche Aufregung Millicent veranstalten würde. All das Theater um eine junge und jungfräuliche Braut und so. Ich bin jedenfalls nicht mehr so jung. Ich bin fünfundzwanzig. Und was die Jungfräulichkeit anbelangt...«

Lydia wartete, aber Aurora ließ das Thema fallen, gab ihr ihr Glas und sagte gereizt: »Mammy ist so hoffnungslos altmodisch. Ich hätte mich daran erinnern sollen. Aber Philip schien leicht überrascht zu sein, daß ich mir nichts aus meiner Familie machte und — oh, dies und jenes eben —«

Es war das erstemal, daß Philips Name erwähnt wurde. Lydia nippte an ihrem Drink, zuckte vor dem Geschmack zurück und sagte: »Ich bin mit Philip im Zug hergefahren. Ich habe ihn also schon gesehen.«

Auroras Augen beobachteten sie scharf über den Rand des Glases hinweg. »Ach? Und du hast dich sicherlich während der ganzen Reise gefragt, weshalb ich ihn heirate? Oder weshalb er mich heiraten wolle?«

»Er erzählte mir, wie er dich kennengelernt hat. Er war von diesem ersten Augenblick an gefangen.«

»Gefangen? Würdest du das so nennen? Ja, ich glaube auch, das trifft es.«

Es war deutlich zu erkennen, daß Aurora eine Meisterin der indirekten Antworten war und daß sie es ausgezeichnet verstand, ein ihr unangenehmes Gespräch in weniger verfängliche Bahnen zu lenken. »Er ist sehr impulsiv«, murmelte sie. »Er hat möglicherweise jenen Tag bereits bereut.«

»Warum in aller Welt sollte er?« fragte Lydia. Aber sie erinnerte sich an die schlanke, geschmeidige Gestalt, die an der Hotel-Bar lehnte und die Hand nach einem Glas ausstreckte. Er trank doppelte Whiskys, Aurora puren Gin. War dies alles so besonders bemerkenswert, oder war es nur eine Fortsetzung des Lebens, das sie normalerweise führten?

Als Aurora auf ihre Frage keine Antwort gab, fuhr Lydia fort: »Ist Philip wirklich ein Entdecker?«

»Weshalb nicht? Er behauptet es.«

»Er kommt mir eher wie ein Dilettant vor. Seine Unterhaltung, sein luxuriöser Geschmack.«

»Er ist ein bißchen von allem. Botaniker, Anthropologe, und eine Art von modernem Gauguin — er hat einige köstliche Bilder gemalt. Er sagt, ich sei das erste Mädchen gewesen, das er seit seiner Rückkehr nach England getroffen habe. Du siehst also, er ist geradewegs in meine Arme gestolpert.«

Lydia blickte mit einigem Befremden in Auroras spotterfüllte Augen. War sie zu scheu, um ihre wahren Gefühle zu zeigen — oder war sie überhaupt nicht verliebt?

»Und du warst bereit — in seine Arme zu stolpern?« murmelte sie.

Aurora lachte amüsiert.

»Lydia, Liebling, wie erwachsen du doch geworden bist? Du sprichst wie eine Frau von Welt. Millicent sagte, du warst in Paris. Was war dort los?«

Lydia zuckte die Schultern. »Das übliche. Mittelalterlicher Wolf.«

»Du siehst aus, als ob du fähig wärst, dich zu wehren.«

»Ich bin weggerannt.«

Auroras Lider senkten sich. »Nun, das ist auch eine Art sich zu wehren. Ich bin ganz dafür. Noch einen Drink?«

»Nein, bloß nicht!«

»Ich schon. Ich brauche das. Ich glaube fast, ich bin auf dem besten Weg, die zitternde Braut zu werden, die sich Millicent erhofft.«

Lydia saß auf der Bettkante und sagte langsam: »Nebenbei, ich habe heute nachmittag in deiner Wohnung vorbeigeschaut. Ich dachte, du seist vielleicht noch da und wir könnten zusammen hierherfahren.«

Auroras Kopf fuhr hoch. Sie sah Lydia mit einem seltsam wachsamen Blick an.

»Wann?«

»Oh, ich habe dich um etwa eine halbe Stunde verpaßt. Deine Nachbarin, June Birch, hat es mir gesagt.«

»O ja. June. Sie ist ein ziemlicher Irrwisch, aber sie meint es gut.«

Lydia trank ihr Glas leer, und als sie spürte, wie die Wärme des Alkohols in ihrem Kopf herumzuschwimmen schien, fragte sie geradewegs: »Wem gibst du eigentlich die Schlüssel zu deiner Wohnung, Aurora?«

Aurora errötete nicht. Im Gegenteil, ihr Gesicht schien schmaler und blasser zu werden.

Sie sagte: »June hat einen. Philip hat einen. Wenigstens glaube ich, daß ich ihm einen gegeben habe. Weshalb soll ich dir das erzählen? Wie kommst du eigentlich dazu, zu fragen?«

»Weil ich die Tür unverschlossen vorfand. Ich sah mich um, es schien niemand da zu sein. Also ging ich hinunter, um die nächste Nachbarin zu fragen, ob du irgendwo in der Nähe seist. Das war June Birch, und sie sagte mir, daß du weggegangen seist. Sie meinte, du hättest vergessen, die Tür zuzuschließen, und sie würde das eben tun mit dem Schlüssel, den du ihr gegeben hast.« Lydia stellte ihr Glas ab und blickte hinauf in Auroras gespanntes Gesicht. »Aber als wir wieder hinaufkamen, war die Tür bereits geschlossen. Es muß also jemand drin gewesen sein, der hinausschlüpfte, sobald ich die Treppe hinuntergegangen war.«

»Himmel!« sagte Aurora. »Wie dumm von Philip, sich so zu benehmen!«

»Philip?«

»Er muß es gewesen sein. Er sollte mich abholen, falls er rechtzeitig nach London zurückkehrt, und wir wollten dann zusammen hierherfahren. Aber er kam nicht, so fuhr ich eben allein.«

»Es war nicht Philip. Philip hat genau in dem Augenblick angerufen, als June und ich wieder vor deiner Wohnungstür standen.«

Aurora beugte sich vor. Ihre Augen wirkten plötzlich riesengroß, ihre Pupillen waren stark erweitert und tiefschwarz. »Hat er gesagt, von wo aus er anrief?«

»Ja. Piccadilly.«

»Ich glaube, er hat dir was vorgemacht, Lydia. Er muß gerade eben um die Ecke geschlüpft sein.«

»Aber warum um alles in der Welt sollte er denn so etwas tun?«

»Das wissen die Götter. Vielleicht hat er sich daran erinnert, daß er wieder in England ist, wo es unangenehm sein kann, wenn man in der Wohnung einer Dame angetroffen wird.«

»Aber bei seiner Braut!«

Aurora zuckte die Schultern. »Er wußte doch nicht, wer du warst, nicht wahr? Weshalb solltest du ihm, einem Fremden, glauben? Das ist doch einleuchtend, oder? Jedenfalls werde ich ihn fragen, wenn ich ihn sehe.«

»Du bist ganz sicher, daß es Philip war?« bohrte Lydia weiter.

»Liebling, ich verteile meine Wohnungsschlüssel nicht wahllos. Möchtest du meine Aussteuer sehen? Wenigstens das, was davon hier ist? Mein Hochzeitskleid habe ich auch schon. Und einen Schleier. Ich bin nicht gerade verrückt nach all diesem Trubel, aber ich weiß, Millicent würde schrecklich enttäuscht sein, wenn ich mich nicht an die Konventionen halte. Nebenbei, du wirst natürlich meine Brautjungfrau sein. Wir werden nächste Woche nach London fahren und für dich ein Kleid kaufen. Schau, das ist meins.«

Aurora tauchte in ihrem Garderobenschrank unter und kam mit einem einfachen, cremefarbenen Satinkleid wieder zum Vorschein, das sie über einen Stuhl drapierte. Dann breitete sie den Schleier aus und grub in Koffern und Taschen nach weiteren Kleidungsstücken. Mit einemmal war sie voller Aktivität und sprühte vor Eifer. Beinahe so, als versuchte sie durch ihre Geschäftigkeit von etwas anderem abzulenken.

Von dem Gedanken daran, wer noch immer einen Schlüssel zu ihrer Wohnung haben mochte...

»Das ist mein Kleid für die Hochzeitsreise, obwohl wir uns noch nicht entschlossen haben, wohin wir fahren werden. Möglicherweise nach Bournemouth. Philip sagt, da er erst seits sechs Wochen in England ist, könnte ihn nichts dazu bringen, ins Ausland zu reisen, wenigstens nicht vor Ende des Sommers. Er sagt, er heiratet mich und nicht irgendein Land oder einen hochmodischen Ferienort. Schau her, gefällt dir das Nachthemd? Toll, nicht wahr? Und das Negligé.«

Wie sie all diese wie für einen Film geschaffenen Kleidungsstücke hervorkramte, fiel etwas klappernd zu Boden. Aurora stürzte nieder, um es aufzuheben, als wolle sie es verbergen. Lydia erhaschte einen Blick auf eine goldene Kette.

»Was ist das?« fragte sie neugierig. »Ein Geschenk von Philip?«

Aurora öffnete langsam ihre Hand, dann schleuderte sie das, was sie hielt, mit einer plötzlichen, beinahe ärgerlichen Bewegung von sich.

»Nicht von Philip. Mein ehemaliger — ich sollte sagen, mein Exarbeitgeber gab es mir als Hochzeitsgeschenk.«

Es war eine schwere Goldkette mit einem antiken Anhänger aus seltsam und wunderschön verarbeiteten Goldplättchen, besetzt mit kostbaren Steinen.

»Aber Aurora, die ist wunderbar!«

»Nun ja, nicht jedermanns Geschmack. Ein bißchen schwer.« Sie legte sie um ihren schlanken Hals.

»Aber sie muß schrecklich wertvoll sein.«

»Ich weiß nicht. Vielleicht nicht so sehr, wie du glaubst. Jedenfalls kann er sich das leisten.«

»Sie sieht aus wie ein Erbstück. Ist er sehr wohlhabend?«

»Ich stelle es mir vor. Ich weiß es wirklich nicht.«

»Wer ist er?« drang Lydia in sie. »Du weißt, wir haben keinerlei Ahnung von dem, was du getan hast, seit du von zu Hause weggegangen bist.«

»Nichts besonders Aufregendes. Nichts Geheimes oder Geheimnisvolles. Ich war Fotomodell, bis ich es nicht mehr länger aushalten konnte, und dann bekam ich diesen Job bei Armand. Er ist Rechtsanwalt, weißt du, einer von der altmodischen Sorte. Eine Menge von älteren, respektablen Klienten. Er hatte kein enormes Einkommen — wer schon? —, aber er hat einige wohlhabende Tanten. Der Job war recht interessant. Es tat ihm leid, daß ich weggegangen bin. Ich war seine persönliche Sekretärin, und wir sind sehr gut miteinander ausgekommen.« Sie ließ den schweren Schmuck an ihrem Handgelenk baumeln. »Ich nehme an, das hat einmal einer seiner Tanten gehört. Ich bin noch nicht sicher, ob ich sie behalte oder verkaufen werde.«

»Ich finde sie wunderschön.«

Aurora lächelte schwach. »Wirklich? Wie süß du bist.«

»Gefällt sie Philip nicht?«

»Ich weiß nicht. Ich habe sie ihm nicht gezeigt.«

Aus irgendeinem Grund fühlte sich Lydia dazu gezwungen zu sagen: »Wer mag wohl in deiner Wohnung gewesen sein und mit einem Stück Zeitung Puzzle gespielt haben? War es etwas besonders Bemerkenswertes, was du da zerrissen hast?«

Auroras Augen waren plötzlich ganz ruhig. Sie erinnerten sich. Sie wirkten so, dachte Lydia, als ob sie noch einmal das lasen, was auf diesem zerrissenen Stück Zeitungspapier gestanden hatte.

»Bist du — sicher?«

»Vollkommen sicher. Denn als ich mit June zurückkam, war dieses Stück Papier verschwunden. Ich kann mir so etwas Blödsinniges doch nicht ausgedacht haben, nicht wahr?«

»Nein. Ich glaube, das kannst du nicht.« Aurora sprach sehr langsam. »Ich nehme an, es war das Stück über — ich hatte Schwierigkeiten wegen des Führerscheins. Ich mußte vor Gericht. Verrückt, was?«

»Aurora! Es war doch niemand verletzt?«

»Nein, ich habe nur das Schutzblech von dem verdammten Taxi gestreift. Aber du weißt, wie es ist, wenn jemand verhältnismäßig Junges und Gutaussehendes vor Gericht kommt. Trotzdem muß ich sagen — schnüffeln!« Wieder verfiel sie in brütendes Nachdenken, ihr Gesicht wirkte verschlossen. Sie griff nach der Ginflasche, goß sich ein und trank ihr Glas rasch aus, mit einer Bewegung, die die Gewohnheit verriet. »Schau, Lydia, Liebling, erwähne nichts davon. Du weißt, wie Millicent und Geoffrey hochgehen würden. Ich mache das mit Philip ab. Und jetzt, was habe ich dir noch nicht gezeigt? Oh, das Cocktail-Kleid. Ich liebe Farben. Findest du nicht, es ist einfach entzückend.«

»Wessen Auto hast du gefahren?« fragte Lydia.

»Wessen *Auto*? Oh, du meinst diese Geschichte. Armands natürlich. Ich war auf dem Weg zum Waterloo-Bahnhof, um eine seiner Tanten abzuholen. Gott sei Dank war sie nicht im Auto, als ich den Zusammenstoß mit dem Taxi hatte. Wir hielten es vor ihr geheim.«

»Wer ist wir?«

»Nun, Armand und ich — Lydia, nimmst du mich eigentlich ins Kreuzverhör?«

»Ich habe mich nur gefragt, was Armand eigentlich für ein Mensch war«, sagte Lydia leichthin.

»Oh, er hat all diese kindischen Tanten, die ihn vollkommen fertigmachen. Ehrlich, ich war froh, aus dem Büro wegzukommen.«

Jetzt sprach sie nicht mehr langsam und vorsichtig, beinahe bedächtig. Jetzt plapperte sie angeregt, wie man es von einer aufgeregten Braut erwartete. Aber es war zu spät, um Lydia zu täuschen.

Sie war ziemlich sicher, daß die Geschichte von dem Autounfall und dem fehlenden Führerschein reine Erfindung war. Es war ein anderer Vorfall, mit dem sich diese Zeitung beschäftigt hatte. Möglicherweise, nahm Lydia an, etwas viel Persönlicheres. Eine Scheidungssache vielleicht, in die sie verwickelt war, oder irgendein Skandal, den sie vor Philip lieber verbergen wollte.

Aber in diesem Fall hätte sie vorsichtiger mit der Ausgabe ihrer Wohnungsschlüssel sein sollen und keine verräterischen Beweisstücke herumliegen lassen dürfen. Beweisstücke, deren Erwähnung in ihr Gesicht den spitzen Ausdruck der Furcht hatte treten lassen ...

Als Lydia bei diesem Punkt ihrer Überlegungen angelangt war, beschloß Aurora plötzlich, Philip anzurufen. Sie rannte hinunter, um zu telefonieren, und Lydia, die den beschämenden Wunsch zu lauschen niederkämpfte (würde Aurora Philip fragen, ob er der mysteriöse Eindringling in ihrer Wohnung war und wenn ja, was er in dem wiederhergestellten Zeitungsblatt entdeckt hatte?), ging langsam in ihr eigenes Zimmer und schloß die Tür.

Von ihrem Fenster aus konnte sie über die grünen Wiesen bis zu dem rotschimmernden Dach des Wheatsheaf sehen, zum Kirchturm und zum Teich, auf dem die Schwäne wie Ballettänzer dahinglitten. Es war ein goldener, schläfriger Nachmittag wie im Märchen. Aber irgend etwas, vermutlich der Gin, erzeugte in Lydia ein Gefühl der Trauer und des Unbehagens.

Sie konnte nicht an Hochzeiten und jungfräulich errötende Bräute denken, wie es Millicent sicherlich tun würde. Wenn man es bedachte, so verdienten weder Millicent noch Geoffrey eine Tochter wie Aurora, die sich vor ihnen monatelang verborgen hielt, die ein schlechtes Gewissen wegen eines Zeitungsartikels hatte, die verstohlen in ihrem Zimmer puren Gin trank, um sich Mut zu machen und die vorhatte, einen Mann zu heiraten, den sie nicht liebte.

Aber wie kam sie eigentlich zu dieser letzten Feststellung? Lydia war erschrocken über ihre plötzliche unbegründete Vermutung. Natürlich mußte Aurora Philip lieben. Sie war, trotz allem, nun wirklich nicht die Art von Mädchen, das das erste annehmbare Angebot ergreifen mußte.

Außer das, was in der Zeitung stand, hatte diesen Entschluß ratsam erscheinen lassen...

Aber ganz sicher war Philip nicht der Mann, mit dem man so etwas machen konnte. Es sei denn, er hatte sich, da er anscheinend für weibliche Schönheit sehr empfänglich war, in einem unbedachten Augenblick kompromittiert. Und Aurora war sehr schön. Sie war die leibhaftige Märchenprinzessin, rabenschwarzes Haar, große, strahlende Augen, Gesichtszüge und Gestalt von außerordentlicher Zartheit. Millicent muß eine Vorahnung ihrer künftigen Schönheit gehabt haben, als sie ihr ihren romantischen Namen gab.

Hatte sie auch an Hände gedacht, die vielleicht mit einem vergifteten Gegenstand zustoßen und sie ins Verderben führen könnten?

Verderben! An was dachte sie da! Das war ja noch abwegiger, als daran zu denken, daß Aurora, wie die Märchenprinzessin, eben aus einem langen Schlaf erwacht war und noch immer die Schatten eines Alptraumes in ihren Augen trug. Oder sich davor fürchtete, daß ein Alptraum seinen Anfang nehmen könnte...

»Lydia!« rief Millicent.

Lydia ging zur Tür.

»Ja, Millicent.«

»Dein Vater ist gerade aus dem Garten hereingekommen. Komm herunter und begrüße ihn. Und wir haben beschlossen, uns zum Dinner umzuziehen. Es wird nett sein, wenn Philip kommt. Aurora ist eben zum Wheatsheaf hinübergegangen.«

Lydia begrüßte ihren Vater herzlich. Er war ein stiller, zurückgezogener Mann, schwer zu durchschauen, besessen von starren Prinzipien — mit denen Aurora heftig zusammenstieß —, aber sowohl gerecht wie freundlich. Das Leben mit Millicent, voller Trubel und Heiterkeit, hatte viel dazu beigetragen, daß er sich wenigstens ein bißchen entspannte, aber es war offensichtlich, daß er nicht allzu glücklich war über diese plötzliche Invasion von Aurora und ihrem künftigen Ehemann. Er wollte beruhigt werden.

»Was hältst du davon, Lydia?« fragte er. »Millicent ist bereit, es als die natürlichste Sache der Welt anzusehen. Weshalb sollte ein Mädchen nicht nach Hause kommen wollen, um zu heiraten, sagt sie. Aber ich weiß nicht. Natürlich, Aurora ist nicht meine eigene Tochter, und ich verstehe sie einfach nicht. Sie scheint ruhiger zu sein, das muß ich zugeben, und nicht so launenhaft, aber sie ist ein viel undurchsichtigerer Mensch als ihre Mutter. Viel undurchsichtiger.«

Lydia stimmte im stillen dieser Bemerkung zu. Tatsächlich war Aurora noch viel undurchsichtiger, als Geoffrey jemals bemerkt hatte. Aber außer es würde jemand in der Kirche aufspringen und einen Einwand gegen die Heirat vorbringen — ein Melodrama, das Millicent sicherlich begeistern würde —, konnte man nichts anderes machen, als die Situation als normal zu bezeichnen.

Es war keinerlei Grund dafür vorhanden, daß sie sich so unglücklich und unbehaglich fühlte.

»Ich würde mir keine Sorgen machen, Daddy«, sagte sie beruhigend. »Aurora weiß, was sie tut. Sie hat es immer gewußt. Und es hat nicht den Anschein, als habe es ihr irgendwelchen Schaden zugefügt. Sie ist doch einfach großartig, nicht?«

»Zu viel Schönheit kann auch eine schlimme Sache sein«, sagte Geoffrey ernst. »Ich wünschte, sie würde uns ein bißchen mehr von sich selbst erzählen. Nun, vielleicht wird sie das vor der Hochzeit tun. Wenn ihre Mutter sie nicht dazu bringen kann, kann es niemand.«

Aurora kam vom Wheatsheaf gerade rechtzeitig zurück, um sich zum Dinner umzuziehen. Zehn Minuten später klingelte das Telefon.

»Es ist für dich, Aurora«, rief Millicent.

Aurora erschien oben an der Treppe.

»Für mich!« Ihr Gesicht war von Röte übergossen. Sie hatte offensichtlich im Wheatsheaf zu viel getrunken. »Philip kann es nicht sein. Er wird mich ja in ein paar Minuten treffen.« Sie kicherte. »Oder ist er etwa so ungeduldig?«

Sie kam die Treppe herunter und schloß sich in dem kleinen Frühstückszimmer ein und hatte offensichtlich nicht die Absicht, jemanden zuhören zu lassen, wie sie auf Philips Ungeduld antwortete.

Aber ihr Anrufer war doch nicht Philip, denn er traf ein, während sie noch drin war. Lydia führte ihn ins Wohnzimmer. Ihr fiel auf, daß er überraschend elegant aussah in seinem Dinnerjackett.

»Höllisch nervös«, sagte er wenig überzeugend. »Bin ich zu früh oder zu spät?«

»Gerade richtig. Möchten Sie einen Drink? Ich fürchte, es ist nur Sherry da. Daddy hat so seinen kleinen Spleen, daß man sich den Gaumen nicht verderben soll. Aber ich kann schnell hinauflaufen und Ihnen etwas von Auroras Gin bringen.«

»Weshalb hat sie denn Gin oben?«

»Ich nehme an, sie ist auch nervös.«

»Aurora! Nicht meinetwegen. Ich nehme Sherry, Lydia, danke. Was für ein reizendes Zimmer. Und Sie passen ganz ausgezeichnet hinein.«

»Danke«, sagte Lydia etwas abwesend. »Sagen Sie mir, bitte, waren Sie das heute nachmittag in Auroras Wohnung? Und wenn, weshalb haben Sie es mir dann nicht gesagt?«

Philip nahm ihr das Glas mit Sherry ab, das sie ihm reichte, und stellte es auf einen Tisch. »Würde es Ihnen etwas ausmachen, wenn Sie mir erklärten, wovon Sie eigentlich sprechen?«

»Ist Aurora denn nicht zum Wheatsheaf hinübergegangen, um Sie zu fragen? Sie sagte, sie würde das tun. Ich sollte wohl erklären. Ich fand die Tür zu ihrer Wohnung unversperrt, und sie sagte, Sie seien die Person — oder eine der Personen —, die einen Schlüssel haben.«

»Sagen Sie das noch einmal!« rief Philip. »Ich habe keinen Schlüssel zu Auroras Wohnung.«

»Dann — o ja, ich glaube, ich hätte das nicht erwähnen sollen.«

»Ich glaube sehr wohl«, begann Philip.

Aber in diesem Augenblick kam Millicent, gefolgt von Geoffrey, herein, und der unangenehme Augenblick war vorüber. Oder verschoben. Leicht durcheinander übernahm Lydia das Vorstellen.

»Wie schlank Sie sind!« rief Millicent in ihrer überraschenden, aber entwaffnenden Art aus. »Aurora sagt, Sie haben überall geforscht. Jetzt erzählen Sie mir bitte von Krokodilen. Die haben mich schon immer fasziniert.«

»Lassen Sie mich Ihnen einen Sherry geben«, sagte Geoffrey. »Ich kann den hier empfehlen. Das heißt, wenn Sie etwas Trockenes, aber nicht zu Trockenes mögen.«

»Ich habe schon einen, Sir, danke sehr.«

»Oh, ausgezeichnet. Lydia hat sich um Sie gekümmert. Wo ist Aurora, Millicent?«

»Sie telefoniert. Sie dachte, es sei Philip und konnte nicht schnell genug zum Telefon kommen. Ist es nicht süß, zwei verliebte junge Menschen im Haus zu haben. Ihre Familie stammt aus Northumberland, wie mir Aurora erzählt hat. Ich nehme an, es waren vor allem diese beißenden Winde, die Sie in den Dschungel getrieben haben. Und jetzt erzählen Sie mir von den Krokodilen. Haben sie wirklich dieses schrecklich düstere saurische Aussehen?«

»Millicent, welch ein herrliches Wort. Saurisch!« sagte Lydia.

»Ja, nicht wahr? Ich glaube, ich habe es einmal in einer Detektivgeschichte gelesen. Ich hatte einmal eine Freundin, die einen Alligator in einem Glasbehälter hielt. Sie hatte sich richtig in ihn verliebt. Es war natürlich nur ein kleiner. Wissen Sie, ich glaube, Aurora ist noch nicht einmal umgezogen.«

»Dann haben wir ja Zeit für noch einen Sherry«, sagte Geoffrey ruhig. »Ich hoffe, Sie werden in der Lage sein, all diesen weiblichen Zirkus wegen der Hochzeit zu überstehen.«

»Ich finde das eigentlich recht nett«, log Philip höflich.

Oder vielleicht war es gar keine Lüge, dachte Lydia. Vielleicht konnte er den köstlichen Augenblick kaum erwarten, da Aurora, herzzerbrechend lieblich in ihrem Hochzeitskleid und mit dem Schleier, demütig neben ihm am Altar stand.

Schließlich kannte sie ihn ja überhaupt nicht. Er mochte ungemein konventionell und sentimental sein.

»Sie kennen Aurora schon einige Zeit, nehme ich an«, fuhr Geoffrey fort.

»Morgen werden es genau vier Wochen.« Philips Stimme klang unbeschwert. »Sie sehen, ich möchte keine Zeit verlieren.«

Manchmal, dachte Lydia, besaß ihr Vater schon gar keinen Humor, denn jetzt sagte er etwas ängstlich: »Um Gottes willen, führt Sie diese Impulsivität denn niemals in die Irre?«

»Ach, ich finde das schrecklich romantisch«, unterbrach Millicent. »Nur vier Wochen. Aber natürlich, wenn ich ein Mann wäre, müßte ich nur ein Auge auf Aurora werfen, um verloren zu sein.«

»Genau«, murmelte Philip. Lydia fiel auf, daß er es vermieden hatte, auf Geoffreys Frage zu antworten. Aber gab es denn im Augenblick schon eine Antwort darauf? Er konnte nicht wissen, ob er seinen Entschluß bedauerte, ehe er Aurora geheiratet hatte. Es mußte eine ganze Menge Dinge geben, die er noch herauszufinden hatte — zum Beispiel, weshalb kein anderer Mann sie weggeschnappt hatte oder weshalb sie anderen Männern widerstanden hatte ... Es blieb keine Zeit mehr, über diese Fragen nachzudenken, denn gerade in diesem Augenblick kam Aurora herein. Sie trug ein bildschönes graues Chiffonkleid und ging sehr rasch und leichtfüßig. Ihre Wangen waren noch immer von einer leichten Röte überzogen, ihre Augen strahlten. Sie sagte mit atemloser, gepreßter Stimme: »Komme ich zu spät? Oh, das tut mir sehr leid«, und ging zu Philip hinüber. Sie nahm seine Hand und preßte sie leidenschaftlich. Wenn nicht die Tränenspuren gewesen wären, die Lydia am Nachmittag gesehen hatte, und die ziemlich verzweifelte Zuflucht zur Ginflasche, wäre es das gelungene Schauspiel einer bis über beide Ohren Verliebten gewesen.

Es mußte natürlich nicht unbedingt ein Schauspiel sein, sagte sich Lydia fairerweise. Es konnte genausogut echt sein. Aber eines zumindest war sicher, und das war, daß Aurora zuviel getrunken hatte. Sie befand sich offensichtlich knapp vor dem Stadium, in dem sie entweder zu singen anfangen oder mit irgendeiner wüsten Eröffnung herausplatzen würde.

Es war keine Zeit zu fragen, weshalb sie das alles tat, weshalb sie zuviel trank und weshalb sie bereit war, sich in eine Sache zu stürzen, die sie verbrennen konnte oder an der sie sich auf gefährliche Weise in den Finger stechen könnte, wie die Prinzessin im Märchen. Lydia sagte: »Laßt uns hineingehen und essen. Ich bin am Verhungern«, und Millicent kam ihr zu Hilfe mit einem treuherzigen: »Ich auch. Und Philip ist viel zu dünn. Wir müssen ihn aufpäppeln. Hast du denn kochen gelernt in der Wohnung, die du hattest, Aurora?«

»Oh, ich bin eine wunderbare Köchin«, sagte Aurora mit ihrer warmen, schmachtenden Stimme. »Du solltest mein *coq au vin* kosten und mein *boeuf à la mode*.«

»O Liebling, und wir haben heute abend nur Lammkoteletts. Aber ich bin sicher, Philip wird richtiges englisches Essen zu schätzen wissen, nach all dem, was er im Dschungel gegessen hat. Sagen Sie mir — Sie sitzen hier, Philip, neben Aurora —, sind Krokodile eßbar? Oh, ich meine nicht die alten Ungetüme, die wie umgestürzte Baumstämme aussehen, sondern die netten jungen. Oder schmecken sie schrecklich nach Schlamm?«

Philip begann mit einem Seitenblick auf Aurora von den Speisen zu sprechen, die er in den verschiedenen Ländern kennengelernt hatte. Molly, das Mädchen, brachte die Lammkoteletts und die grünen Bohnen herein, und das Essen nahm seinen Anfang. Lydia schien es stundenlang zu dauern, denn Auroras unnatürliche Fröhlichkeit schwand mit alarmierender Schnelle dahin, und es war unmöglich, nicht zu sehen, daß sie nur in ihrem Teller herumstocherte. Einmal, als Philip gerade sprach, hob sie ihre riesigen Augen, und sie schienen in Tränen zu schwimmen. Aber vielleicht war das nur die Wirkung des Kerzenlichts. Auf jeden Fall wurde sie immer stiller. Als sie den Tisch verließen und ins Wohnzimmer gingen, um sich rund um den Kamin zu setzen, sonderte sie sich von den anderen ab und setzte sich etwas abseits, wie ein schwarzhaariger Geist.

Als Millicent plötzlich sagte: »Liebling! Bist du eingeschlafen?«, fuhr sie hoch, als ob sie etwas viel Schlimmeres aufgeschreckt hätte, und sagte rasch: »Nein, aber beinahe. Wenn Philip geht, werde ich ein bißchen frische Luft schöpfen, und dann nichts wie ins Bett.«

»Nur meinen Aufbruch nicht beschleunigen«, sagte Philip gutmütig. »Komm schon. Du kannst mich durch den Dorfpark begleiten.«

»Liebling, leg einen Schal um«, rief Millicent. »Draußen wird es kühl sein. Und kommt nicht zu spät zurück. Du siehst schrecklich müde aus.«

»Zehn Minuten, nicht mehr. Außer Philip spendiert mir einen Schlummertrunk.«

»Ich denke nicht daran, dir irgendwelche Schlafgetränke zu spendieren«, sagte Philip kühl. »Du kommst mit bis zum Park, und dann kehrst du um und gehst geradewegs hierher zurück.«

Millicent wollte auf Auroras Rückkehr warten.

»Es gibt noch eine solche Menge zu besprechen«, erklärte sie. »Wir haben noch nicht einmal darüber gesprochen, wen wir einladen werden zur Hochzeit, und es sind nur noch drei Wochen bis dahin! Es ist nicht höflich, den Leuten zu wenig Zeit zu lassen. Wir müssen anfangen, Listen zu machen.« Sie lächelte glücklich. »Ich liebe es, Listen zu machen. Das ist so befriedigend. Dieser Krokodil-Mann ist recht süß, nicht wahr? Obwohl nicht ganz —«

»Nicht ganz was?« rief Lydia scharf.

»Nun, Liebling, ich wollte ihn nicht kritisieren. Ich wollte nur sagen, er ist nicht ganz der Typ, den man Aurora zugetraut hätte.«

»Warum nicht?«

»Das kann ich wirklich nicht sagen. Es ist schwierig, das in Worte zu fassen. Ich fühle irgendwie, sie werden sich nicht verstehen. Oh, gut, vielleicht irre ich mich. Oder vielleicht mögen sie es so.«

»Das werden sie wohl«, sagte Geoffrey trocken. »Sie sind seit mehr als einer halben Stunde weg. Aurora braucht genau fünf Minuten, um durch den Park zu gehen, wenn sie nicht herumtrödelt. So schlage ich vor, ins Bett zu gehen.«

»Ins Bett?«

»Deine Tochter ist fünfundzwanzig, und Philip kann nicht viel unter dreißig sein. Wenn Kinder so alt sind, kann man wohl ruhig schlafen gehen.«

»Ach je!« seufzte Millicent. »Und all die herrlichen Listen, die ich so gern schreiben möchte. Dann komm also, Lydia. Es ist schließlich Zeit, daß du ins Bett kommst.«

»Sogar ich bin erwachsen«, erinnerte Lydia sie gutgelaunt. Aber sie ging dennoch hinauf und zog die Vorhänge fest zu, damit sie nicht in Versuchung kam, zum Park hinüber zu schauen. Allerdings lag ein leichter Nebel über dem Boden, und Aurora in ihrem grauen Kleid würde mit ihm verschmelzen wie eine Erscheinung. Philip würde aussehen, als ginge er allein.

Das geht mich nichts an, sagte Lydia zu sich selbst, aber als sie sich entkleidete, betrachtete sie sich im Spiegel mit kritischen, abschätzenden Blicken. Wenn ich ein Mann wäre, dachte sie, was würde ich (oder besser er) von dieser Gestalt halten: lange, schlanke Beine, kleine Brüste, ein Gesicht, das zu lang und ängstlich aussah, welche Farbe hatten ihre Augen? Glasgrün vielleicht, hoffnungslos gerades Haar, aber dick und weich und nicht allzu häßlich, wenn es frisch gewaschen und gebürstet war. Ein offenes, ernstes, ganz gewöhnliches Gesicht, dachte sie leidenschaftslos, obwohl es durch den vom Alter leicht getrübten Spiegel einen seltsam wartenden Ausdruck bekam, als ob es in ebendiesem Augenblick zum Leben erwachen würde.

»Du wirst niemals in grauem Chiffon die Treppe herabgleiten«, sagte sie zu dem wartenden Gesicht, »aber du könntest aufregendere Farben vertragen, flammendes Rot, Smaragdgrün. Die Welt besteht ja schließlich nicht nur aus tätschelnden Monsieur Bertrands ...«

Und auch nicht nur aus seltsamen, ziemlich undurchsichtigen Männern mit scharfen Augen, die eben aus dem Dschungel zurückkamen oder aus den Bergen. Sie war voll von netten Börsenmaklern und Anwälten und Dichtern und Bauern. Einer von ihnen würde eines Tages entdecken, daß er nichts so sehr bewunderte wie glasgrüne Augen und glattes, weiches Haar.

Lydia kletterte ins Bett, löschte das Licht und lag lächelnd im Dunkeln, als sie ihren Traum weiterspann und ihn mit den Personen ihrer Phantasie bevölkerte. Sie hatte beinahe die Nebel vergessen, die über die Parkwiesen wogten und Aurora in ihrem grauen Chiffonkleid einhüllten.

So entdeckte sie erst am Morgen, daß Aurora nicht nach Hause gekommen war. Beim Frühstück sagte Millicent nachsichtig: »Laß sie schlafen. Nach einem guten Schlaf wird sie viel eher dazu aufgelegt sein, mir mit diesen Listen zu helfen. Ich konnte gestern nichts aus ihr herausbringen. Sie sagte nur: ›Laß uns einfach heiraten. Das ist alles, was ich will‹, als ob wir versuchen würden, sie davon abzuhalten. Aber heute wird es schon anders sein. Ich will nach zehn Uhr einmal hinaufschleichen und nachsehen, ob sie vielleicht Kaffee möchte, und dann können wir herunterkommen und an die Arbeit gehen. Wohin gehst du, Geoffrey?«

»In den Garten.«

»Geh nicht zu weit weg. Wir brauchen möglicherweise deine Hilfe. Und deine auch, Lydia. Das ist alles zu aufregend, um es auszusprechen.«

Aber es erwies sich auf eine völlig andere Weise aufregend, als Millicent Auroras leeres und unbenütztes Bett vorfand.

Sie stieß einen kleinen Schrei aus, und dann rief sie in einem verschwörerischen Ton nach Lydia. »Liebling! Komm her! Pssst! Wir müssen das vor Molly geheimhalten. Aber schau. Aurora war nicht zu Hause.«

Lydia stand in der Tür zu Auroras Schlafzimmer und sah auf das Bett, das aufreizend ordentlich in all dem Durcheinander von geöffneten Koffern und Taschen stand. Das Hochzeitskleid lag noch immer über dem Stuhl, die anderen Dinge, die Aurora Lydia gestern gezeigt hatte, lagen überall verstreut: das traumhafte Negligé, die neuen Schuhe, der Berg von Unterwäsche, das flammenfarbene Cocktailkleid.

Der Raum war erfüllt von Auroras dunkler, ruheloser Gegenwart, aber sie selbst war nicht da. Das Nachthemd, das Molly für sie zurechtgelegt hatte, war unberührt geblieben, das Kissen war glatt.

Einen Augenblick war Lydia sprachlos. Sie erinnerte sich deutlich daran, welches Theater Philip im Wheatsheaf wegen warmem

Wasser und einem bequemen Bett in seinem Zimmer gemacht hatte. Und obwohl sie das Zimmer nicht gesehen hatte, das man ihm zuwies, konnte sie jetzt sehr klar Auroras dunkles Haar auf dem Kissen ausgebreitet sehen und ihre weißen Arme auf der Bettdecke.

Aber sicherlich — in einer so kleinen Stadt — mit der so kurz bevorstehenden Hochzeit — dachte sie zusammenhanglos ... Natürlich waren sie wahrscheinlich nicht im Wheatsheaf geblieben, sie hatten vielleicht genug Verstand, um weiter weg zu gehen. Außer daß Aurora kein Gepäck hatte und Philip kein Auto, und es war zu spät gestern abend, um noch einen Bus zu erreichen ...

»Was denkst du?« fragte Millicent atemlos mit entsetzt aufgerissenen Augen.

»Wir können Philip nicht anrufen. Das ist etwas, was wir einfach nicht tun können.«

»Nein, natürlich nicht. Ich verstehe. Äußerst unangenehm. Aber wirklich! Er hat doch gesagt, er würde ihr nicht einmal einen Schlummertrunk spendieren, nicht wahr? Und ich wollte aufbleiben, aber dein Vater ließ mich nicht.«

»Was hättest du denn tun wollen? Gehen und sie aus seinem Bett zerren?«

»Lydia, Liebling! Du meine Güte, das ist alles voreilig! Was sollen wir tun?«

»Warten, bis sie auftauchen, wenn sie die Stirn dazu haben. Aurora wird jedenfalls ihre Aussteuer mitnehmen wollen.«

Millicent preßte ihre Hände gegen die Wangen. »Das wunderschöne, jungfräuliche Hochzeitskleid! Lydia, Liebling, wie viele andere Dinge wissen wir noch nicht von Aurora?«

»Ich weiß nicht«, sagte Lydia langsam. »Ich weiß es nicht.«

June Birch hatte angedeutet, daß sie Freunde hatte, daß es keineswegs verwunderlich wäre, wenn einer von ihnen einen Schlüssel zu ihrer Wohnung hätte. Aber Philip sollte in so kurzer Zeit ihr Mann werden. Sicherlich hatte er sich wenigstens diskret verhalten.

»Wir müssen so tun, als ob nichts geschehen wäre«, sagte Millicent entschlossen. »Und, liebe Lydia, ich denke, wir sollten nicht einmal deinem Vater etwas davon sagen. Er ist immer ein bißchen streng mit Aurora, und ich möchte so gern, daß sie eine schöne Hochzeit hat. Sollen wir einfach nichts sagen, bis sie kommen? Außerdem wäre es ja möglich, daß sie eine durchaus plausible Erklärung dafür haben.«

Das war allerdings nicht der Fall. Denn Philip kam allein. Er tauchte ungefähr um elf Uhr auf, lächelte Lydia flüchtig zu und sagte: »Wo ist Aurora? Ist sie noch nicht auf?«

Lydia schnappte nach Luft. »Sagen Sie bloß nicht ...«

»Was soll ich nicht sagen?«

»Daß Aurora nicht bei Ihnen ist.«

»Warum um alles in der Welt sollte sie bei mir sein? Ob es mir nun gefällt oder nicht, jedenfalls habe ich ein strenges Einzelzimmer im Wheatsheaf.«

»Aber Philip!« Lydia sah sich verstohlen um. Geoffrey war noch immer im Garten, und Millicent reagierte ihr Erregung dadurch ab, daß sie in der Küche mit dem Geschirr klapperte. »Sie ist nicht zu — Hause! Wir glauben, daß sie die ganze Nacht nicht zu Hause gewesen ist. Wir dachten, sie sei bei Ihnen.«

»Was?«

»Was sollten wir denn sonst denken? Ihr Bett ist unberührt. Ihre Sachen sind noch genauso im ganzen Zimmer verstreut, wie sie sie gestern abend liegengelassen hat. Nichts hat sie mitgenommen, soweit ich das beurteilen kann.«

Philip griff hart nach Lydias Arm. »Aber das ist doch Unsinn. Sie ging mit mir durch den Park bis zum Teich, dann schickte ich sie zurück. Ich habe ihr nachgesehen, bis ich sie wegen des Nebels nicht mehr sehen konnte. Ihr Kleid verschmolz darin. Aber sie hatte nur noch ein paar Meter zu gehen. Sie wollen sagen, sie ist die ganze Nacht nicht nach Hause gekommen?«

»Sie ist nicht hier, das sagte ich Ihnen schon.«

»Ich muß schon sagen — was hat das zu bedeuten? Sie kann auf diesen paar Metern nicht gekidnappt worden sein. Wie dem auch sei, sie hätte doch geschrien. Und irgendwo hätte auch ein Auto stehen müssen, das wir alle doch gehört hätten.«

»Ja.«

»Sagen Sie nicht einfach so ›ja‹. Sagen Sie, was Sie denken.« Er sah sie vorwurfsvoll an, mit leuchtenden und forschenden Augen. Es war klar, daß er annahm, sie wüßte mehr über Auroras Pläne als er.

»Was soll ich denken?« fragte sie hilflos. »Wenn sie wirklich nicht bei Ihnen ist, dann ist sie irgendwo anders hingegangen. Und ich nehme an, aus freiem Willen.«

»Aus freiem Willen? Was soll das heißen, Lydia?«

»Sie müssen doch selbst wissen, daß sie nicht jemand ist, dem man Befehle erteilen kann. Ich glaube, sie hat noch niemals etwas getan, was sie nicht tun wollte. So ist es unwahrscheinlich, daß sie gegen ihren Willen irgendwohin gegangen ist.«

»Außer sie wurde überfallen.«

»Zwischen hier und dem Dorfteich? Und warum? Sie hatte nicht einmal eine Handtasche dabei.«

»Sie besaß andere Werte«, bemerkte Philip trocken. »Nun, was sollen wir also tun? Dasitzen und darauf warten, daß sie auftaucht? Oder den Dorfpolizisten anrufen?«

Millicent kam eben herein und ließ sich zitternd in einen Sessel fallen, als sie die Neuigkeit hörte. Geoffrey mußte hereingerufen und die ganze Geschichte noch einmal erzählt werden.

Er sagte ärgerlich: »Wieder ein Streich von diesem Mädchen! Ich habe dir schon vor Jahren gesagt, Millicent, daß sie dir nichts als Schwierigkeiten machen wird. Und nun schaut euch das an! Wir sind wieder mal die Genarrten. Besonders Philip. Sie sollten lieber dankbar sein, mein Junge, daß das vor und nicht nach Ihrer Hochzeit passiert ist.«

»Aber Geoffrey, Liebling! Sie könnte doch gekidnappt worden sein. Philip meint das.«

»Muß ja schließlich sein Gesicht wahren, nicht? Es ist nicht sehr lustig, am Vorabend seiner Hochzeit betrogen zu werden.«

Lydia schielte nervös zu Philip hinüber, um zu sehen, welchen Eindruck Geoffreys grausame Worte auf ihn machten. Schwebte er in Angst um Aurora? Sein schmales Gesicht war verschlossen, die Augenlider hielt er gesenkt. Er beabsichtigte nicht, seine Gefühle offen zur Schau zu stellen.

Mit gepreßter Stimme sagte er: »Ich glaube, wir sollten die Sache von verschiedenen Seiten aus betrachten. Sie mögen vollkommen recht haben, Sir, mit Ihrer Annahme, daß Aurora ihre Meinung geändert hat. Aber wenn das wirklich so wäre, hätte sie es mir gesagt. Es hätte mich in der Tat nicht überrascht, wenn sie es sich zweimal überlegt hätte, mich zu heiraten. Schließlich kennt sie mich ja noch nicht lange. Aber lassen Sie uns doch einmal die praktische Seite der Geschichte betrachten. Sie trug ein dünnes Kleid und dünne Schuhe und eine Art Wollstola. Sonst nichts. Nicht einmal eine Handtasche. Ein Mädchen, das so angezogen ist, hat nicht vor, einen Bus oder einen Zug zu nehmen. Außer natürlich, sie wäre verzweifelt. Und ich habe keinerlei besondere Anzeichen der Verzweiflung bei ihr entdeckt. Vielleicht irgend jemand von Ihnen?«

Lydia erinnerte sich an die Art und Weise, wie Aurora die diversen Gläser Gin hinuntergegossen hatte, hastig, als ob sie irgendeinen Schmerz ertränken wollte. Sie mußte Philip später davon erzählen — falls Aurora nicht zurückkam. Aber sicherlich würde sie jeden Augenblick hereinspazieren, mit herausfordernd hoch erhobenem Kopf.

»Sie hatte dieses lange Telefongespräch vor dem Essen gestern abend«, erinnerte sich Millicent plötzlich. »Sie schloß sich im Frühstückszimmer ein. Wenn ich jetzt daran denke, fällt mir ein, daß sie uns nicht gesagt hat, mit wem sie telefonierte.«

»Das brauchte sie auch nicht«, sagte Geoffrey gerechterweise. »Aber du hast doch das Gespräch angenommen, nicht wahr? Wer hat nach ihr gefragt? Ein Mann oder eine Frau?«

»Ein Mann. Ich dachte, es sei Philip.«

»Und als sie zum Dinner herunterkam, sah sie schrecklich erregt aus«, sagte Lydia. »Hat das sonst auch jemand bemerkt?«

»Aber natürlich war sie erregt, Lydia. Ein Mädchen ist in einem dauernden Zustand der Erregung vor seiner Hochzeit.«

»Das war vielleicht nicht wegen der Hochzeit«, murmelte Lydia und brachte es nicht fertig, zu Philip hinüberzuschauen, um zu sehen, ob er zusammenzuckte oder nicht.

»Sie hat mit diesem Burschen ein Rendezvous ausgemacht«, sagte Geoffrey. »Das ist es. Sie verließ Philip gestern abend, um sich mit ihm zu treffen. Glauben Sie nicht auch, Philip?«

»Kann sein«, antwortete Philip, und noch immer verriet seine ruhige Stimme nichts von seinen Gefühlen. »Vielleicht hatte sie noch irgendeine Sache zu erledigen.«

»O Philip, Liebling!« rief Millicent. »Ich muß schon sagen, das ist eine äußerst nachsichtige Art, die Dinge zu betrachten. Aber wenn das so ist«, sie sah sich erregt im Zimmer um, »weshalb ist sie dann nicht schon vor Stunden zurückgekommen? Vor Mitternacht.«

Philip richtete sich entschlossen auf.

»Ich würde vorschlagen, daß wir als erstes in ihrer Wohnung anrufen. Ich werde das jetzt tun, wenn ich darf.«

Aber er kam sehr rasch wieder zurück und sagte, daß er keine Antwort bekäme. Wenn Aurora zufällig dort sein sollte, nahm sie das Telefon nicht ab. Aber es schien viel wahrscheinlicher, daß sie überhaupt nicht dort war.

»Ich weiß«, rief Lydia aus. »Ich werde June Birch anrufen. Auroras neugierige Nachbarin. Wenn sie dort ist, oder sonst jemand, dann wird es June wissen. Sie hat Augen, die dafür geschaffen sind, durch Schlüssellöcher zu schauen, und Ohren, die durch Wände hindurchdringen.«

Es dauerte eine Weile, bis der Anruf durchkam, dann prallte plötzlich Junes schrille Stimme an Lydias Ohr.

»Hallo, hallo! Wer ist dort?«

»Sie werden sich nicht an mich erinnern, June, aber ich bin Lydia Deering. Auroras Schwester.«

»Natürlich erinnere ich mich! Sie waren gestern hier. Was ist los? Wie klingen die Hochzeitsglocken?«

»June ...« Jetzt war es nicht mehr so einfach, denn man konnte dieser Wichtigtuerin gegenüber nicht wirklich zugeben, daß Aurora verschwunden war. »Ist Aurora heute morgen in ihrer Wohnung gewesen? Früh heute morgen oder spät gestern abend?«

»Nicht daß ich wüßte. Und ich höre für gewöhnlich jeden, der zu ihrer Tür geht. Was wollen Sie denn damit sagen, Häschen? Ist sie davongelaufen?«

Lydia zuckte vor dem offensichtlichen Genuß über diese Vermutung in der schrillen Stimme zurück.

»Natürlich nicht. Aber sie hat gesagt, sie habe einiges in ihrer Wohnung vergessen und wollte irgendwann einmal dort vorbeikommen.«

»Wenn ich sie höre, werde ich ihr eine Nachricht geben, wenn es das ist, was Sie wollen.« Junes Stimme klang erregt und neugierig. »Aber sie war nicht hier. Es war nur ein Besucher hier, und das war diese alte taube Frau. Und die hat keinen Schlüssel, das weiß ich.«

»Wie meinen Sie?«

»Nun, ganz unter uns, ein oder zwei Leute haben Schlüssel, wie Sie gestern ja wohl entdeckt haben. Was soll ich ihr denn ausrichten?«

»Aurora? Oh, nur daß, daß der Vikar zum Essen kommt und daß sie nicht zu spät kommen soll. Es ist wegen dem Hochzeitstermin und der Dekoration in der Kirche und so weiter. Wir fürchteten, Auora könnte sich in der Stadt verspäten.« (Und June Birch glaubt nicht ein Wort von diesem harmlosen, dörflichen Gesellschaftsleben, und ihre Augen fallen ihr vor Neugier fast aus dem Kopf.)

»Natürlich, Häschen. Rufen Sie mich an, wann Sie wollen. Ich werde hier sein.«

Das würde sie bestimmt, dachte Lydia, indem sie den Hörer auflegte. Sie würde dableiben, mit einem Ohr nach dem Telefon lauschend, mit dem anderen nach verdächtigen Schritten, die sich Auroras Tür näherten. Es würde nichts geben, was ihr entging.

»Kein Glück«, sagte sie, als sie ins Wohnzimmer zurückkam. »Jetzt redet diese ziemlich unmögliche June Birch auch noch Unsinn.«

»Alle reden!« jammerte Millicent.

»Ich mußte eine Geschichte vom Vikar erfinden, der zum Essen kommt. Und June glaubte kein Wort. Aber sie schwor, es sei niemand in Auroras Wohnung gewesen, außer jemand, den sie diese taube alte Frau nannte. Ich habe keinen Schimmer, wer das sein kann.«

»Aber wir wissen ja überhaupt nicht, wer Auroras Freunde sind«, stellte Geoffrey fest. »Das macht die Sache außerordentlich schwierig, wenn wir einen Detektiv einschalten müssen.«

»Einen Detektiv«, stammelte Millicent.

»Ich fürchte, Liebes. Mit Philips Zustimmung schlage ich vor, wir setzen uns besser mit der Polizei in Verbindung. Nicht daß ich annehme, irgend etwas Entsetzliches ist passiert, aber gelegentlich werden Mädchen von Fremden in Autos gelockt und ›entführt‹. So nennt man das wohl. Wegen dieser Möglichkeit sollten wir nicht zuviel Zeit verstreichen lassen. Was sagen Sie, Philip?«

»Ich stimme Ihnen zu, Sir. Besonders wenn man bedenkt, wie Aurora angezogen war.«

Zu diesem Zeitpunkt spürte Lydia zum erstenmal das Gefühl der Angst in sich hochkriechen.

»Lydia, was meinen *Sie*?«

Philip war neben sie getreten. Seine Stimme klang tief und ruhig, aber sie enthielt eine Spur unterdrückter Angst. »Nicht ich war gestern in Auroras Wohnung, das wissen Sie. Wer war es?«

»Ich weiß es nicht. Ich habe wirklich nicht die leiseste Ahnung.«

»Und dieser Mann, für den sie arbeitete? Armand irgendwie, kann er uns etwas sagen?«

»Ich weiß nicht. Außer – o ja, warten Sie einen Augenblick. Ich bin gleich zurück.«

Sie kam sehr rasch wieder und hielt den schweren goldenen Anhänger in der Hand.

»Das gab ihr Armand als Hochzeitsgeschenk, hat mir Aurora gesagt. Das hat sie auch nicht mitgenommen. Und ich glaube, es ist recht wertvoll.«

Philip drehte das glitzernde Ding in seiner Hand. Er sah blaß und müde aus. »Aurora macht auf mich nicht den Eindruck eines Mädchens, das etwas Wertvolles vergessen würde.«

»Nein. Das bedeutet natürlich, daß sie zurückkommt«, sagte Lydia atemlos.

»Oder aber, daß sie keine andere Wahl hatte, als es zu vergessen.« Philip ließ das Schmuckstück in Lydias Hand zurückfallen. Sie zuckte ein wenig zurück, plötzlich widerte es sie an, und sie fragte sich, woher es wohl stammte. »Was denken Sie wirklich, Lydia?«

»Ich weiß nicht. Aber warum sollte einem der Arbeitgeber ein solches Geschenk machen? Man würde doch annehmen, etwa ein Wochengehalt oder irgend etwas für den Haushalt, aber nicht etwas so Persönliches ...« Ihre Stimme erstarb. Sie sah plötzlich die Kälte in seinem Gesicht.

»Aber Aurora ist nicht so, wirklich«, fügte sie schwach hinzu.

»Wie wollen Sie das wissen? Sie haben sie lange Zeit nicht gesehen.«

»Nein. Ich glaube, ich weiß es nicht.«

»Und ich auch nicht. Ich habe mich in ihr Aussehen verliebt.«

Lydia berührte seine Hand. »Es wird alles gut werden, Philip. Ich weiß es.«

»Ich danke Ihnen, Lydia. Natürlich.«

Der Polizist auf der nächsten Polizeiwache war sehr mitfühlend, aber er fürchtete, sie würden entdecken, daß die Dame nur ihre Meinung geändert habe.

»Frauen sind dafür bekannt«, sagte er mit leiser Traurigkeit. »Entschuldigen Sie, Miß«, fügte er höflich zu Lydia gewandt hinzu.

Er gab allerdings zu, daß es ein seltsamer Zeitpunkt sei, seine Meinung zu ändern, so im Abendkleid und im dichten Nebel. Aber das sei wieder ein Beweis für die weibliche Unzurechnungsfähigkeit und Unbekümmertheit. Jedenfalls würde er Erkundigungen an Busstationen und Bahnhöfen einziehen und herauszubekommen versuchen, ob eine Frau, die Auroras Beschreibung entsprach, gesehen worden war. Sie wäre ja auffallend genug. Seiner Meinung nach war der Telefonanruf der springende Punkt. Die junge Dame hatte offensichtlich eine Verabredung getroffen. Nicht sehr fair seinem zukünftigen Bräutigam gegenüber, aber da hätte man es wieder.

»Nehmen Sie Ihren philosophischen Freund nicht zu persönlich«, sagte Philip zu Lydia, als sie die Polizeiwache verließen.

Lydia schüttelte sich.

»Wie wollen Sie wissen, daß ich nicht auch so bin?« (Nachts auf einsamen Wegen in einem Chiffonkleid und mit Stöckelschuhen herumlaufe ... Tot in einem Graben liege ...) Plötzlich fröstelte es sie.

»Philip, Sie müssen es doch wissen! Würde Aurora Ihnen so etwas antun?«

»Weshalb sollte ich das wissen?« Seine Stimme klang flach und verriet nichts.

»Sicherlich wissen Sie, ob sie Sie liebte oder nicht.«

»Ich hoffe, sie liebte mich.«

»Aber Sie waren nicht sicher?«

Seine beunruhigenden, strahlenden Augen waren auf Lydia gerichtet.

»Nein. Ehrlich gesagt, nein. Ich hatte das Gefühl, sie während irgendeines Gefühlsumschwunges erwischt zu haben.«

»Daß sie sich wegen jemand anderem gegrämt hat?«

»Sie war zeitweise zerstreut, ja.«

»Wegen des Mannes, der letzte Nacht telefoniert hat?«

»Aber wir wissen doch gar nicht, wer das war, oder?«

»Dann also wegen irgendeines anderen Mannes. Wenn Sie es noch nicht wissen, Aurora hat gestern abend zuviel getrunken.«

Philip zog eine Grimasse. »Das erinnert mich daran, daß ich selbst auch Durst habe. Gehen wir irgendwohin etwas trinken.«

»Aber sollten wir nicht nach Hause? Wenn Aurora gekommen ist . . .«

»Wenn Aurora von ihrem nächtlichen Ausflug zurückgekehrt ist, kann sie eine kleine Weile auf uns warten. Nicht wahr?«

»Oh, armer Philip!« rief Lydia unwillkürlich aus, und dann, weil sein ärgerlicher Zynismus jemand anderem galt und weil sie ohnehin leicht weinte, füllten sich plötzlich ihre Augen mit Tränen, die langsam über ihre Wangen hinabrieselten.

»Das sieht aber mehr nach armer Lydia aus«, sagte er. »Ich sollte Tränen vergießen, nicht Sie.«

»Es ist nur wegen — vielleicht ist ihr etwas geschehen. Wir sollten nicht nur annehmen, daß sie mit einem anderen Mann davongelaufen ist. Ich hatte das Gefühl, sie wirkte verängstigt oder jedenfalls erschrocken, als ich ihr erzählte, daß jemand in ihrer Wohnung gewesen ist.«

»Nichts ist ihr passiert«, sagte Philip kurz. »Sie kann recht gut auf sich aufpassen. Sie werden sehen. Kommen Sie, trinken wir etwas.«

Aber an der Bar des Wheatsheaf hatte Lydia die größte Mühe, ihre Tränen zurückzuhalten. Wenn Philip Aurora ein Ersatz für jemand anderen gewesen war, so war sie es jetzt für Philip. Und das war alles andere als ein Vergnügen. Denn sie erkannte bestürzt, was mit ihr geschehen war, was schon in jenem ersten Augenblick der Begegnung auf dem Waterloo-Bahnhof geschehen war. Sie hatte sich verliebt. Und nichts konnte hoffnungsloser sein, als sich in einen Mann zu verlieben, in dessen Gedanken nur das liebliche Gesicht Auroras Platz hatte.

In das in seinem Frieden aufgestörte Haus, in dem Millicent entweder hysterisch oder dem Zusammenbruch nahe war, mit Geoffrey, der von stillem Ärger erfüllt herumging, mit Auroras Zimmer, angefüllt mit der stummen Gegenwart ihrer verlassenen Aussteuer, brachte Auroras Brief plötzliche Entspannung.

Er kam am folgenden Morgen an, nachdem der phlegmatische Polizist telefoniert hatte, um zu berichten, daß er weder eine Spur einer jungen Dame im Abendkleid gefunden habe, noch irgendein unidentifiziertes Opfer eines Sittlichkeitsverbrechens aufgefunden worden sei.

Der Brief war an Lydia adressiert und in London aufgegeben.

Liebste Lydia,
ich schäme mich zu sehr, um an Philip oder an Millicent zu schreiben. Ich bin ein vollständiger Versager. Aber Philip weiß, daß ich ihn nie wirklich geliebt habe. Es gab da noch jemanden, und ich dachte, es würde nicht klappen, aber nun scheint es doch so. Er holte mich gestern abend ab, und ich ging wie ich war, denn ich hatte nicht den Mut zurückzukommen und es Dir zu sagen. Ich erwarte gar nicht, daß Millicent und Geoffrey mir verzeihen, aber ich hoffe, Philip wird es tun. Und wenn Dir, liebe Lydia, das jemals widerfahren sollte, was jedem Mädchen passieren kann, wirst Du mich verstehen.
Sei ein Schatz, bitte, und schicke mir den goldenen Anhänger. Es ist das einzige, was ich haben möchte, denn ich kann die Kleider nicht tragen, die für meine Hochzeit mit Philip gedacht waren. Schicke es postlagernd G. P. O. Edinburgh.
Und sei nicht böse auf mich. Wünsche mir lieber Glück.
Alles Gute, Aurora

Dann kam noch ein reuevolles Postskriptum:

Ich weiß, ich bin ein Luder, aber bring die anderen dazu, mich zu verstehen.

Konnte man diesen eigenartig gefühllosen Brief Philip zeigen? Aber was blieb anderes übrig, da Aurora nicht soviel Takt hatte, ihm selbst zu schreiben.

Die Schrift war unregelmäßig und verwackelt, als ob sie mehr als einen Gin pur getrunken hätte, bevor sie zur Feder gegriffen hatte. An einer Stelle war ein Klecks, der beinahe so aussah wie eine Träne, wenn sich nicht der Unterton von unterdrückter Boshaftigkeit und Triumph durch den ganzen Brief gezogen hätte.

Lydia hatte große Lust, den Brief in Stücke zu zerreißen und ihn niemandem zu zeigen.

Aber dieser Wunsch brachte ihr etwas in Erinnerung — das zerrissene Stück Zeitungspapier in Auroras Wohnung.

Natürlich, dieses Stück Zeitung mußte irgendeine Information über Auroras geheimnisvollen Liebhaber enthalten haben, oder vielleicht über sie beide. Es mußte dieser Liebhaber gewesen sein, der die Zeitung zusammengesetzt hatte, um zu sehen, was sie da vernichtet hatte. Das brachte Lydia auf den Gedanken, daß es ein Beweisstück einer kriminellen Tat sein könnte.

Jetzt mußte man sehen, wie man an die Zeitung herankam und selbst nachschauen. Zum Glück hatte sie das Datum der Ausgabe notiert.

Wenn Auroras Familie schon nicht erfahren konnte, wen sie heiratete, war es nur gerecht, wenn sie versuchte, das auf andere Weise herauszubekommen.

Vor lauter Ärger über Auroras Verhalten vergaß Lydia ganz, daß sie eigentlich erleichtert darüber sein müßte, daß sie nicht tot in einem Graben aufgefunden worden war. Mit dem Brief noch in der Hand — der Postbote war gekommen, bevor Millicent erschien, die nach einer schlaflosen Nacht erschöpft war —, setzte sich Lydia hin, um an Aurora zu schreiben.

Liebe Aurora,
wenn Du Deinen Anhänger haben willst, mußt Du kommen und ihn Dir holen. Schreibe mir und sage mir, wo wir uns treffen können. Aber ich werde nicht Dein Zwischenträger sein. Ich schäme mich sehr für Dich und werde Dich nur verstehen, wenn Du Dein Verhalten gerechtfertigt hast. Wenn Du das wirklich kannst.
Lydia.

Sie war es nicht gewöhnt, rachsüchtig zu sein. Sie weinte aber erst, als sie sich der traurigen Pflicht unterzogen hatte, Millicent und Geoffrey die Nachricht zu überbringen.

Danach ging sie zum Wheatsheaf hinüber, um Philip zu treffen und auf dem Weg den Brief in den Briefkasten zu stecken.

»Millicent sagte, Gott sei Dank ist sie nicht ermordet worden, und Geoffrey sagt, sie würde es verdienen«, berichtete sie Philip geradeheraus. »Und was meinen Sie?«

Philip hatte den Brief gelesen. Er legte seine Hand auf die Lydias.

»Sie brauchen sich nicht für Ihre Schwester zu entschuldigen. Nebenbei, ist das ihre Schrift?«

»Ich nehme an«, sagte Lydia verwirrt. »Aber wissen Sie das denn nicht?«

»Nein. Wir haben nur miteinander telefoniert. Scheint, ich habe nicht viel von Aurora gekannt, außer ihrem Gesicht.« Seine Stimme klang verzerrt.

»Aber wenn das nicht ihre Handschrift ist, wessen dann?«

»Ja, eben. Und warum?«

»Philip, ich fürchte, Sie müssen es glauben«, sagte Lydia sanft. Er sah sie lange und nachdenklich an.

»Ich habe dabei nicht an mich gedacht. Sie mögen es glauben oder nicht, ich dachte an Auroras Wohlergehen. Man muß sich fragen, was ihr mehr bedeutet, dieser geheime Liebhaber oder der Anhänger. Lydia, ich glaube, das ist der Zeitpunkt, wo wir nach London gehen sollten. Ich habe ohnehin die Möglichkeiten des Wheatsheaf erschöpft. Und ich muß eine Gemäldeausstellung organisieren. Das Leben bleibt nicht stehen — oder was man über derartige Fälle in Büchern so liest.«

Das war alles, was er über seine Empfindungen verriet. Lydia sagte impulsiv: »Alle Mädchen benehmen sich nicht so, Philip.«

»Seltsam genug, aber ich glaube nicht einmal, Aurora benimmt sich so. Gehen wir nach London zurück und sehen wir uns einmal diese alte Zeitung an, von der Sie gesprochen haben, und schauen wir bei June Birch vorbei. Wir können später irgendwo essen. Bringen Sie ein bißchen Gepäck mit. Reisen Sie nicht mit leichtem Gepäck wie Aurora.«

»Philip, was haben Sie vor?«

Sein langes, ausdrucksvolles Gesicht verlor endlich den zynischen Anstrich und wirkte völlig verwirrt.

»Ich weiß es wirklich nicht. Ich kann nur nicht glauben, daß das alles wahr ist. Es ist irgendwie zu glatt. Und dann diese geldgierige Geschichte mit dem Anhänger. Selbst wer Aurora nur ein bißchen kennt, weiß, daß das nicht zu ihrem Charakter paßt. Ich nehme an, Sie schicken ihn nicht nach Edinburgh?«

»Nein.«

»Braves Mädchen. Bringen Sie ihn mit. Es ist ohnehin Zeit, daß wir die Bekanntschaft von Auroras Exarbeitgeber machen. Dieses mysteriösen Armand. Und seiner Tanten.«

Der ›Daily Reporter‹ vom dritten April sagte ihnen buchstäblich nichts. Sie waren auf dem Weg vom Waterloo-Bahnhof bei der

Zeitungsredaktion gewesen und hatten in Erwartung, die Lösung zu dem Puzzle zu finden, eifrig die ganze Zeitung durchstudiert. Aber sie fanden nichts, was auch nur im entferntesten mit Aurora Hawkins zu tun hatte, außer sie hatte einen anderen Namen benützt. Aber auch dann entdeckten sie kein Ereignis, das mit ihrem Benehmen in Verbindung gebracht werden konnte.

Lydia stöhnte über einer langen Verhandlung im Unterhaus, und Philip brachte einen Mordversuch in Glasgow hinter sich, eine Scheidungssache, in der keiner der Beteiligten unter Vierzig war, und eine kurze Notiz über den nicht identifizierten Körper einer alten Frau, die man am Fuß einer Klippe entdeckt hatte.

»Diese zerrissene Zeitung kann nichts bedeutet haben«, sagte Lydia enttäuscht.

»Außer Sie haben die falsche Seite erwischt.«

»Aber es ist in der ganzen Zeitung nichts, was mit Aurora in Verbindung gebracht werden könnte. Ganz bestimmt nichts über einen Autounfall, aber ich habe sowieso nicht geglaubt, was sie darüber gesagt hat.«

»Weshalb hätte sie denn lügen sollen?«

»Weil sie mir nicht sagen wollte, was wirklich in der Zeitung gestanden hat, nehme ich an.«

»Wir haben doch eben festgestellt, daß es nichts war«, stellte Philip klar.

»Ja, das haben wir. Nicht einmal was über diesen Armand, bei dem sie arbeitete. Haben Sie alle Heiratsanzeigen gelesen?«

»Ja. Angenommen, sie hat einen falschen Namen benützt, kann sie May Smith oder Joan Brown oder Hepzibah irgendwer sein.«

Lydia schob ihre Hand in seinen Arm. »Nehmen Sie es nicht zu schwer.«

Er lächelte ironisch. »Fügen wir uns also in das Unvermeidliche. Das hier führt zu nichts, was sollen wir also tun? Kommen Sie zu mir, ich werde Sie malen.«

Sie zog sich von ihm zurück und steckte die Zeitung säuberlich in den Halter zurück. »Ich hätte gedacht, Sie haben genug davon, umherstreunende Frauen aufzulesen und zu malen.«

Sie konnte ihn nicht täuschen. Als er sie lange von der Seite ansah, merkte sie, daß er sich der unausgesprochenen Worte wohl bewußt war, die hinter ihrer Weigerung verborgen lagen.

»Sie sind ungemein malerisch«, sagte er. »Ich kann Sie vor mir sehen, gegen einen roten Vorhang. Ernst, dramatisch.«

Der Mann hinter dem Pult beobachtete sie und hörte ihnen neugierig zu.

Lydia hob den Kopf. »Dann kommen Sie, Annigoni. Wir verschwenden Ihre Zeit.«

»Gauguin, sagen die Kritiker. Man muß auf die Kritiker hören. Aber Sie haben meine dunklen Schönheiten noch nicht gesehen. Sie müssen in mein Atelier kommen. Schon gut, ich will Sie nicht drängen.«

Sie mußten ihre Konversation in diesem heiteren Ton weiterführen, andernfalls würden sie beide Aurora in Philips Atelier sitzen sehen, gefährlich und schön.

Und Lydia mußte sich zu ihrer Schande eingestehen, daß sie es nicht ertragen könnte, wenn Aurora dort wäre.

»Kommen Sie mit mir zu Auroras Wohnung?« fragte sie.

»Gehen Sie hin?«

»Natürlich. Um nachzuschauen, ob seit gestern irgend etwas geschehen ist. Ich fand den Schlüssel unter den Sachen, die Aurora zu Hause gelassen hat. Wir können mit June Birch sprechen. Und außerdem habe ich beschlossen, in Auroras Wohnung zu bleiben, bis sie zurückkommt.«

»Wozu das?« Er schenkte ihr plötzlich seine ganze Aufmerksamkeit und wirkte erschreckt.

»Ich will wissen, wann Aurora zurückkommt, und wenn sie nicht kommt — ich meine, wenn wirklich irgend etwas faul ist —, kann ich vielleicht herausbekommen, wer ihre Freunde sind, wer sie anruft oder ihr schreibt.«

»Und wer einen Schlüssel zu ihrer Tür besitzt«, sagte Philip scharf.

»Ja, das auch. Aber ich denke, darüber sollten wir uns keine Sorgen machen, denn wahrscheinlich ist es der Mann, den sie zu heiraten beabsichtigt. So werden sie beide zurückkommen. Und regen Sie sich deswegen bitte nicht auf, Philip. Es ist etwas, was ich tun muß, weil Aurora meine Stiefschwester ist und weil ich es für meine Pflicht halte. Ich habe sie immer sehr gern gemocht. Ich glaube, ich tue es noch immer, aber ich kenne sie nicht mehr. Aber wenn sie mit jemand anderem verheiratet ist, geht es Sie nichts mehr an, was mit ihr geschieht. Machen Sie deshalb also keine Einwände gegen das, was ich vorhabe. Denn ich werde einfach nicht darauf hören.«

Philip nahm ihren Arm.

»Wollen wir draußen weiter darüber sprechen? Und ich habe vor, ernsthafte Einwände vorzubringen. Und zwar nicht Auroras wegen. Ihretwegen.«

Sie traten ins Sonnenlicht hinaus. Der Verkehr flutete an ihnen vorbei. Ein Blumenverkäufer hielt ihnen einen Strauß gelber Rosen hin.

»Ihretwegen, Lydia«, wiederholte Philip.

»Ich habe Sie schon das erstemal verstanden.« Sie zweifelte, ob er ihre dünne Stimme über den Verkehr hinweg hören würde. Natürlich dachte er an sie. Er hatte eine der Schwestern verloren. Es hätte keinen Sinn, auch noch die andere zu verlieren, ob er sie nun liebte oder nicht. »Aber ich habe noch immer vor, dort zu bleiben«, fügte sie hinzu. »Und warum auch nicht? Ich muß einen Job suchen und muß irgendwo wohnen. Aurora wird das nichts ausmachen. Ich werde es ihr erklären, wenn sie zurückkommt.«

Philip nahm dem Blumenverkäufer den Strauß gelber Rosen ab und bezahlte. »Dann können wir ebensogut ein paar Blumen kaufen, um den Ort freundlicher zu gestalten.«

Alles schien genau beim alten zu sein in Auroras Wohnung, außer den Briefen, die im Vorzimmer lagen. Eigentlich war es nur ein Brief. Die anderen drei Umschläge enthielten Rechnungen.

Der Brief war adressiert an Fräulein A. Hawkins. Die Schrift war wacklig und schief. Er konnte von jemand Altem geschrieben sein oder, wie Philip vermutete, mit der linken Hand.

»Warum?« fragte Lydia.

»Um die Schrift zu verstellen, natürlich. Wenn Sie nach einem Geheimnis forschen, können wir ebensogut eines erfinden.«

»Wir werden es bald sehen«, sagte Lydia entschlossen. »Ich werde ihn öffnen.«

Das Blatt Papier, das aus dem Umschlag rutschte, war ein Brief in der gleichen verwackelten Handschrift, altmodisch und umständlich.

Liebe Miß Hawkins,
ich bitte um Entschuldigung, daß ich Ihnen schon wieder schreibe und Ihre kostbare Zeit in Anspruch nehme. Das Wetter war gestern so schön, daß ich ausging, um Sie zu besuchen. Aber leider ohne das Glück, Sie anzutreffen. Jedenfalls hat mir der Spaziergang gutgetan. Ich machte beide Wege zu Fuß, und obwohl das die Schuhsohlen angreift, spart es das Busgeld, das, wie Sie wissen, nicht unwesentlich ist. Der Grund meines Briefes ist derjenige, Ihnen mitzuteilen, daß meine Schwester noch nicht zurückgekehrt ist und ich mir wirklich Sorgen mache. Ich war wieder in ihrem Hotel, nur um zu erfahren, daß sie noch nicht wieder zurückgekehrt ist und daß man nichts von ihr gehört habe. Meine Hausfrau ist keine geduldige Person und wird sehr unangenehm. Sie sagt, sie will mir

erlauben, noch eine Woche zu bleiben, aber nur unter der Bedingung, daß meine Schwester wie üblich die Miete schickt.
Wenn sie vergessen hat, sie zu schicken und wenn ich nicht herausfinden kann, wo sie ist, komme ich in eine sehr schwierige Lage, was Sie sicher einsehen werden, Miß Hawkins. Ich belästige Sie mit diesem langen Brief nur deshalb in der Hoffnung, daß Sie in Ihrer Freundlichkeit Mr. Villette dazu bringen, etwas für mich zu unternehmen, bis meine Schwester zurückkommt. Sie erinnern sich, daß Sie mir versprochen haben, zu tun, was in Ihren Kräften steht. Schon beim Schreiben dieser Zeilen fühle ich mich glücklicher. Wie ich ja wirklich auch sein sollte, da das Wetter so schön ist. Und heute, müssen Sie wissen, waren auch zwei Briefe für mich da. So eine Überraschung.
Aber bald werde ich nicht mehr in der Lage sein, Briefmarken zu kaufen. Und dann wird mich der Postbote übergehen.
Liebe Miß Hawkins, bitte schreiben Sie mir, wenn Sie oder Mr. Vilette irgendwelche Nachrichten von meiner Schwester haben.
Ihre sorgenvolle Freundin

          Clara Wilberforce.

»Die spinnt«, sagte Philip.

»Sie ist in Schwierigkeiten«, sagte Lydia. »Aurora muß ihr geholfen haben.«

»Oder dieser Villette-Bursche.«

»Ja, das muß dieser Armand sein. Der geheimnisvolle Armand.«

»Natürlich. Kluges Kind. Er ist Rechtsanwalt. Diese verrückte Person muß eine seiner Klientinnen sein. Manche Rechtsanwälte haben einen ganzen Schwanz von älteren weiblichen Klienten.«

»Arme Aurora! Wenn sie sogar außerhalb des Büros so belästigt wurde, ist es kein Wunder, daß sie davongelaufen ist.«

»Sie lief vor mir davon«, stellte Philip richtig.

»Nicht von Ihnen weg. Zu jemand hin. Das ist ein Unterschied.«

»Der ist so fein, daß er mir entgeht. Also, was fangen wir mit der verrückten Miß Clara an?«

»Was *können* wir tun? Sie hat nicht einmal eine Adresse auf dem Brief angegeben. Sie muß die Frau sein, von der June Birch gesprochen hat, die gestern hier war. Ich würde sagen, sie ist Mr. Villettes Angelegenheit. Schauen wir einmal im Telefonbuch nach, ob es einen Rechtsanwalt Armand Villette gibt.«

»Hier!« rief Philip einige Minuten später aus. »Armand Villette, Rechtsanwalt, Pyne Street, WCI. Das ist Bloomsbury, nicht wahr?

Das ist unser Mann. Der berühmte Armand. Glauben Sie, Clara Wilberforce ist eine seiner Tanten?«

»Kaum. Sie spricht von ihm nicht als von ihrem lieben Neffen. Obwohl sie ihn um Hilfe angeht, als ob er von ihrer vermißten Schwester wüßte. O Philip!« Lydia preßte ihre Finger an die Lippen.

»Was?«

»Da *war* etwas in der Zeitung. Das einzige, was hiermit in Verbindung gebracht werden könnte. Erinnern Sie sich nicht? Die . . .« Sie sträubte sich dagegen, das Wort auszusprechen. »Der Körper einer unbekannten Frau.«

»Ich verstehe nicht, weshalb wir annehmen sollten —«, begann Philip langsam. »Nein, das ist zu weit hergeholt.«

»Aber Aurora hat die Zeitung aus irgendeinem Grund aufgehoben.«

»Das kann Zufall gewesen sein. Vielleicht hat Miß Wilberforce sie ihr gebracht.«

»Aber es dürfte kein Zufall sein, daß noch jemand daran interessiert war.«

Lydia suchte zögernd seine Augen. Wieder kroch Angst in ihr hoch. In was gerieten sie da hinein? Handelte es sich nur um eine davongelaufene Braut? Oder war es mehr, etwas Schlimmes? Etwas, wovor Aurora bewahrt werden mußte? Das plötzliche Läuten der Türglocke ließ sie beide erschrocken auffahren. Dann lachten sie, und Philip ging, die Tür zu öffnen.

Es war, wie zu erwarten, June Birch.

»Ich hörte Stimmen«, sagte sie herzlich. »Ich muß sagen, ich habe Sie so bald nicht zurück erwartet. Sind Sie schon verheiratet und lassen Sie die Hochzeitsreise aus? Das nenne ich vernünftig. All die Hotelrechnungen zu sparen. Oh, das ist ja gar nicht Aurora!«

»Nein, das bin ich«, entschuldigte sich Lydia.

»Die wunderschöne jüngere Schwester«, sagte Philip und machte eine schwungvolle Handbewegung. Und plötzlich schien es Lydia Jahre her zu sein, daß sie diesen Ausdruck am Telefon gebraucht hatte.

»Darf ich hereinkommen? Wo ist Aurora? Hat sie Ihnen den Laufpaß gegeben?«

Ihre neugierigen Augen suchten in Philips Gesicht und prallten sichtbar an seinem Nicken zurück.

»Ich fürchte, Mrs. Birch.«

»Nennen Sie mich June«, sagte sie überlaut, um ihre Verlegenheit zu verbergen. »Nun, ich — aber sie war ziemlich flatterhaft, wissen Sie. Ich habe mich schon gefragt, ob Sie draufkommen würden.«

»Der Herr, der einen Schlüssel zu ihrer Wohnung hatte?« vermutete Philip.

»Wer war das?« fragte Lydia begierig. »Wir würden nicht danach fragen, wenn es jetzt nicht wichtig wäre, das zu wissen.«

»Es tut mir leid, daß ich Ihnen das nicht sagen kann.« June drehte an ihren fahlgelben Locken. »Nicht daß ich es nicht hätte herausbekommen wollen, wenn ich gekonnt hätte, aber Aurora war recht verschlossen, wissen Sie.«

»Sie wollen damit sagen, daß sie ihn niemals gesehen haben?«

»Er kam zu — sagen wir einmal — diskreten Stunden. Ich sah nur einmal seinen Rücken, als er die Treppe hinaufging. Er war schlank und gut gekleidet. Trug einen Homburg. Stadttyp. Das ist wirklich alles, was ich Ihnen sagen kann.«

»Jung?« fragte Lydia.

»Ziemlich jung. Wenn man's genau nimmt, etwa so ähnlich wie er«, sie deutete mit einem Kopfnicken auf Philip. »Jedenfalls von hinten.«

Philip lachte kurz. »Manche Menschen fliegen auf bestimmte Typen. Aurora möglicherweise auch. Es wäre angenehmer gewesen zu wissen, daß sie es nicht auf die Gesamtheit abgesehen hatte. Glauben Sie, daß es der Mann war, für den sie arbeitete?«

»Das kann ich nicht sagen. Sie hat niemals Namen erwähnt. Aber wenn ich zwei und zwei zusammenzähle, würde ich sagen, er war es.«

»Warum, zum Teufel, hat sie ihn denn dann nicht schon lange geheiratet?« sagte Philip wütend.

»Das habe ich mich auch gefragt. Aber man weiß nie. Ich nehme an, er hatte schon eine Frau. Wollen Sie etwa sagen, daß sie jetzt mit ihm davongelaufen ist? Frau hin oder her?«

»Wir wissen nicht, was sie getan hat«, sagte Lydia. »Aber es gibt eine Menge Dinge, die wir gern wüßten. Zuerst, die alte Dame, diese Miß Wilberforce. Sie haben sie gesehen, nicht wahr? Sie sagten mir, eine alte Frau sei gestern hiergewesen.«

»Die! Alte Irre! Ja, die war da, das ist richtig. Aurora wäre nicht traurig, daß sie sie verpaßt hat.«

»Warum?«

»Das kann ich nicht sagen. Ich habe ja schon angedeutet, daß Ihre Schwester ziemlich verschlossen war. Aber ich weiß, daß sie der alten Frau nicht immer die Tür öffnete. Wenn Sie mich fragen, sie machte sie nervös.«

»Nervös?«

»Ja, irgendwie. Es könnte auch der Herr gewesen sein, der sie durcheinanderbrachte.«

»Kam diese alte Frau oft?« fragte Philip.

»Nein. Nur in der letzten Woche. Sie wollte irgend etwas, glaube ich. Fragen Sie mich nicht, was. Ich sage ja, es ist ein Jammer.«

Lydia betrachtete Junes neugierige, hervorstehende Augen mit Widerwillen. Es würde schwierig sein, diese Art von Nachbarschaft zu ertragen, aber sie mußte es tun, und sogar noch freundlich sein. Denn June könnte sich noch als sehr nützlich erweisen.

Zumindest war sie jemand, an den man sich wenden konnte, falls der Besitzer des Wohnungsschlüssels nicht derselbe Mann war, der sie jetzt heiraten wollte.

Wenn der smarte City-Typ mit dem Homburg noch einmal die Treppe heraufkommen sollte, leise und zu diskreter Stunde.

»Es ist nicht gerade lustig«, sagte sie. »Aber eigentlich paßt es mir ganz gut, denn ich möchte für eine Weile eine Wohnung in London und werde hier bleiben, bis Aurora zurückkommt.«

»Sie werden sich nicht fürchten?«

»Fürchten?« fragte Lydia hochmütig.

»Was sagen Sie dazu?« wandte sich June an Philip. »Mit all diesen Besuchern Ihrer Braut — oh, entschuldigen Sie, das ist sie jetzt ja wohl nicht mehr, oder?«

»Ich könnte nicht mehr gegen Lydias Vorhaben sein als Sie«, sagte Philip tonlos.

»O Philip! Seien Sie doch nicht albern!«

Junes Augen wanderten mit offensichtlichem Vergnügen von einem zum anderen.

»Das müssen Sie schon untereinander ausmachen. Ich würde mich freuen, wenn ich Ihnen irgendwie helfen kann, falls Sie bleiben, Häschen. Aber nach Mitternacht schlafe ich wie ein Murmeltier. Es hat also keinen Sinn, wenn Sie dann schreien.«

Als sie gegangen war, sah sich Lydia in dem Wohnzimmer um, das gemütlich, geschmackvoll eingerichtet und aufgeräumt war, außer daß auf den polierten Möbeln ein leichter Staubfilm lag. Ihr fielen jetzt Dinge auf, die sie bei ihrem ersten kurzen Besuch nicht bemerkt hatte. Zum Beispiel, daß das Zimmer in einer Art möbliert war, die wohl kaum zu dem Gehalt einer Stenotypistin paßte, die kein privates Vermögen hatte. Das Bild über dem Kamin sah wie ein Original aus. Die Lampe auf dem niederen Tisch war gewiß aus Alabaster. Lydia erinnerte sich plötzlich an eine sorgfältig gearbeitete Schmuckkassette auf Auroras Toilettentisch. Und ohne eigentlich zu wissen weshalb, mußte sie jetzt an den goldenen Anhänger denken, der in diesem Augenblick sorgfältig in ihrer Handtasche verwahrt lag.

Der Anhänger, den ihr angeblich Armand gegeben hatte. Armand Villette, der Rechtsanwalt in Bloomsbury, der anscheinend auch der tauben Miß Wilberforce half. Stammten die anderen Wertgegenstände in dem Zimmer ebenfalls von ihm? Und war er es, mit dem Aurora davongelaufen war?

Darüber schien jetzt nur noch wenig Zweifel zu bestehen.

»Ich werde lieber auspacken«, sagte sie abwesend.

Philip betrachtete sich das Gemälde über dem Kamin, übrigens das einzige in dem Raum, genauer.

»Ich bin ganz sicher. Das ist ein Monet.«

»Nein!«

»Viel wertvoller als dieser Anhänger, um den sie ein solches Getue macht. Und trotzdem läßt sie hier Leute mit Zweitschlüsseln herumlaufen.«

»Nun, falls diese Leute, oder ich sollte besser sagen, diese Person, derjenige ist, der ihr das Bild geschenkt hat, ist ja alles in Ordnung, nicht wahr?«

»Natürlich. Logischerweise. Aber die ganze Geschichte scheint mir nicht viel Sinn zu haben. Lydia, ich möchte nicht, daß Sie hierbleiben.«

»Warum denn nicht?«

»Sie sind zu jung, um allein zu sein.«

»Ach, Unsinn!« sagte sie. »Ich werde auch nicht so allein sein wie Aurora. Außerdem ist an der Tür eine Kette. Ich verspreche, sie nachts vorzulegen.«

»Es ist nicht nötig, daß Sie hierbleiben.«

»Vielleicht nicht. Aber ich möchte. Ich möchte wissen, wer sie anruft oder herkommt. Ich — ich bin nicht glücklich über das alles, Philip.«

»Ich bin selbst auch nicht gerade irrsinnig begeistert.«

»Ich denke mir, Aurora könnte vielleicht unsere Hilfe brauchen.« Sie sah sich um und versuchte, ein Schaudern zu unterdrücken. »Ich weiß nicht, hier sieht alles so heiter und so alltäglich aus, und trotzdem. Weshalb ist Ihnen denn früher nicht aufgefallen, daß das ein Monet ist?« fragte Lydia.

»Es ist mir schon aufgefallen. Aber Aurora sagte, es sei eine Kopie. Sie habe sie in Paris gekauft.«

»Und Sie haben sie nicht geprüft?«

»Nein. Um die Wahrheit zu gestehen, ich habe damals nicht sehr viel daran gedacht.«

Lydia fröstelte wieder. Aurora war da, lächelte ihr geheimnisvolles Lächeln und sah betörend schön aus. Nein, es war eine Täuschung, das Zimmer war erschreckend leer. Und Lydia hatte nicht wirklich den Wunsch, zu bleiben. Sie sehnte sich danach, in irgendein unpersönliches Hotelbett zu kriechen. Oder sich vielleicht glücklich auf einer harten Couch in Philips Atelier zusammenzuringeln.

Aber alles, was sie sagte, war: »Ich wußte überhaupt nicht, daß Aurora jemals in Paris war. Aber ich weiß eigentlich gar nichts von ihr.« Sie zog die Vorhänge zu. Als sie sich umdrehte, merkte sie, daß er sie beobachtete. »Jetzt hören Sie doch auf, sich Sorgen wegen meines Hierbleibens zu machen. Ich habe eine Kette an der Tür und June Birch, die ihre wachsamen Ohren an die Tür gepreßt hält, und das Telefon. Sie können mich sechsmal am Tag anrufen, wenn Sie wollen. Aber Sie brauchen nicht. Tatsächlich brauchen Sie sich doch um nichts mehr zu kümmern, was dies hier anbelangt. Aurora hat Sie fallenlassen, Sie sind vollkommen frei, um auf Ihre Tropeninseln zurückzukehren, wenn sie wollen. Ich kann mich um Miß Wilberforce und die teuren Geschenke kümmern und darum, was Armand sagen wird, wenn ich ihn morgen früh anrufe.«

Sie hob ihre Augen zu ihm. Er sah sehr müde aus. Sein Gesicht war blaß und angespannt. Er blickte sie an, ohne sie zu sehen. Er sah Auroras Kopf auf dem scharlachroten Kissen auf der Couch... So kam es ihr wenigstens vor, bis er plötzlich ihren Arm so fest packte, daß sie nur mit Mühe einen Schmerzensschrei unterdrücken konnte.

»Ich möchte Sie küssen, Lydia, aber nicht hier. Sie unmögliches Kind! Kommen Sie, schauen wir, ob wir etwas zu essen bekommen. Nichts hilft so wie gutes Essen, um einen wieder zur Vernunft zu bringen.«

Im Gegensatz zu ihrer Erwartung ging Lydia ganz zufrieden in Auroras Bett schlafen. Sie war sehr müde. Die Angst und Aufregung des Tages wurden noch vervollständigt während des Essens in einem kleinen Restaurant in Maida Vale. Denn Philip war nur deshalb so aufmerksam und charmant, weil vor ihm traurige und einsame Stunden lagen. Das war für Lydia die größte Anstrengung gewesen, denn sie wollte so gern, daß Philip vollkommen glücklich in ihrer Gegenwart war, obwohl sie genau wußte, daß er das nicht sein konnte. Aber sein unschuldiger Blick verriet nichts. Und endlich verschwammen der dämmrige Raum, die schwarzbefrackten Kellner, die rosafarbenen Lichter und die weißen Tischtücher in einem schlaftrunkenen Nebel.

Sie verließ Philip an der Tür zu Auroras Wohnung und nickte liebenswürdig, aber schläfrig zu all seinen Anweisungen. Kette an die Tür, Telefon zum Bett, auf keine verrückten Ideen kommen und sie auszuführen versuchen, ohne ihm davon zu sagen, nicht fortgehen und nach dieser alten Frau suchen, ihn sofort anrufen, wenn sie sich Sorgen machte...

Endlich verließ er sie, ohne sie zu küssen.

Sie lauschte auf seine Schritte, die sich im Treppenhaus verloren. Sie wußte, es hatte ihn nicht besonders danach verlangt, sie zu küssen.

Sie lag in Auroras Bett und fragte sich, wo Aurora schlafen mochte. Undeutlich sah sie Aurora irgendwo eingesperrt, auf einem wunderbaren Bett, Staub und Spinnweben legten sich über sie...

Dann schlief sie selbst und wachte nur kurz auf, als sie Aurora leise die Treppe heraufkommen und an der Tür herumhantieren hörte.

Als sie die Tür verschlossen fand und entdeckte, daß sie keinen Schlüssel hatte, klapperte sie mit dem Briefkasten. Einen Augenblick später (und inzwischen war Lydia hellwach und saß schweratmend im Bett) entfernte sich, wer auch immer an der Tür gewesen sein mochte.

Lydia lauschte auf die langsamen, vorsichtigen Schritte, die sich auf die Treppe zu bewegten, einhielten, ein paar Stufen hinabgingen, wieder einhielten und zurückkehrten...

War das die geheimnisvolle Person, die einen Schlüssel zu Auroras Wohnung besaß? Wenn ja, benahm sie sich, als sei sie betrunken, unfähig, das Schlüsselloch zu finden, unfähig sogar, herauszufinden, ob sie einen Schlüssel habe oder nicht. Da sie nicht hilflos im Bett, nur mit einem Nachthemd bekleidet, aufgefunden werden wollte, stand Lydia leise auf und zog ihren Hausmantel über. Sie zitterte, als sie versuchte, ihn zuzuknöpfen. Es schien bitter kalt zu sein.

Sie hörte, wie wieder am Briefkasten hantiert wurde, und mit einer ungeheuren Willensanstrengung gelang es ihr, alle Lichter anzuzünden, so daß die Wohnung plötzlich zum Leben erwachte.

Jetzt fühlte sie sich besser. Sie hatte den Alptraum abgeschüttelt. Sie befand sich in Auroras Wohnung, und da war jemand an der Tür, der entweder seinen Orientierungssinn oder seinen Schlüssel verloren hatte. Das war alles.

Mit einem kurzen Blick auf die Uhr stellte sie fest, daß es knapp nach Mitternacht war. Die diskrete Zeit, von der June Birch gesprochen hatte? Und June schlief jetzt tief, weit davon entfernt, von einem Schrei aufzuwachen.

Der Briefkasten klapperte erneut. Lydia hatte ihre Selbstkontrolle wiedererlangt und ging ins Vorzimmer. Dann schrie sie beinahe auf. Denn sie sah kurze, seltsam verkrümmte Finger, die durch den Briefkastenschlitz hindurch winkten. Sie preßte ihre Hände gegen die Lippen und unterdrückte den Schrei, der ihr ohnehin keine Hilfe bringen würde, nicht einmal von June.

Sie mußte sich zwingen, die Tür zu öffnen. Sie wußte das. Mit letzter Kraft klammerte sie sich an die Türklinke.

In diesem Augenblick kam eine Stimme, ein hastiges Flüstern durch den Briefkastenschlitz.

»Miß Hawkins! Ich kann das Licht sehen. Ich weiß, daß Sie da sind. Bitte öffnen Sie die Tür und lassen Sie mich herein.«

Lydia riß die Tür auf, und eine alte Frau taumelte ihr entgegen. Sie fing sich wieder und stieß ein erfreutes Lachen aus.

»Ach, da sind Sie endlich, Liebe. Ich bin so dankbar, daß ich Sie zu Hause antreffe. Ich hoffe, es ist nicht zu spät, aber es ging nicht anders.«

Die Entspannung nach dem Schock ließ Lydias Knie zittern. Sie hatte das dringende Bedürfnis, sich zu setzen. Und außerdem mußte sie lachen. Denn ihr Besuch war etwas seltsam, mit aufgelöstem Haar, außerordentlich schäbig anzusehen und trotzdem recht liebenswert.

»Ich bin nicht Miß Hawkins«, sagte sie. »Ich bin ihre Schwester. Aber kommen Sie doch herein und erzählen Sie mir, was los ist.«

Die Frau starrte plötzlich in das unbekannte Gesicht.

»Natürlich, Sie sind gar nicht Miß Hawkins. Das sehe ich jetzt. Wie dumm von mir. Ich wußte gar nicht, daß sie eine Schwester hat. Sie hat es mir nicht gesagt. Wie komisch.«

»Was sollte daran komisch sein?«

Die farblosen, runden blauen Augen mit dem kindischen Ausdruck blickten zu ihr auf. »Weil sich unsere Unterhaltung immer um Schwestern drehte, wissen Sie. Immer. Ich habe meine auch verloren.«

»Das tut mir leid.«

»Oh, sie ist nicht tot! Ich habe sie nicht auf diese Weise verloren. Sie ist nur vermißt. Sie verließ ihr Hotel, ohne es mich wissen zu lassen, und ist bis jetzt noch nicht zurückgekommen oder hat mir geschrieben. Und ich bin wirklich in größten Schwierigkeiten.«

Bei diesen Worten schwankte die alte Dame ein bißchen, und Lydia sprang hinzu, stützte sie und führte sie ins Wohnzimmer, wo sie sie auf die Couch setzte.

»Sie sind erschöpft, Miß Wilberforce. Sie sind doch Miß Wilberforce, nicht wahr? Ich werde Ihnen Tee machen.«

Die Frau kuschelte sich in die Kissen wie eine plumpe, alte Straßenkatze, die froh darüber ist, einen Unterschlupf gefunden zu haben.

»Tee wäre herrlich. Und zu so einer ungewöhnlichen Stunde. Ich entschuldige mich dafür. Aber die Umstände erforderten es. Ja, ich bin Clara Wilberforce. Woher wissen Sie das?«

»Ich vermutete es. Um ehrlich zu sein, ich las Ihren Brief an Aurora, denn . . .« Sie zögerte. Hatte die Tatsache, daß zwei Schwestern vermißt waren, etwas zu bedeuten? »Ich hielt es für nötig. Hat meine Schwester Ihnen geholfen?«

»Mit moralischer Unterstützung, ja. Sie war so süß und freundlich. Sie versicherte mir, Blandina würde zurückkommen. Aber sie ist nicht zurückgekommen. Ich habe kein Wort von ihr gehört.«

Lydia sah sich nachdenklich das kleine, rundliche und verängstigte Gesicht an. Weshalb, so fragte sie sich plötzlich, hatte Aurora sich manchmal geweigert, dieser Frau die Tür zu öffnen, wie June Birch gesagt hatte. Man konnte sich doch nicht im Ernst vor einem solchen Geschöpf fürchten.

»Ich werde Tee machen«, sagte sie. »Dann können wir uns unterhalten. Sie können mir alles sagen.«

Aber als sie mit einem Tablett ins Wohnzimmer zurückkam, mußte sie lächeln. Denn ihr seltsamer Gast war eingeschlafen. Lydia stellte das Tablett ab und ging ins Schlafzimmer, um eine Decke zu holen. Sanft breitete sie diese über die kleine, rundliche Figur, löschte die Lichter aus und ging leise in ihr Bett zurück. Jetzt konnte sie schlafen.

Im vollen Morgenlicht erwachte sie davon, daß jemand sie an der Schulter schüttelte. Miß Wilberforce beugte sich über sie.

»Der Postbote, Liebes! Ihre Post. Nichts für mich, leider.«

»Aber wie könnte etwas für Sie dabeisein, Miß Wilberforce! Sie wohnen ja nicht hier.«

»Nein, natürlich, das weiß ich. Es ist nur so, daß ich immer, wenn ich von zu Hause weggehe, Anweisung gebe, daß man mir die Post nachschickt. Ich werde selten übergangen, müssen Sie wissen. Meine Tasche ist voller Briefe.« Sie griff nach ihrer schäbigen

Tasche und erklärte, weshalb sie so rundlich war. »Ich bin die größte Briefschreiberin«, sagte sie voller Stolz.

»Jetzt trinken wir erst einmal Kaffee«, sagte Lydia etwas hilflos, »oder möchten Sie lieber Tee? Und dann müssen Sie mir die ganze Geschichte erzählen.«

Es war eine seltsame Geschichte, und Lydias Herz schlug heftig, als Clara Wilberforce geendet hatte. Denn in kürzester Zeit mußte sie Armand Villette anrufen. Und sie war erfüllt von dummem, grundlosem Widerwillen.

Das Telefon läutete. Es war Millicent, die fragte, ob Lydia irgendwelche Nachrichten habe und noch einmal lang und breit erzählte, daß sie und Geoffrey sich noch immer von den Aufregungen erholen müßten.

Lydia sagte, daß sie und Philip noch im dunklen tappten und erwähnte ihren Gast nicht. Es wäre zu kompliziert gewesen, das alles Millicent am Telefon zu erklären. Außerdem war es besser, wenn Millicent und ihr Vater noch eine Weile im ungewissen blieben.

Mit Philip war das etwas anderes. Sobald er telefonierte und seiner Freude darüber Ausdruck verlieh, daß er ihre Stimme hörte, wich das ungute Gefühl von ihr. Sie sah sich um und bemerkte, daß Miß Wilberforce sich in der Küche nützlich machte und Geschirr abwusch. Da erzählte sie die Geschichte.

»Ihre Schwester Blandina hat ihr immer einen Wechsel geschickt. Sie hat absolut keine anderen Mittel. Blandina war allem Anschein nach sehr wohlhabend und ließ es niemals zu, daß Miß Wilberforce um eine Rente einkam. Der Kern der Sache ist folgender: Eines Tages kam Blandinas Geld nicht an (sie schickte immer einen Scheck), und als Miß Wilberforce in ihrem Hotel in Bayswater anrief, sagte man ihr, daß ihre Schwester vor einigen Tagen das Hotel mit ihrem Gepäck verlassen habe.«

»Ohne ein Wort zu diesem alten Mädchen?«

»Nicht eine Silbe. Obwohl sie sagt, das sei nicht verwunderlich, da sie nie gut miteinander ausgekommen seien. Die finanzielle Zuwendung sei nur eine Transaktion aus Familiengründen gewesen. Aber es war Bedingung, daß Clara Wilberforce niemals in Blandinas Leben einzudringen versuchte.«

»Na, und dann?« fragte Philip.

»Als das Geld zwei Wochen lang nicht kam, erinnerte sich Miß Wilberforce an den Namen von Blandinas Rechtsanwalt und ging hin.«

»Armand Villette, natürlich.«

»Richtig. Aber es gelang ihr niemals, Mr. Villette persönlich zu sehen. Sie sah nur Aurora. Das alles geschah letzte Woche, und möglicherweise war Mr. Villette abwesend oder verreist oder sonst irgendwo. Aurora hatte versprochen, mit ihm über Clara Wilberforce zu sprechen. Sie hatten einmal Blandinas Angelegenheiten verwaltet, aber nicht im Augenblick. So standen jedenfalls die Dinge letzte Woche. Dann ging Aurora weg, ohne irgend etwas wegen ihr zu unternehmen, es war ihr noch immer nicht gelungen, Mr. Villette zu sprechen, da packte sie die Verzweiflung. Wenn sie mich hier nicht gefunden hätte, wäre sie zur Polizei gegangen.«

»Wo ist sie jetzt?«

»In der Küche. Die Tür ist zu. Sie hört nichts. Außerdem lebt sie ohnehin in ihrer eigenen Welt.«

»Verrückt?«

»Auf die netteste Weise. Ihre garstige Hausfrau sagte, sie sollte vergangene Nacht um acht Uhr die Wohnung verlassen. So kam sie den ganzen Weg von Battersea zu Fuß hierher. Sie war erschöpft und schlief sofort auf der Couch ein. Ich kann mir nicht vorstellen, weshalb Aurora weggehen konnte, ohne ein Wort über sie zu sagen. Philip?«

»Ja.«

»Glauben Sie, diese Notiz in der Zeitung über die unbekannte...« Sie konnte nicht weitersprechen und beendete den Satz: »Das *war* die Zeitung, die Aurora zerrissen hatte.«

»Hmm.«

»Das heißt weder nein noch ja. Auch gut. Ich werde jedenfalls Mr. Villette so bald als möglich in seinem Büro anrufen.«

»Und was wollen Sie ihm sagen, wenn Sie mit ihm sprechen?«

»Ich werde ihn darum bitten, in einer wichtigen Angelegenheit zu ihm kommen zu dürfen. Ich werde ihm sagen, daß ich Auroras Schwester bin. Er wird mich empfangen«, fügte sie hinzu.

»Und angenommen«, sagte Philip langsam, »er befindet sich in diesem Augenblick in Edinburgh mit Aurora?«

»Ja, daran habe ich auch gedacht. Ich werde darauf bestehen, mit ihm in Verbindung zu kommen. Seine Sekretärin wird schon wissen, wie. Philip, kommen Sie herüber, sobald Sie können.«

Miß Wilberforce versuchte, ihr wildes graues Haar in Ordnung zu bringen, als sie hörte, daß Philip käme. »Ich darf nicht wie eine Stachelbeere ausschauen. Ihr beide wollt sicher keine alte Frau um euch haben.«

Lydia ärgerte sich darüber, daß sie rot wurde. Philip lächelte sein langsames, gütiges Lächeln. »Wir sind entzückt, Sie hier zu haben, Miß Wilberforce. Wir wollten Sie sowieso kennenlernen.«

»Wirklich? Wie nett von Ihnen. Ihre Lydia ist so süß. Nicht ein Wort der Zurechtweisung, weil ich gestern abend so spät gekommen bin. Ich war entsetzt, als ich entdeckte, daß Mitternacht vorüber war. Ich habe doch viel länger gebraucht, als ich angenommen hatte. Und ich habe bestimmt nicht getrödelt.«

»Ich werde jetzt dieses Telefongespräch erledigen«, sagte Lydia zu Philip. »Unterhalten Sie sich ein paar Minuten mit Miß Wilberforce.«

Die kühle Stimme einer Frau antwortete.

Lydia unterdrückte das Zittern in ihrer eigenen Stimme. »Kann ich bitte mit Mr. Villette sprechen?«

»Wer ist dort bitte?«

»Miß Deering. Er weiß nicht, wer ich bin, aber Sie können ihm sagen, ich bin Aurora Hawkins Stiefschwester.«

»Bleiben Sie bitte am Apparat.«

Sie wartete eine schier endlose Zeit. Dann kam die Stimme zurück. »Mr. Villette kann Sie heute nachmittag empfangen, Miß Deering. Um zwei Uhr dreißig. Paßt Ihnen das?«

Das Büro befand sich im zweiten Stock eines hohen, schmalen Hauses in der Nähe von Bloomsbury Square. Lydia kletterte die mit Linoleum belegten Treppen empor und war am Ende außer Atem. Aber nicht etwa wegen einer körperlichen Schwäche, sondern weil ihr Herz so heftig klopfte.

Es bestand kein Grund zur Aufregung, denn Philip hielt sich in der Nähe auf, gerade um die Ecke. Er hatte eigentlich mitkommen wollen, aber Lydia hatte abgelehnt. Es war viel wahrscheinlicher, daß Armand offen zu ihr sein würde, wenn sie allein kam. Und was konnte ihr schon passieren in einem respektablen Rechtsanwaltsbüro mitten am Nachmittag?

Falls sie nicht binnen einer halben Stunde wieder bei ihm sein würde, wollte Philip heraufkommen und sich selbst überzeugen.

Das gab ihr Sicherheit und machte sie glücklich. Nicht daß sie mehr als bloße Nervosität verspürte. Aber es war angenehm, daß Philip als ihr Beschützer auftrat.

In dem kleinen Empfangsbüro war niemand. Lydia sah nur eine Schreibmaschine, die mit einer Schutzhaube abgedeckt war.

Die Eigentümerin der kühlen Stimme mußte noch beim Essen sein, obwohl Lydia es seltsam fand, daß sie für diese kurze Zeit die Schreibmaschine abdeckte.

Irgend jemand mußte sie trotzdem gehört haben, denn eine Tür öffnete sich und ein Mann erschien.

Er kam mit ausgestreckter Hand auf sie zu.

»Miß Deering, nehme ich an? Auroras Schwester. Das freut mich. Kommen Sie in mein Büro.«

Er war mittleren Alters, nicht sehr groß, ziemlich korpulent, schlecht rasiert und grauhaarig. Er hatte große, runde, blaßblaue Augen und trug eine Hornbrille. Er war das Ebenbild einer Million anderer Geschäftsleute. Nichts Außergewöhnliches.

Wie immer, wenn die Spannung nachließ, fühlte Lydia, wie ihre Knie nachgaben. Vorsichtig ging sie um das Pult herum und auf die Tür zu, die der Mann für sie offenhielt.

»Sie sind Mr. Villette?« fragte sie, und es gelang ihr nicht ganz, den Zweifel aus ihrer Stimme fernzuhalten.

»Armand Villette. Ja. Nehmen Sie Platz, Miß Deering, und erzählen Sie mir, um was es sich handelt. Meine Sekretärin berichtete mir nur flüchtig. Ein Geheimnis um Aurora und irgend etwas wegen einer alten Frau. Beginnen wir bei Aurora, die ich, das muß ich gestehen, nur äußerst ungern verloren habe. Ich kann verstehen, daß sie geheiratet hat.«

Lydia nickte. Alles völlig normal. Nein, doch nicht so normal, wenn man ihn genauer betrachtete. Er hatte eine seltsame Art, sein Kinn in die Falten seines Halses zu vergraben und einen über den Rand seiner Brille hinweg anzusehen. Das gab ihm einen unaufrichtigen, leicht makabren Ausdruck, der schlecht zu seinem gelösten Gebaren paßte.

»Aurora wollte heiraten«, sagte sie. »Soweit wir wissen, ist sie bereits verheiratet. Aber das fand weder zu Haus statt, wie sie geplant hatte, noch mit dem Mann, mit dem sie verlobt war.«

»Lieber Himmel!« rief er aus, und seine Augen wurden noch runder. »Wie ungewöhnlich! Wen hat sie geheiratet?«

Lydia glättete ihre Handschuhe. »Das wissen wir nicht. Sie scheint davongelaufen zu sein.« Nach einer Weile fügte sie hinzu: »Eigentlich hofften wir, Sie seien in der Lage, uns zu helfen.«

»Ich? Nur zu gern, meine liebe Miß Deering. Aber wie? Möchten Sie, daß ich diese außergewöhnliche Heirat annulliere? Stehen Sie vielleicht auf seiten des verlassenen Bräutigams?«

Lydia gefiel weder der Ausdruck seiner Augen noch die Verschlagenheit seines Lächelns.

»Wir möchten nur die Wahrheit wissen«, sagte sie kurz.

»Ja, natürlich. Das ist verständlich. Die möchte ich selbst gerne wissen. Aurora war sehr attraktiv. Sie war eine Bereicherung des

Büros sowohl durch ihre Erscheinung als auch durch ihr Können. Aber was ihr Privatleben anbelangt, so weiß ich nichts. Nichts, Miß Deering.« Seine Stimme klang ehrlich bedrückt. Er seufzte ein wenig. Plötzlich sah er viel älter aus, ein anständiger, ziemlich langweiliger Rechtsanwalt, der in seinem Büro saß, umgeben von Folianten und ledergebundenen Gesetzbüchern.

Das war also Auroras Armand! Lydia konnte es noch immer nicht recht glauben.

»Sie machten ihr ein wunderbares Geschenk«, murmelte sie. »Diesen goldenen Anhänger.«

»Oh, das!« Hatte er ein wenig gezögert? »Aber anscheinend für die falsche Hochzeit.«

Keine besonders auffallende Reaktion. Trotzdem war es ein bemerkenswert geschmackvolles und originelles Geschenk für einen solchen Mann.

»Wenn Sie meinen Rat hören wollen, Miß Deering, dann können Sie nichts tun, als auf Auroras Rückkehr warten. Sie ist alt genug. Offensichtlich ist sie aus freien Stücken weggegangen. Und sie ist kein Mädchen, das Einmischungen verträgt. Sie sollten also dem verlassenen Bräutigam vorschlagen, sich ein anderes Mädchen zu suchen.«

»Sie können mir dazu also wirklich nichts sagen, Mr. Villette?«

Er beugte sich über den Schreibtisch. »Was dachten Sie denn, was ich Ihnen sagen könnte, Miß Deering?«

Lydia war verwirrt. »Ich — ich weiß es eigentlich nicht. Aber Sie haben mehr von Aurora gesehen als wir in den letzten Jahren. Ich bin nur ihre Stiefschwester, wissen Sie. Und sie hatte sich mit meinen Eltern zerstritten. Wir haben ziemlich den Kontakt verloren.«

»Eine recht dramatische Angelegenheit also? Nun, und was ist das für eine andere Geschichte mit dieser alten Frau? Was hat das mit Aurora zu tun?«

»Es geht um Clara Wilberforce«, sagte Lydia und beobachtete ihn.

»Ja. Wer ist das?«

»Sie wissen es nicht? Sie haben diesen Namen noch niemals vorher gehört?«

»Sollte ich das?« Er hob seine buschigen Augenbrauen. »Nehmen Sie mich etwa ins Kreuzverhör, Miß Deering?«

»Natürlich nicht. Ich dachte nur, Aurora hätte Ihnen davon erzählt. Sie ist in großen Schwierigkeiten, denn ihre Schwester ist verschwunden. Außer daß sie darüber an sich sehr erregt ist, geht es noch darum, daß ihr die Schwester eine wöchentliche Geldzuwendung gemacht hat, die jetzt aufhörte.«

»Ja«, sagte Mr. Villette. »Fahren Sie fort.«

»Das ist alles. Sie wurde aus ihrem Zimmer gewiesen, weil sie die Miete nicht bezahlt hat und kam zu mir, vielmehr zu Auroras Wohnung. Sie will zur Polizei gehen, wenn wir nichts für sie tun können.«

Mr. Villette legte seine Fingerspitzen aneinander.

»Das ist alles sehr seltsam und interessant, Miß Deering, aber was hat es eigentlich mit mir zu tun? Auf welche Weise kann ich da helfen?«

»Hat Aurora Ihnen nichts gesagt? Sie hat Miß Wilberforce versprochen, es zu tun.«

»Kein Wort. Was sollte sie mir denn sagen?«

»Nun, daß Miß Wilberforce hierherkam, um Sie zu sprechen, weil Sie die Angelegenheiten ihrer Schwester verwalteten. Sie dachte, Sie wüßten etwas über ihren Aufenthalt. Sie waren damals beschäftigt, aber Aurora versprach, Ihnen davon zu berichten.«

»Dann fürchte ich, die Gedanken Ihrer wunderschönen Schwester waren bei ihren eigenen Angelegenheiten. Vielleicht klärt es die Sache ein wenig, Miß Deering, wenn Sie mir den Namen der geheimnisvollen, entschwundenen Schwester nennen könnten.«

»Es ist ein seltsamer Name. Blandina. Blandina Paxton.«

Mr. Villette sprang so rasch auf, daß Lydia erschrak.

»Aber das ist ja unwahrscheinlich! Das ist meine Tante Blandina!«

»Ihre Tante!«

»Ja, in der Tat. Ich habe sie vor einiger Zeit in mein Haus auf dem Land gebracht. Sie hatte sich nicht wohl gefühlt. Ich konnte sie endlich dazu überreden, ihr verflixtes Hotel zu verlassen, wo sie seit Jahren gewohnt hat. Du meine Güte, ich wußte überhaupt nicht, daß sie eine Schwester hat. Und noch dazu eine, die von ihr abhängig ist.«

Lydia kämpfte ihre Verwirrung nieder. »Entschuldigen Sir, Mr. Villette, aber wenn Blandina — ich meine Mrs. Paxton — Ihre Tante ist, ist dann Miß Wilberforce nicht ebenfalls Ihre Tante?«

»Keineswegs. Tante Blandina ist durch Heirat meine Tante. Sie heiratete meinen Onkel Paxton, der vor vielen Jahren schon gestorben ist. Meine Mutter und sie wurden enge Freundinnen. Wir hatten sie immer sehr gern. Aber wir wußten nicht, daß sie eine Schwester hat, wenn Sie das glauben können.«

»Ich nehme an, Miß Clara war irgendwie das schwarze Schaf.«

»Das muß sie wohl gewesen sein, wie lustig! Gut, gut. Man lebt und lernt nie aus. Und ich habe für Tante Blandina jahrelang die Geschäfte geführt, ohne daß sie auch nur ein Wort gesagt hätte. Ich muß etwas für diese unglückliche Person tun. Wie ist sie denn?«

»Sehr lieb, aber ein bißchen schwachsinnig.«

»Dann weiß ich genau das Richtige. Sie muß aufs Land zu Tante Blandina.«

Er wirkte beinahe gütig. Beinahe. Wären seine Augen nicht so unruhig gewesen. Aber sicherlich war er gütig, da er so spontan Miß Wilberforces Schwierigkeiten aus dem Weg zu räumen gedachte.

»Ach, das ist eine wunderbare Idee!«

»Es ist die nächstliegende. Sie müssen es ihr erzählen. Oder ich werde sie selbst besuchen. Wohnt sie bei Ihnen?«

Lydia nickte. »Sie kam letzte Nacht spät zu mir. Sie wollte eigentlich zu Aurora. Ich kann nicht verstehen...«

Mr. Villette unterbrach sie sanft: »Tadeln Sie Ihre Schwester nicht, meine Liebe. Warten Sie, bis Sie selbst diesen glücklichen Tag erleben.«

Lydia wich innerlich vor seiner so offensichtlich zur Schau getragenen Güte zurück.

»Wenn es wirklich ein glücklicher Tag gewesen war«, murmelte sie.

»Der Naseweis verdient einen Denkzettel, wie?« Er lachte laut, sein Gesicht war rot und drückte Herzlichkeit aus, seine großen, blaßblauen Augen glotzten sie an.

Nein, Aurora, die wählerische und geschmackvolle Aurora, konnte unmöglich mehr als einen Gedanken an einen solchen Mann verschwendet haben. Er war nur Armand-und-seine-Tanten, ein langweiliger, kleiner Anwalt älterer Leute.

»Es tut mir leid, aber ich habe in ein paar Minuten eine andere Verabredung, Miß Deering. Wie wäre es, wenn ich heute abend bei Ihnen vorbeischauen und Miß Wilberforce kennenlernen würde? Sie sagten, ihr Name sei Clara, Tante Clara also. Ich bin ein Mann mit vielen Tanten, Miß Deering. Sie beschlagnahmen beinahe mein ganzes Privatleben, aber was soll man tun? Man kann sie nicht alleine oder in Not und Elend sterben lassen. Jedenfalls, wenn Tante Clara damit einverstanden ist, werden wir sie morgen oder übermorgen nach Greenhill bringen. Es ist ein großes Haus mit einer Menge Platz. Und ich bin sicher, Tante Blandina kann dazu überredet werden, ihr zu vergeben, daß sie das schwarze

Schaf war«, wieder brach er in geräuschvolles Lachen aus, »und ihre Gesellschaft zu genießen.«

»Heute abend?« sagte Lydia. »Ungefähr um acht?«

»Das wäre ausgezeichnet. Ich freue mich darauf. Schreiben Sie mir bitte die Adresse auf. Ich traue meinem Gedächtnis neuerdings nicht mehr so. Es hat mich sehr gefreut, Sie kennenzulernen, Miß Deering. Und ich bin mehr als interessiert, wenn Sie Nachricht von Aurora haben. Finden Sie...«

»Ja, ich finde selbst hinaus.«

»Gut. Heute abend um acht also. Sagen Sie Tante Clara, sie soll ihren Sonntagsstaat anlegen für ihren lange vermißten Neffen.«

Seltsam, das vordere Büro war noch immer leer, als Lydia hinausging, die Schreibmaschine bedeckt, der Schreibtisch ordentlich.

»Meine Sekretärin hat heute nachmittag frei«, rief ihr Armand Villette nach, als ob er ihre Gedanken lesen könnte. »Um zu einer Hochzeit zu gehen. Das wird Sie sicher amüsieren!«

Sein lautes Gelächter folgte ihr, als sie die Treppe hinunterging.

Aber als der Mann in seinem Büro wieder allein war, schloß er rasch die Tür und trocknete sich die Stirn.

»Du kannst jetzt rauskommen«, sagte er mit erschöpfter Stimme, und die Tür des kleinen Waschraumes hinter ihm öffnete sich langsam.

Es war knapp nach Mittag. Der lange, niedere Wagen hielt vor einer Telefonzelle in der Vorstadt, und ein Mann stieg aus. Er ging um den Wagen herum und öffnete die gegenüberliegende Tür für seine Begleiterin.

»Das wird genügen. Mach's kurz.«

Das Mädchen überquerte den Bürgersteig und stieß die Tür der Telefonzelle auf. Als der Mann ihr folgte, versuchte sie, sie vor ihm zuzuziehen.

»Hier ist nur Platz für einen.«

»Nein, nein, eine Menge Platz für zwei Dürre!« sagte er fröhlich. »Sperr mich nicht hinaus, Liebling. Der Wind ist kalt.«

»Kalt! Das sagst du mir!« schimpfte sie. Sie wählte die Nummer und warf die Münzen in den Schlitz.

Die ganze Zeit über war sie sich des Mannes bewußt, der sich an sie preßte und sie beobachtete. Ihre Erregung über seine Nähe war keine freudige Erregung. Es war eine andere Art der Erregung, verzweifelt und gefährlich.

Dann antwortete Millicents hohe, fragende Stimme, und sie begann zu sprechen: »Mammy?« Wie lange war es her, seit sie Millicent Mammy genannt hatte — nicht mehr seit sie achtzehn gewesen war — weshalb hatte sie es also jetzt getan?

»Aurora! Das ist doch nicht Aurora!«

»Doch. Schau, Mammy, ich habe nur eine Minute —«

»Aber von wo aus rufst du an, Liebling? Doch nicht aus Edinburgh?«

»Nein, jetzt nicht aus Edinburgh.«

»Aber du bist verheiratet?«

»Natürlich.« Hatte sie gezögert? Sie glaubte nicht. »Mammy, ich muß einen Zug erreichen. Ich habe wirklich nur eine Minute. Ist Lydia da? Ich möchte sie sprechen.«

»Sie ist nicht da. Sie ist in London. Sie wohnt in deiner Wohnung und hofft, daß du zurückkommst. Liebling, du kommst doch zurück?«

»Nicht gerade jetzt. Später, natürlich.« Sie spürte, wie der Mann sie am Ellbogen stieß. »Mammy, würdest du Lydia etwas ausrichten? Etwas Wichtiges. Ich habe jetzt keine Zeit, noch einmal anzurufen. Würdest du ihr sagen, wenn sie den Anhänger — du weißt, das Hochzeitsgeschenk — nicht mit der Post schicken will, soll sie ihn zu Mr. Armand Villette bringen, damit er ihn sicher aufbewahrt. Ich kann ihn dann abholen, wenn ich nach London komme. Er ist ziemlich wertvoll. Ich möchte nicht, daß er herumliegt. Hast du das verstanden?«

»Mr. Armand Villette. Wie ist die Adresse?«

»34 Pyne Street, WC1. Er ist Rechtsanwalt. Ich habe bei ihm gearbeitet. Ich habe ihm einen Brief geschrieben und alles erklärt. Hast du das bestimmt verstanden?«

»Ich glaube schon, Liebes. Aber wo bist du?«

»In einer Telefonzelle, und der Zug fährt jetzt sofort ab.« Die eisenharte Hand preßte ihren Ellbogen. »Ich muß eilen.«

»Aber Aurora, wen hast du geheiratet? Du hast mir nicht gesagt —«

»Mammy, ich bin nicht —«, begann sie schnell.

Blitzschnell legte sich eine Hand über ihren Mund. Die andere riß ihr den Hörer aus der Hand.

Sie sah auf und begegnete einem breiten Grinsen.

»Warum mußtest du das tun? Du Biest! Oh, wie ich dich hasse!«

Tränen füllten ihre Augen. Sie löste sich heftig aus der Umklammerung. Aber die Telefonzelle war eng, und sie wurde gegen die Glaswand gepreßt. Die Nähe des Mannes lähmte sie.

»Du haßt mich nicht wirklich, das weißt du.« Seine Augen waren schmal und zärtlich, lächelnd, verführerisch. »Aber wir wollen unser Geheimnis doch noch ein wenig für uns behalten, nicht wahr? Nicht wahr?«

Sie war hypnotisiert, wie immer. Es schien ohnehin keine andere Möglichkeit zu geben.

Sie nickte hilflos und ließ es zu, daß er ihre Hand nahm, als sie die Tür öffneten und in den kalten Wind hinaustraten. In ihren Augen standen noch immer Tränen.

»Aber ich sage Ihnen, es ist eine ausgezeichnete Idee«, sagte Lydia zu Philip. »Daß Miß Wilberforce aufs Land zu ihrer Schwester zieht. Wir hätten uns denken können, daß es eine einfache Erklärung für dieses komische Geheimnis gibt.«

»Sie sagen, dieser Villette-Bursche ist von mittlerem Alter und unansehnlich.«

»Alles andere als ansehnlich. Er sieht eher tantenhaft aus. Er ist der typische unromantische, mittelalterliche Junggeselle, mit einem Herzen aus Gold. Wie sollte man sich sonst erklären, daß er so schnell bereit war, sich noch eine alte Frau aufzuhalsen?«

»Es kommt mir ein bißchen zu schnell vor.«

»Philip! Warum sind Sie so mißtrauisch?«

»Sie waren es vor einer halben Stunde ebenfalls.«

»Ich weiß, aber da hatte ich ihn noch nicht gesehen. Wenn ich es Ihnen sage, niemand könnte weniger ein Don Juan sein. Außerdem wissen wir gar nicht, ob er Junggeselle ist. Er könnte verheiratet sein.«

»Liebling, es ist unwahrscheinlich, daß jemand mit so vielen Tanten verheiratet ist.«

Lydia blieb unwillkürlich stehen. Sie gingen gerade auf den Ausgang des Parks zu. Die Bäume warfen Schatten wie auf dem Gemälde eines französischen Impressionisten, das Gras hatte die Farbe von grünen Gurken.

»Sie nannten mich Liebling«, sagte sie tonlos.

»Ja, das tat ich. Es paßt zu Ihnen.«

»Bitte, tun Sie's nicht wieder. Es muß eine Angewohnheit von Ihnen sein. Sie haben mich nicht gefragt, ob ich irgend etwas über Aurora herausbekommen habe. Ich habe nichts herausbekommen. Überhaupt nichts. Mr. Villette war — oder er gab es zumindest vor — ebenso erstaunt wie wir. Obwohl ich glaube, er hielt so etwas bei Aurora nicht für gänzlich unmöglich. Er sagte, sie war sehr attraktiv. Er fragte mich, was ich von ihm erwarte. Ob er die Heirat annullieren solle oder was sonst.«

Philip nahm ihren Arm. »Sie reden zuviel, Lydia. Überlassen wir Aurora ihrem selbstgewählten Ehemann, ja? Sie ist sehr wohl imstande, auf sich selbst aufzupassen, wissen Sie?«

Lydia fand seine Ruhe plötzlich unerträglich.

»Wie können Sie nur so unbeteiligt von ihr sprechen. Sie haben sie doch geliebt, oder? Wenn nicht, weshalb haben Sie sie dann gebeten, Sie zu heiraten?«

»Sie verwirrte und verhexte mich«, murmelte Philip. »Ich war im Begriff, mir dieses wunderhübsche Ding für immer als Motiv zum Malen zu holen. Man sollte nicht versuchen, einen Traum in die Wirklichkeit umzusetzen. Oder sollte ich vielleicht lieber sagen einen Geist in eine wirkliche Frau?«

Aber diese letzten Worte brachten ihr die schauerliche Vision von Aurora in einem spinnwebüberzogenen Bett wieder.

Lydia begann rascher zu gehen. »Wie unpraktisch! Würde es Ihnen wirklich gefallen, wenn ein Gespenst für Sie kochte? Uff! Spinnweben und Staub. Machen wir, daß wir nach Hause kommen und schauen wir, was Miß Wilberforce treibt. Sie ist wenigstens etwas Handfestes.«

Miß Wilberforce hatte nur eine ängstliche Frage in bezug auf ihre Reise aufs Land. »Wie weit weg ist der nächste Briefkasten? Ich bin eine große Briefschreiberin, wie Sie wissen. Meine Freunde wären so in Sorge, wenn ich nicht schreiben würde.«

»Ihre Freunde?« forschte Lydia und fragte sich, wo diese guten Freunde wohl gewesen waren, als Miß Wilberforce sie gebraucht hatte.

»Schauen Sie!« sagte die alte Dame stolz und schüttelte den Inhalt ihrer bauchigen Tasche auf den Fußboden.

Da lagen nun Dutzende von Briefen, sicherlich die Korrespondenz eines ganzen Jahres. Aber seltsamerweise trugen beinahe alle Briefumschläge die gleiche Handschrift; die verwackelte, krakelige Handschrift von Miß Wilberforce selbst.

»Ach, ist das aber schön!« murmelte Lydia.

»Ja, nicht wahr?« Die alte Dame bückte sich. »Wissen Sie, ich habe entdeckt, daß ein Brief, den ich am frühen Morgen in den Kasten stecke, mich noch am gleichen Tag erreicht. Ist das nicht faszinierend?«

»Worüber schreiben Sie denn?« fragte Lydia interessiert und ein bißchen verwirrt.

»Oh, über alles. Über das Wetter, die Nachrichten, über die

Mode. Ach ja, meine Briefe sind sehr aufschlußreich. Glauben Sie, daß das Haus meines Neffen in der Nähe einer anderen Stadt liegt? Es ist das größte Vergnügen, eine Busfahrt zu machen und einen Brief weit entfernt von zu Hause aufzugeben. Es gibt einem das Gefühl, in den Ferien zu sein.«

»Aber Sie werden in den Ferien sein, Miß Wilberforce.«

Die alte Dame schnaubte ein wenig. Sie sah bei dieser Aussicht nicht besonders erfreut aus. »Mit Blandina! Sogar als Kind war sie garstig. Ich bin natürlich erleichtert, daß sie gesund ist. Nun, wir werden ja sehen. Vielleicht kann ich ab und zu entwischen und eine Busfahrt machen.«

»Ich werde Ihnen auch schreiben«, versprach Lydia.

»Ach, meine Liebe! Würden Sie das wirklich tun? Aber das wäre ungeheuer aufregend!«

Gerade, als sie Armand Villette erwarteten, rief Millicent an. Ihre Stimme war schrill und atemlos.

»Lydia, Liebling, ich habe versucht, dich zu erreichen. Warst du aus? Ist alles in Ordnung? Ich habe große Neuigkeiten!«

»Was?« fragte Lydia scharf.

»Aurora hat angerufen.«

»Von wo aus?«

»Das hat sie nicht gesagt. Sie hatte keine Zeit. Sie mußte einen Zug erreichen. Sie hat mir überhaupt nichts erzählt, wirklich, außer daß du diesen Anhänger in Armand Villettes Büro bringen sollst. Es ist —«

»Ich weiß alles über Armand Villette«, unterbrach Lydia. »Aber ist das alles, was sie dir gesagt hat? Nur, was mit diesem verdammten Anhänger zu tun ist?«

»Absolut alles. Ist das nicht zum Verrücktwerden?!«

»Nun, wir sollten uns ihretwegen keine Sorgen mehr machen, Liebes. Sie ist einfach habgierig. Ich nehme an, dieses verdammte Ding ist wertvoll.«

»Bestimmt denkt sie nicht nur an seinen Wert. Außer es ist ein mehr ideeller Wert.«

»Bestimmt nicht. Ich habe Armand gesehen.«

»Ach, du meine Güte! Wie verwirrend das alles ist! Tatsächlich wollte sie noch etwas sagen, aber sie wurde unterbrochen. Macht nichts, liebe Lydia, wenigstens wissen wir jetzt, daß sie in Sicherheit ist.«

Lydia versagte sich die Bemerkung, daß es mehrere Arten der Sicherheit gäbe. Sie wußte nicht, weshalb ihr dieser Gedanke kam. Wenn Aurora Millicent angerufen hatte, auch wenn sie in großer

Eile war, mußte sie es aus freien Stücken getan haben. Sie war nicht der Typ, der sich zu etwas zwingen ließ.

Es blieb keine Zeit, über diese neue Entdeckung nachzugrübeln noch sie Philip zu erzählen (der aufs neue verletzt sein würde, da Aurora ihn überhaupt nicht erwähnt hatte), denn die Türglocke ging und Armand Villette trat ein.

Da stand er auf der Schwelle, wohlerzogen und strahlend. Er überreichte Lydia mit einer kleinen Verbeugung einen riesigen Strauß Rosen und sagte, sie seien als Dank gedacht für die Freundlichkeit, die sie der Schwester seiner Tante Blandina entgegengebracht hatte. Dann folgte er Lydia ins Wohnzimmer und verbeugte sich ebenfalls vor Miß Wilberforce, die sich in eine Couchecke zurückgezogen hatte und sowohl nervös wie auch demütig zu sein schien. Wie eine zum Sprung bereite Katze.

»Das ist also Tante Clara«, sagte er herzlich. »Ich freue mich so, dich kennenzulernen. Vergib mir bitte, daß ich nichts von deiner Existenz gewußt habe.«

»Das wundert mich nicht«, sagte Miß Wilberforce offen. »Blandina hat sich meiner immer geschämt.«

»Und dies ist Philip Nash«, sagte Lydia und deutete auf Philip, der am Fenster stand. »Philip ist — war — ein Freund von Aurora.«

»Der betrogene Bräutigam«, sagte Philip munter. »Zweifellos haben Sie das bereits erraten.«

»Ach je, ach je!« murmelte Mr. Villette. »Das bestätigt also die Geschichte. Ich muß gestehen, ich nahm das nicht ganz ernst, als Miß Deering mir davon im Büro erzählte. Ich will sagen, ich meine, die Jugend, die Leidenschaft und so weiter . . .«

»Aurora ist fünfundzwanzig«, sagte Lydia.

»Man soll den Besten gewinnen lassen.« Philip wirkte noch immer heiter. Er bot Zigaretten an. »Rauchen Sie, Mr. Villette?«

»Danke, nein.«

»Bitte, nehmen Sie Platz«, sagte Lydia. »Sie wollen sich sicher mit Miß Wilberforce unterhalten.«

Armand ließ sich schwerfällig neben Miß Wilberforce auf die Couch sinken, und die alte Dame kroch noch weiter in ihre Kissen zurück und murmelte: »Ja, sie hat sich meiner immer geschämt. Ich war ein ziemlich dummes und einfältiges Kind, und natürlich nützte sie das aus. So wurde es immer noch schlimmer mit mir.«

»Dann müssen wir das alles jetzt wiedergutmachen«, sagte Armand sanft. »Miß Deering hat dir sicherlich schon von meinem kleinen Plan erzählt. Es würde mir die größte Freude machen, dich in Greenhill zu wissen, und ich bin sicher, wir können Tante Blandina dazu bewegen, ihre Meinung über dich zu ändern.«

»Weshalb wollen Sie das alles für mich tun, für eine völlig Fremde?«

»Keine Fremde, Tante Clara! Ich möchte nicht, daß du mich so nennst.« Er war herzlich gut gelaunt. Scherzhaft drohte er ihr mit seinem dicklichen Zeigefinger. »Ich bin ein Mann, der schon viele Tanten gehabt hat — sieben, um genau zu sein —, und ich habe sie alle bewundert. Jetzt sind mir nur noch zwei geblieben — Tante Honoria, die in Brittany lebt (sie gehört dem französischen Zweig der Familie an), und Tante Blandina.«

»Was ist mit den anderen geschehen?« forschte Miß Wilberforce.

»Oh, sie sind dahingegangen.«

Miß Wilberforces starrer Bilck trübte sich ein wenig, und Armand sagte etwas unbehaglich: »Man wird älter, weißt du. Ich bin auch schon einundfünfzig.«

»Ich bin vierundsiebzig«, sagte Miß Wilberforce. »Blandina ist sechsundsiebzig. Ist sie hinfällig?«

»Ein wenig, natürlich. Vor allem ihr Gedächtnis läßt nach.«

»Dann hat sie deshalb die Zahlung vergessen.«

»Das fürchte ich auch. Sonst hätte sie mir sicherlich davon berichtet, als ich sie nach Greenhill brachte. Sie war nicht mehr fähig, weiterhin allein in diesem Hotel zu wohnen. Und da wir schon dabei sind, meine liebe Tante Clara —«

»Ich bin vollkommen in Ordnung!« erklärte Miß Wilberforce. »Ich bin noch keine Ihrer ›dahingegangenen‹ Tanten!«

»Nein, für lange Zeit noch nicht«, versicherte ihr Armand mit dem Ausdruck der Bestürzung.

»Nicht, wenn Sie wohlumsorgt auf dem Lande leben«, flocht Lydia ein.

Armand warf ihr einen dankbaren Blick zu, was ihr seltsam erschien. Als ob er Schwierigkeiten erwartet hätte und froh über ihren Beistand war.

Miß Wilberforce hob ihren Kopf und sah ihn angriffslustig an. »Ich bin mir noch keineswegs sicher, daß ich mit einem völlig Fremden aufs Land gehen möchte. Ich habe überhaupt keine Neffen.«

»Aber, Tante Clara —«

»Es ist sehr spät, in meinem fünfundsiebzigsten Jahr, man muß sich das vorstellen, Neffe Armand!«

»Aber verstehst du denn nicht, ich wußte nichts von dir. Wenn ich gewußt hätte —«

»Was hätten Sie dann getan? Mich in Ihrem Landhaus vergraben, weit weg von Postämtern oder sonstigen Annehmlichkeiten.«

Armand sah verständnislos drein, und Lydia erklärte so taktvoll als möglich Miß Wilberforces Liebhaberei, was das Schreiben und Empfangen von Briefen anbelangte.

»Ach, ich verstehe. Das läßt sich leicht einrichten. Das Postamt ist eine halbe Meile entfernt, aber unsere Post wird im Haus abgeholt. Nichts könnte einfacher sein!«

»Aber das ist Betrug!« rief Miß Wilberforce enttäuscht aus. »Man geht *aus*, um einen Brief abzugeben.«

»Meine liebe Tante —« Armand tätschelte ihre Hand. »Das können wir alles regeln, wenn du erst dort bist. Was hältst du von morgen vormittag? Ich werde dich mit meinem Auto um elf Uhr abholen. Wir haben nur zwei Stunden zu fahren. Sehr hübsch an einem schönen Tag.«

Miß Wilberforce schüttelte den Kopf und wurde plötzlich störrisch. »Ich glaube, ich halte doch nichts von der Idee. Auf dem Land begraben zu sein, bis ich entschwinde. Blandina mag das vielleicht nichts ausmachen, mir jedoch schon.«

»Tante Clara —« Armand sah entsetzt aus, und zum erstenmal blieben ihm die Worte weg.

Lydia sah Philip an, der nur still beobachtet hatte, dann setzte sie sich neben die alte Dame und sagte: »Liebe Miß Wilberforce, jedermann muß einmal sterben, und Sie werden das noch viele Jahre nicht tun. Mr. Villette will Ihnen doch helfen. Er sagt, Sie werden es sehr gemütlich haben und bei Ihrer eigenen Schwester sein können. Außerdem, was kann Ihnen in London alles passieren! So gern ich auch möchte, ich kann Sie nicht sehr lange hierbehalten, denn das ist nicht einmal meine eigene Wohnung. Sie gehört Aurora, und die wird Sie nicht hierbehalten können, wenn sie mit ihrem neuen Ehemann zurückkommt.« Aus den Augenwinkeln beobachtete sie, daß sich Armand Villette neugierig im Zimmer umsah, und plötzlich wußte sie, daß er noch niemals hier drin gewesen war. Sein Blick blieb an dem Monet über dem Kamin hängen, und seine Augen wurden schmal vor Habgier.

»Ich finde, Sie sollten gehen und wenigstens einen Versuch machen«, fuhr sie fort. »Wenn es Ihnen nicht gefällt, dann können Sie Ihre Schwester vielleicht dazu überreden, Ihnen wieder die wöchentlichen Schecks zu senden. Aber ich halte es wirklich nicht für richtig, daß Sie weiterhin allein leben.«

Miß Wilberforce klammerte sich plötzlich an Lydias Hand. »Ich werde gehen, wenn Sie mitkommen.«

»Mitkommen?« Lydia fühlte Armands entsetzten Blick auf sich ruhen. Er will nicht, daß ich mitkomme, dachte sie. Ich möchte nur wissen, weshalb.

»Ja. Kommen Sie mit und überzeugen Sie sich, ob diese Frau wirklich meine Schwester Blandina ist«, sagte Miß Wilberforce eifrig. »Ich habe sie lange nicht mehr gesehen. Es könnte sein, daß ich sie nicht einmal mehr erkenne.«

»Aber Miß Deering hat sie doch überhaupt noch nie gesehen«, bemerkte Armand sehr richtig. »Das hat doch wirklich keinen Sinn, Tante Clara.«

Philip sagte noch immer nichts. Er beobachtete nur. Auch sein Gesichtsausdruck verriet nichts.

»Bitte kommen Sie mit, liebste Lydia«, bat Miß Wilberforce. »Ich kann nicht allein mit einem Fremden reisen. Das wäre nicht richtig.«

»Aber meine *liebe* Tante Clara —«

Lydia unterbrach Armand und sagte mit klarer Stimme, als hätte sie soeben ihre Meinung geändert: »Also gut, ich komme mit. Das geht doch, Mr. Villette? Es macht Miß Wilberforce glücklich. Ich kann sehen, daß sie gut ankommt und einen Zug zurück nach London nehmen.«

»Sicherlich, wenn Sie darauf bestehen«, sagte Armand steif. Er konnte nichts anderes tun. Aber seine Augen hatten wieder diesen rastlosen Blick. Er betrachtete seine Hände, dann sah er Lydia an. »Es ist ganz unnötig, glauben Sie mir. Ich möchte Ihre Zeit nicht in Anspruch nehmen, und ich bin sicher, auch Tanta Clara möchte das nicht, wenn sie einsehen würde, daß das alles ganz unnötig ist.«

»Oh, es wird mir Freude machen«, sagte Lydia geradeheraus. »Und ich möchte gern Ihre Tante Blandina kennenlernen. Sie scheint, wenn Sie den Ausdruck entschuldigen wollen, so etwas wie ein Mysterium zu sein.«

»Nichts weniger als ein Mysterium«, brummte er, und plötzlich wurde Lydia noch etwas klar — daß nämlich diese Tante Blandina nicht seine Lieblingstante war. War er vielleicht nur ihres Geldes wegen ein so aufmerksamer Neffe?

»Ich werde nur bleiben, wenn Lydia sagt, daß alles in Ordnung ist«, erklärte Miß Wilberforce mit ihrer tiefen, melodramatischen Stimme. »Ich vertraue ihr. Oh, ich möchte Sie nicht beleidigen, Neffe Armand. Aber ich kenne Sie nicht, nicht wahr? Ich habe Sie noch nie zuvor gesehen.«

Als Armand gegangen war, schlüpfte June Birch herein. Sie wandte sich an Philip.

»Der ist es nicht, Schatz. Er war bestimmt nicht ihr Typ.«

»Was meinen Sie?« fragte Lydia.

»Ich habe nur etwas ausprobiert«, erklärte Philip kühl. »Ich bat June, ein Auge auf unseren Besucher zu haben und festzustellen, ob sie ihn erkennen würde.«

»Oh, Armand war vorher noch niemals hier«, sagte Lydia. »Ich merkte das an der Art, wie er sich in dem Zimmer umsah. Und das erinnert mich — na, lassen wir das. Einen Drink, June?«

»Liebend gern, Häschen. O je, werden Sie die am Hals haben?« Sie deutete mit dem Kopf auf Miß Wilberforce, die vor sich hin starrte.

»Nein, sie verläßt uns morgen. Wir haben das gerade besprochen. Sie ist weitläufig mit Armand Villette verwandt. Wissen Sie, ich kann einfach nicht verstehen, weshalb Aurora das nicht geklärt hat. Sie muß einfach niemals Zeit gefunden haben, Armand gegenüber das arme alte Ding zu erwähnen.«

»Nehme an, ihre eigenen Angelegenheiten haben all ihre Gedanken in Anspruch genommen«, sagte June zynisch.

Philip reichte ihr einen Drink.

»Ich glaube, ich sollte wohl packen«, erklärte Miß Wilberforce, die überhaupt nichts besaß außer ihrer bauchigen Tasche und den wenigen Toilettenartikeln, die Lydia ihr geschenkt hatte. »Ich muß zugeben, das ist alles ziemlich aufregend. Ich war schon so lange nicht mehr auf dem Land. Und Sie werden mir schreiben, liebe Lydia.«

»Miß Wilberforce liebt es, Briefe zu bekommen«, erklärte Lydia June.

»Wirklich, Täubchen? Dann werden wir Ihnen alle schreiben.«

Als June gegangen war und Miß Wilberforce sich entschuldigt hatte, um zu packen und ›dringende Korrespondenz‹ zu erledigen, sagte Philip zu Lydia: »Und an was wurden Sie vor einer Weile erinnert? Ich mag keine unvollendeten Sätze.«

»Oh, das. Ich wollte nicht unbedingt, daß June das hört. Es ist nur, daß ich Auroras Getue um diesen Anhänger nicht verstehen kann, der nicht halb soviel wert sein kann wie dieses Bild zum Beispiel. Sie geht weg und überläßt ihre Wohnungsschlüssel allen möglichen Leuten, und dann macht sie solch ein Wesen wegen eines Schmuckstückes.«

»Ich nehme an, das Bild ist gut versichert und der Schmuck nicht. Was ist überhaupt mit dem Anhänger? Hat sich noch etwas ereignet?«

So mußte Lydia ihm doch von dem Telefonanruf erzählen.

»War das tatsächlich alles, was sie sagte?« fragte Philip endlich.
»Millicent sagt es. Aurora wollte einen Zug erreichen und war sehr in Eile.«
»In glaubhafter Eile?«
»Oh, das weiß ich doch nicht, Philip.«
Seine Augen wurden schmal. »Sie wird langsam ein Traum, die liebliche Aurora. Es ist schade, daß sie noch immer an so irdische Dinge wie Züge gebunden ist. Man könnte sie sich eher mit Flügeln vorstellen, wie eine Motte. Oder vielleicht wie etwas weniger Unschuldiges und Hilfloses. Ein Nachtvogel, eine Eule. Oder eine Fledermaus.«
Dann öffnete er seine Augen wieder weit und sah Lydia fest an. »Ich bitte um Entschuldigung für diesen Unsinn. Nicht einmal Fledermäuse tragen goldene Anhänger. Haben Sie vor, es Armand auszuhändigen?«
»Was glauben Sie denn? Wenn ich das wollte, hätte ich es ihm schon heute nachmittag gegeben.«
»Dickköpfige kleine Schwester! Geben Sie es mir.«
»Weshalb?«
»Nur eine Sache der Neugierde. Ich möchte es zu einem Juwelier bringen und schätzen lassen.«
»Was soll das klären?«
»Einiges, würde ich sagen. Wenn es fünftausend Pfund wert ist, wissen wir mit Sicherheit, daß Aurora nur habgierig ist. Aber wenn es nur einen Fünfer wert ist, was ich für möglich halte, gibt es nur eine Erklärung. Daß es nämlich von tiefem Gefühlswert ist. Glauben Sie, daß es so ist?«
»Als Geschenk des wichtigtuerischen Armand?« sagte Lydia zweifelnd.
»Sie verstehen, was ich meine?«
Lydia schüttelte langsam den Kopf. »Ich bin nur einer Sache ganz sicher, nämlich der, daß er nicht will, daß ich morgen mit aufs Land fahre.«
»Da ist er nicht der einzige.«
»Sie!« rief Lydia überrascht aus.
»Gott segne Ihr gutes Herz, liebste Lydia, aber Sie haben nun wirklich genug für die umherstreunende alte Dame getan, ohne sich nun auch noch mit einem zwielichtigen Rechtsanwalt einzulassen.«
»Halten Sie ihn für zwielichtig?«
»Haben Sie denn nicht selbst bemerkt, daß er ein wenig zu glaubhaft wirkte? Alles paßte zusammen, wie in einem Puzzle-

spiel. Alles, außer Aurora. Und man kann sich die beiden nicht einmal mit der größtmöglichen Fantasie als Liebespaar vorstellen. Außer es sei um den Preis von goldenen Anhängern ...«

»Philip, seien Sie doch nicht albern! Aurora hat von Armand und seinen Tanten gesprochen. Das haben Sie selbst gesagt. Nichts ist auch nur im mindesten ungewöhnlich. Außerdem, was sollte er mit einer mittellosen Person wie Miß Wilberforce vorhaben? Und sicherlich würde er mich morgen nicht mit nach Greenhill nehmen, wenn es keine Blandina dort gäbe. Oder?«

Philip zog eine Augenbraue in die Höhe.

»Also gut. Sie sollen Ihren Willen haben. Armand ist ein netter, plumper, gefühlsduseliger Menschenfreund, und Miß Wilberforce wird für ihre alten Tage an einen schönen Ort gebracht. Jedenfalls geht uns das alles nichts an. Wir wollen doch nicht so neugierig werden wie June Birch. Verdammt langweilig allmählich. Jetzt werde ich mir mal die Ankunftstafeln der Züge ansehen.«

»Warum?« Lydia kam sich dumm vor und hatte das Gefühl, dauernd einen Schritt hinter Philip herzulaufen.

»Um zu sehen, mit welchem Zug Sie morgen zurückfahren werden. Und«, fügte er bestimmt hinzu, »Sie werden dann auch in diesem Zug sein!«

Philip klopfte auf das Pult an der Rezeption des Hotels. Eine Frau mittleren Alters kam aus einem dahinter gelegenen Büro heraus.

»Guten Morgen, Sir. Kann ich Ihnen behilflich sein?«

Sie sah überwältigend achtbar aus. Alles sah überwältigend achtbar aus. Düster, elegant, bequem, unendlich bedrückend.

»Ich hoffe es«, sagte er. »Ich bin eben von einer langen Auslandsreise in London angekommen und suche eine ältere Verwandte. Dies hier ist die letzte Adresse, die ich von ihr habe. Können Sie mir vielleicht etwas über sie sagen? Mrs. Paxton. Mrs. Blandina Paxton.«

»Oh, das tut mir leid, da kommen Sie zu spät. Sie ging von hier weg — lassen Sie mich nachdenken — vor ein paar Wochen. Ich kann Ihnen das genaue Datum sagen, wenn Sie wünschen. Sie war jahrelang hier.«

Philip tat einen angemessenen Ausruf der Überraschung.

»Ist das nicht Pech! Können Sie mir sagen, wohin sie ging?«

»Nein, das kann ich nicht, Sir. Ich glaube beinahe, es war Bournemouth. Ihr Neffe holte sie ab. Wenigstens nehme ich an, es war ihr Neffe, denn er nannte sie Tante. Sie wissen vielleicht, wen ich meine.«

Philip nickte.

»Dann können Sie sich vielleicht mit ihm in Verbindung setzen? Wir haben es bedauert, Mrs. Paxton zu verlieren. Sie lebte beinahe zwanzig Jahre hier, wissen Sie. Die älteste Bewohnerin. Aber sie wurde schwach, die liebe alte Dame. Ihr Gedächtnis ließ nach. Wir haben uns gefreut, daß jemand auftauchte, der zu ihr gehörte.«

»Wollen Sie damit sagen, daß sie dieser Neffe nicht regelmäßig besucht hat?«

»Das kann ich wirklich nicht sagen. Ich bin noch nicht lange hier. Und sie ging immer aus, müssen Sie wissen, zum Tee oder ins Kino, wie alte Damen das eben so machen. Er könnte sie schon besucht haben, oder vielleicht hat sie ihn getroffen. Aber Sie können ihn ausfindig machen, nicht wahr?«

»Ja. Gewiß.«

»Wenn es Ihnen weiterhilft, er kam in einem Jaguar. Oh, und da war noch ein Mädchen dabei. Seine Frau, nehme ich an.«

»Sie hat all ihre Sachen mitgenommen?« fragte Philip.

»Mrs. Paxton? O ja. Mr. Seagar wohnt jetzt in ihrem Zimmer. Aber er wird nicht zwanzig Jahre bleiben, fürchte ich. Oh, was mir gerade einfällt, da hat noch jemand nach Mrs. Paxton gefragt. Ein ziemlich ungewöhnliches, altes Wesen, das sagte, es sei Mrs. Paxtons Schwester. Sie schien entsetzt darüber, sie nicht anzutreffen. Aber Mrs. Paxton erwähnte niemals etwas von einer Schwester. Sie erwähnte niemals irgendwelche Verwandte. Wir glaubten, sie sei alleinstehend, bis dieser Neffe und seine Frau hier auftauchten.«

»Wie sahen sie aus?« fragte Philip obenhin. »Ich möchte nur sicher sein, welcher meiner vielen Kusins und Kusinen es gewesen ist.«

»Nun, das Mädchen habe ich nicht richtig gesehen. Es blieb im Auto. Es hatte dunkles Haar. Der Mann trug dunkle Gläser. Er sah nicht eigentlich gut aus, aber er hatte eine ganz besondere Art an sich. Er brauchte nur zu lächeln. Sogar ich habe das bemerkt!«

Die Frau errötete leicht und erinnerte sich ihrer Stellung. »Das ist alles, was ich Ihnen sagen kann, Sir.«

»Ich danke Ihnen vielmals«, sagte Philip. »Sie waren sehr freundlich.«

Von Bayswater nahm Philip einen Bus nach Bloomsbury. Er fand das Büro von Armand Villette ohne Schwierigkeit. Er wußte, daß Armand den ganzen Tag über abwesend war, um mit einer weiteren Tante zu verhandeln. So konnte er völlig sicher sein, ihn nicht anzutreffen. Er wollte sich selbst ein Bild von seinem Büro und seiner derzeitigen Sekretärin machen. Und er wollte den Arbeitsplatz von Aurora sehen, den sie ihm selbst nie gezeigt hatte. Vielleicht konnte er ein paar Fragen stellen. Er war in keiner Weise von Armand Villette befriedigt. Der Mann war zu glaubhaft. Und bis jetzt hatte er noch nichts von dem Charme wahrgenommen, von dem die Empfangsdame im Hotel erzählt hatte.

Trotzdem hatte er bis jetzt noch nichts gefunden, worauf er seine Hand legen konnte.

Armand war ganz offensichtlich nicht Auroras Liebhaber, und die alte Dame, Tante Blandina, mußte in seinem Haus in Sussex sein, denn sonst hätte er nicht das Risiko eingehen können, daß Lydia mitkam.

Wenn man nur Aurora finden könnte ...

Aber wollte er sie noch finden? War er im stillen nicht erleichtert?

War er nicht schon damals aus seinem Traum erwacht, als er Lydia auf dem Waterloo-Bahnhof getroffen und gedacht hatte: Hier ist jemand, mit dem ich reden kann.

Wenn Lydia heute zurückkam und berichtete, daß alles in Ordnung sei, daß Blandina ihre Schwester willkommen geheißen und Miß Wilberforce sich dort niedergelassen hatte, würde er sich alle Mühe geben, die ganze Angelegenheit aus seinem Gedächtnis zu verbannen, sich in die Arbeit stürzen und den Irrtum eines kurzen Frühlings vergessen.

Trotzdem war er jetzt hier, auf dem Weg zu Armand Villettes Büro, um die Gelegenheit wahrzunehmen, ein bißchen zu spionieren. Er wollte sich mit der Sekretärin unterhalten, die Aurora möglicherweise gekannt hatte. Er hatte Auroras Freunde niemals kennengelernt. Es war keine Zeit dazu gewesen. Warte, bis ich aufgehört habe zu arbeiten, hatte sie gesagt, und dann: warte, bis wir verheiratet sind.

Es hatte den Anschein, als sollte er auch heute niemanden treffen, denn die Tür zu Armand Villettes Büroräumen war geschlossen.

Nachdem er versucht hatte, den Türknopf zu drehen und vergebens klopfte, rief eine ältere Putzfrau, die die Eingangshalle fegte, die Treppe hinauf: »Da ist heute niemand. Sie haben geschlossen.«

Philip ging die Treppe hinunter. »Ich weiß, daß Mr. Villette weg ist, aber hat er denn keine Sekretärin?«

Die Frau trat aus dem Schatten unter der Stiege hervor und sah ihn an. Sie begann zu kichern. »Die hat den Laufpaß bekommen.«

»Welche?«

»Nun, die, die letzte Woche hier war. Nicht die Dunkle, die wegging, um zu heiraten. Die war in Ordnung. War schon lange Zeit hier. Nein, die eine, die letzte Woche hier angefangen hat. Hat nicht lange gedauert, was?«

»In der Tat«, murmelte Philip.

»Und deshalb ist das Büro geschlossen. Niemand da, der sich darum kümmert. Wenn ich Sie wäre, würde ich morgen wieder vorbeischauen. Nehme an, bis dahin ist er zurück.«

Philip blieb keine andere Wahl, als zu gehen. Nun hatte er nur noch eines zu erledigen. Er betrat einen Juwelierladen, in dessen Schaufenster das Schild hing *Ankauf von Schmuckstücken aus zweiter Hand* und zeigte den altmodischen goldenen Anhänger.

Der Mann hinter der Theke betrachtete ihn genau mit einer Lupe. Dann sah er auf.

»Es ist ein sehr hübsches Stück, Sir. Früher Viktorianischer Stil, würde ich sagen. Aber es gibt keinen Markt dafür. Die Diamanten sind nicht erstklassig und der Rubin ist unrein. Ich kann dafür nicht mehr als fünfundzwanzig Pfund bieten.«

»Das ist Ihr ehrliches Angebot?«

»Gewiß.« Der Mann war etwas beleidigt. »Sie können das Stück noch woanders vorzeigen. Sie können es einige Dutzend Male schätzen lassen. Aber Sie werden feststellen, daß ich recht habe.«

»Danke«, sagte Philip und steckte den Anhänger in die Tasche. »Ich werde es mir überlegen.«

Er trat aus dem Laden in das kühle Sonnenlicht dieses Frühlingstages hinaus. Also war es Gefühlsduselei und nicht Habgier, was Aurora empfand. Gefühlsduselei wegen Armand Villette, mit seinen runden, blaßblauen Augen, die über die Brille hinweg das Weiße der Augäpfel sehen ließen?

Plötzlich wünschte er, der Tag wäre vorüber und Lydia käme zurück.

Das Haus lag, genau wie Armand Villette gesagt hatte, etwa eine Meile vom Ort entfernt. Man näherte sich ihm auf einer langen, von dichten Hecken gesäumten Straße. Erst wenn man um die letzte Kehre dieser Straße bog, kam das Haus in Sicht. Es war ein riesiges, zweistöckiges Gebäude aus grauem Stein, gut erhalten und attraktiv. Zu beiden Seiten dehnten sich Gärten, in denen Tulpen und Apfelbäume in voller Blüte standen.

»Das ist großartig! Leben Sie wirklich hier, Neffe Armand? Macht sich der Beruf eines Rechtsanwalts so gut bezahlt?«

Armand lächelte mit schmalen Lippen. Sein Gesicht trug den üblichen Ausdruck von Güte, aber in seinen Augen flackerte eine verborgene Angst.

»Ich habe ein wenig Geld, weißt du, Tante Clara. Aber Tante Blandina wird dir meine ganze Familiengeschichte erzählen. Komm herein. Sie erwartet dich.«

Lydia stieg aus dem Auto und fühlte, wie Miß Wilberforce ihren Arm umklammerte.

»Oh, du meine Güte! Ist sie mir böse, daß ich hierherkomme? Bestimmt wird sie finden, daß ich mich aufdränge.«

»Unsinn, Tante Clara. Schau dir all diese leeren Räume an.« Armand deutete auf die Reihe der Fenster. »Ich könnte mit Leichtigkeit ein Dutzend Gäste hier unterbringen.«

Er führte sie die Treppe hinauf, durch eine weit geöffnete Queen-Ann-Tür hindurch in eine geräumige Halle.

Weiche Teppiche, verschwenderische und geschmackvolle Vorhänge, die wenigen Plastiken und Bilder von offensichtlich großem Wert. Hier drinnen herrschte mehr noch als draußen eine Atmosphäre unaufdringlichen Reichtums. Ganz gegen ihren Willen war Lydia beeindruckt. Jemand, der so lebte, konnte keine bösen Absichten mit alten Tanten haben.

Trotzdem blieb ein nagender Zweifel in ihr zurück. Armand Villette, fröhlich, ein bißchen schwerfällig, beinahe linkisch, nicht besonders geistreich, wie die oberflächliche Unterhaltung während der zwei Stunden Fahrzeit ergeben hatte, paßte hier nicht herein. Es schien ganz unmöglich und unvorstellbar, daß er derjenige war, der für diesen Geschmack und die Ausstrahlung des Hauses verantwortlich zeichnete.

Die Eingangstür war unverschlossen gewesen. Niemand erschien, um sie zu begrüßen. Armand schlug in seiner fürsorglichen Art vor, Miß Wilberforce solle vor dem Lunch erst einmal hinaufgehen und ihr Zimmer anschauen und ein paar Worte mit ihrer Schwester sprechen, die leider bettlägerig sei. Er wandte sich an Lydia und sagte: »Vielleicht macht es Ihnen nichts aus, hier unten zu warten. Tante Blandina geht es gar nicht gut. Der Arzt sagt, sie soll so wenig Besuche wie möglich empfangen. Ich glaube, das Wiedersehen mit ihrer lang verlorenen Schwester ist alles, was sie im Augenblick ertragen kann. Hinter dieser Tür befindet sich ein Waschraum. Und dann möchten Sie vielleicht im Salon warten?«

»Aber ich werde Tante Blandina noch aufsuchen, bevor ich abfahre«, sagte Lydia zu sich selbst, als sie sich erfrischte und ihr Make-up erneuerte. Selbstverständlich bestand keine Notwendigkeit, die alte Dame kennenzulernen. Nichts konnte ehrbarer sein als dieses Haus, und in jedem Fall ging sie ja Miß Wilberforce, diese Achtundvierzig-Stunden-Bekanntschaft, überhaupt nichts an. Jedenfalls nicht mehr als irgendein anderes heimatloses Wesen. Aber sie fühlte mit allen heimatlosen Geschöpfen, und irgendwie war es für sie wichtig geworden, sich selbst davon zu überzeugen, daß Miß Wilberforce mit ihren milden blauen Augen und ihren faltigen Wangen glücklich war.

Zehn Minuten später kam Armand die Treppe herunter. Er sagte: »Ah, und jetzt einen kleinen Drink vor dem Essen. Tante Clara wird gleich herunterkommen. Die beiden Alten, Gott schütze sie, feiern ein wunderbares Wiedersehen. Was möchten Sie trinken, Miß Deering? Darf ich Ihnen einen Martini mixen? Ich kann das sehr gut.« Das Weiße seiner Augäpfel schimmerte über dem Rand seiner Brille.

»Danke«, sagte Lydia höflich. »Was für ein wunderschönes Zimmer.«

»Ja, nicht wahr?« Seine Stimme klang abwesend, als er die Martinis mixte.

»Und ein herrlicher Garten«, sagte Lydia, die jetzt beim Fenster stand und einem schlanken jungen Mann zusah, der den Rasen mähte. »Sie haben Glück, einen Gärtner zu haben.«

»Wie? Oh, der Gärtner! Das ist Jules. Ja, da hatte ich Glück. Er arbeitet schwer.«

Was dachte er, wovon sie sprach? überlegte Lydia. Er schien verwirrt gewesen zu sein.

»Und er ist jung«, fuhr sie fort. »Gewöhnlich sind heutzutage Gärtner alte Männer, die ihre steifen Gelenke pflegen müssen.«

»Jules liebt seine Arbeit.« Armand beendete das Gespräch über den Gärtner, reichte ihr den Drink und fragte: »Sagen Sie mir, ob das nach Ihrem Geschmack ist.«

Sie nippte mit Vergnügen. Genau das hatte sie gebraucht, und allmählich entspannte sie sich. Die Reise war vorüber. Miß Wilberforce war angekommen. Die seltsame Geschichte, entfernt mit dem Geheimnis um Aurora verbunden, hatte eine befriedigende Erklärung und ein gutes Ende genommen. Alles war in Ordnung. Und Philip würde sie heute abend am Zug erwarten.

»Ist es recht so, Miß Deering?« hörte sie Armands Stimme. Er beobachtete sie über den Rand seiner Brille hinweg, ein ängstlicher, etwas linkischer Mann mittleren Alters, zu gutmütig, um sich seiner Tanten zu erwehren oder sich über einen weiteren Gast zu beklagen. Wie war sie nur auf den Gedanken gekommen, er sei eine zwielichtige Gestalt?

»Er ist wirklich sehr gut!«

»Fein. Wir haben noch Zeit für ein weiteres Glas, bevor Tante Clara herunterkommt. Ach, das ist ein wirklich unerwartet herrlicher Tag!« Also begann auch Armand, sich zu entspannen. Aber weshalb hatte er das überhaupt nötig?

Lydia nippte an ihrem Drink und beobachtete, wie der Gärtner langsam mit dem Rasenmäher auf und ab ging. Er schien hin und wieder einen raschen Blick zu den Fenstern herüberzuwerfen, als beobachtete er sie. Aber sie war sich dessen nicht sicher. Der Martini brachte sie etwas durcheinander.

»Haben Sie Aurora jemals hierhergebracht?« fragte sie.

»Ihre Schwester? Ja. Sie war auch an jenem Tag dabei, als ich Tante Blandina herbrachte. Die Geschichte wiederholt sich immer.«

Er lächelte breit, und Lydia sagte ganz obenhin: »Dann war Tante Blandina wohl diejenige, die Aurora erwähnte. Sie sagte etwas von einem Autounfall.«

Für den Bruchteil einer Sekunde huschte ein Ausdruck von Unsicherheit über sein Gesicht. Dann antwortete er sanft:

»Das war Tante Honoria, die kurz vor Weihnachten auf Besuch herüberkam. Sie lebte in Brittany. Aurora hat einiges für sie erledigt.«

»Sie müssen Aurora sehr vermissen«, murmelte Lydia.

»Das tue ich auch, ganz gewiß tue ich das, Miß Deering.«

Lydia wanderte im Zimmer umher. »Sie haben wunderbare Bilder. Aurora besitzt einen Monet, wissen Sie.«

»Nur eine Kopie. Sie erwähnte das Bild, als sie es kaufte.«

Aber gestern hatte er sich das Bild genau angesehen, als ob er es noch nie zuvor gesehen und als ob es ihn überrascht hätte, es an Auroras Wand hängen zu sehen...

Lydia konnte sich nicht konzentrieren. Der Drink machte sie schwach und konfus. Er mußte sehr stark gewesen sein. Besonders stark? So daß sie nicht aufpassen konnte und nicht zuviel bemerken würde?

Der schlanke Gärtner ging langsam im Sonnenlicht hin und her, die Farben des Gartens leuchteten...

»Ich werde eben Tante Clara zum Essen herunterholen«, sagte Armand hinter ihr. »Warten Sie hier.«

Armand kam zurück und führte Miß Wilberforce. Die alte Dame machte einen etwas verwirrten und betrübten Eindruck. Oder spielte ihr auch da ihre Einbildung einen Streich? Lydia schüttelte ungeduldig den Kopf, um klarer sehen und denken zu können. Weshalb hatte sie bloß Armands scheußlichen Martini angenommen, wenn sie ebensogut hätte Sherry haben können?

»Ich habe mit Blandina gesprochen«, sagte Miß Wilberforce. »Und Armand hat mir ein wunderbares Zimmer gegeben. So ein Luxus. Aber ich weiß nicht...«

»Was weißt du nicht?« fragte Armand fürsorglich. »Komm hier herüber. Es gibt nur kalte Platte. Es tut mir leid, aber donnerstags hat die Köchin ihren freien Tag.«

So war also niemand da. Der Tisch in dem holzgetäfelten Speisezimmer aber war gedeckt mit allem, was man sich wünschen konnte.

»War Ihre Schwester so, wie Sie sich ihrer erinnern?« fragte Lydia.

»Keineswegs. Zumindest bin ich nicht sicher.« Miß Wilberforce runzelte die Stirn und versuchte sich zu erinnern. »Es ist so lange her, natürlich, und sie hat sich verändert, ebenso wie ich. Aber sie hatte immer eine so laute Stimme, sie war so herrschsüchtig. Jetzt ist sie ganz sanft. Irgendwie ist sie mir völlig fremd.«

»Man verändert sich eben«, murmelte Lydia durch den Nebel hindurch, der sie umfing.

»Du mußt bedenken, daß Tante Blandina krank ist«, sagte Armand. »Sie hat viel von ihrer Angriffslust verloren. O ja, ich weiß ebenfalls gut, wie aggressiv sie sein konnte. Aber sie freut sich, dich zu sehen, Tante Clara. Das habe ich dir doch gesagt.«

»Ich bin nie gut mit Fremden ausgekommen«, brummelte Miß Wilberforce.

»Sei nicht dumm, sie ist keine Fremde, sie ist deine Schwester.«

»Nach zwanzig Jahren ist sie eine Fremde.« Miß Wilberforce war nicht von diesem Standpunkt abzubringen. »Jedenfalls soll Lydia mir sagen, was ich tun soll.«

Armand, der Wein in die Gläser füllte, sagte: »Lydia muß nach dem Essen zum Zug, Tante Clara. Wir können ihre Zeit nicht endlos in Anspruch nehmen.«

»Ja, natürlich, das weiß ich. Aber nicht bevor sie Blandina gesehen hat. Sie wollen meine Schwester doch kennenlernen, Lydia?«

»Aber selbstverständlich. Nein, danke, keinen Wein, Mr. Villette.«

Er wollte offensichtlich nicht, daß sie länger hierblieb, er wollte vermeiden, daß sie irgend etwas genauer sah und nur durch einen Schleier von Alkohol die Dinge beobachten konnte.

Doch Tante Clara ließ nicht locker. Nach dem Essen verkündete sie einfach, daß sie jetzt Lydia zu Blandina hinaufbringen würde.

Und als Armand aufgeregt nach seiner Uhr blickte, sagte sie mit plötzlicher Autorität: »Laß das endlich, Armand. Wenn Lydia den Zug versäumt, nimmt sie eben den nächsten. Worüber machst du dir denn solche Sorgen? Kommen Sie, Lydia.«

Auf dem Vorplatz zu Blandinas Zimmer stand eine Großvateruhr. Ihr tiefes, monotones Tick-Tack mußte die arme Kranke da drinnen dauernd an die Vergänglichkeit der ihr noch verbliebenen wenigen Tage erinnern.

Aber Lydia erkannte sofort, daß das keine Frau war, die sich durch irgend etwas erschrecken ließ. Obwohl das Nachthemd einen faltigen Hals frei ließ und tiefe Höhlen unter den Schlüsselbeinen, obwohl das graue Haar in einem wirren Durcheinander auf dem Kissen lag, konnte doch nichts die Energie und Angriffslust verdecken, die von ihrer langen, spitzen Nase und ihren schwarzen Augen ausgingen.

Ja, man konnte sehr gut die Überreste von Tante Blandinas herrschsüchtiger Jugendzeit erkennen. Jetzt beschränkte sie sich darauf, eifersüchtig und böse zu sein auf jene, die gesund waren und gehen konnten.

»Blandina, meine Liebe, das ist Lydia. Das nette Mädchen, von dem ich dir erzählt habe. Sie war so gut zu mir.«

»Meine Liebe, wie schön von Ihnen«, kam die schwache, auffallend sanfte Stimme vom Bett her. »Ich war so krank. Armand brachte mich aus diesem schrecklichen Hotel hierher. Und ich habe einfach Claras Geld vergessen. Ich schäme mich so.«

»Aber jetzt rede doch nicht mehr davon, Blandina«, sagte Miß Wilberforce. »Mir geht es gut, dank Lydia und jetzt dank Armand. Du hast immer recht gut für dich gesorgt, nicht wahr, Blandina? Zuerst ein wohlhabender Ehemann und jetzt dieser außerordentlich freundliche Neffe.«

»Ja. Ich habe Glück gehabt. Aber das hättest du auch haben können, Clara, wenn du nicht immer so ein Narr gewesen wärst. Wir stritten uns, müssen Sie wissen«, erklärte sie Lydia, und ihre scharfen Augen schienen sich in Lydias Gesicht zu bohren. »Ich verzeihe für gewöhnlich nicht leicht. Ich war nicht einmal erfreut, als Armand mir erzählte, Clara würde kommen. Aber wenn man weiß, daß seine Tage gezählt sind ...« Die schwache Stimme erlosch.

Clara klatschte in ihre knochigen Hände. »Blandina, meine Liebe, es wird alles wieder gut. Jetzt bin ich ja hier. Ich werde mich zu dir setzen und dir vorlesen. Ich lese sehr gut. Ich bin in Übung, weißt du? Erinnerst du dich noch daran, als wir Kinder waren, wolltest du immer diese rührseligen Romane lesen, und ich interessierte mich für nichts anderes als für Gedichte.«

Blandinas Augen öffneten sich kurz, dann senkten sich die Lider wieder.

»Ich habe nicht die leiseste Erinnerung an irgend etwas. Außer daß du ein vollkommen unmögliches Kind warst, das dauernd vor sich hinmurmelte und Theater spielte.« Sie lächelte ein wenig, öffnete die Augen aber nicht. »Sag mir, bleibt dieses gute Kind lange hier?«

»Nein, Lydia muß einen Zug erreichen. Armand ist schon ganz aufgeregt.«

»Dann dürfen wir sie nicht aufhalten, Clara.« Sie hielt ihrem Besuch eine schwache, kraftlose Hand hin. »Auf Wiedersehen, meine Liebe. Bitte entschuldigen Sie, daß ich nicht aufstehe. Versäumen Sie Ihren Zug nicht. Und ich hoffe, mein Neffe hat sich bei Ihnen dafür bedankt, daß Sie so gut für meine Schwester gesorgt haben.«

»Ich will keinen Dank«, antwortete Lydia steif. Sie mochte die alte Frau in dem Bett nicht und hoffte nur, daß sie nicht mehr lange am Leben blieb, damit Miß Wilberforce dann die einzige, umhegte Tante sein würde.

Nachher konnte sie sich nicht mehr genau an die Einzelheiten des Schlafzimmers erinnern. Die Vorhänge waren zugezogen gewesen, das Zimmer war dämmrig. Sie konnte sich nur an das unordentliche graue Haar auf dem Kissen erinnern, an die emporragende spitze Nase und an die flinken, wachsamen Augen.

Man mochte sich fragen, was einen Mann dazu bewegen konnte, zwei offensichtlich exzentrische alte Frauen in sein Heim aufzunehmen, das er mit so großer Sorgfalt eingerichtet hatte.

Blandina war natürlich wohlhabend. Aber nicht Clara. Blandina war krank und Clara bei verhältnismäßig guter Gesundheit. Oberflächlich betrachtet schien es, als sei ihr Teil der beste.

Lydia verdrängte die Zweifel und verabschiedete sich.

»Ich werde Ihnen schreiben«, versprach sie Miß Wilberforce. »Und Sie müssen mir bestimmt auch schreiben.«

»Oh, das werde ich«, sagte die alte Dame eifrig. »Haben Sie vielleicht im Dorf einen Briefkasten bemerkt? Es macht solchen Spaß, auszugehen und die Briefe selbst aufzugeben.«

Der Jaguar stand vor der Eingangstür. Jules sollte Lydia zum Bahnhof fahren. Der schlanke Gärtner, mit einem Pullover und Cordhosen bekleidet, stand wartend daneben. Er warf Lydia einen raschen Seitenblick zu, als sie ins Auto stieg, dann schlüpfte er auf den Fahrersitz.

Der Wagen fuhr die gewundene Straße hinab, und Lydia hatte Zeit, sich den Chauffeur etwas genauer zu betrachten. Zumindest sah er besser aus als Armand. Er trug kurzgeschnittenes, schwarzes Haar, das an den Enden leicht gelockt war. Er hielt den Kopf in etwas arroganter Weise hoch erhoben. Er mochte ja ein guter Gärtner sein, dachte Lydia bei sich selbst, aber er war bestimmt kein einfacher Mann. Und in diesem Augenblick trafen sich ihre Blicke im Rückspiegel. Seltsame, opalfarbene Augen starrten sie durch den Spiegel an.

Sie war verwirrt und überrascht. Es sah beinahe so aus, als versuche er, ihr irgend etwas zu sagen. Aber er sprach nicht, und es blieb ihr überlassen, eine unverfängliche Unterhaltung zu beginnen. »Sie sind sowohl Mr. Villettes Chauffeur wie auch sein Gärtner?«

»Zeitweise, Madam.«

Jetzt wußte sie, daß sie seine Stimme hatte hören wollen, aber die kurze Antwort gab keinerlei Aufschluß. Oder war da doch ein ganz leichter fremdländischer Akzent gewesen?

»Ich nehme an, er ist ein guter Arbeitgeber. Er ist so freundlich zu seinen Tanten.«

»Ja, Madam.«

Lydia ärgerte sich. Sie wollte ihn ja nicht verhören, sie wollte nur, daß er sprach. Aber er schien keine Lust dazu zu haben. Und sie waren beinahe schon am Bahnhof.

Kurz darauf hatte Jules den Wagen gewendet und zum Halten gebracht. »Sie müssen noch sieben Minuten auf Ihren Zug warten, Madam.«

»Danke, Jules. Ich werde auf den Bahnsteig gehen. Warten Sie nicht. Auf Wiedersehen.«

Lydia war froh, als sie das Auto wegfahren sah.

Wenn der Zug nicht zehn Minuten Verspätung gehabt hätte, wäre sie nie auf die verrückte Idee gekommen. Aber als sie unruhig auf dem sonnenüberfluteten Bahnsteig stand, als der ländliche Geruch von Bäumen und frischem Laub und Wiesen mit saftigem Gras zu ihr herüberwehte, hatte sie Zeit, ihren Besuch in Greenhill noch einmal zu überdenken. Dabei entdeckte sie, daß er alles andere als befriedigend verlaufen war.

Die ganze Zeit über war ihr Armand auf den Fersen gewesen, außer in dem kurzen Augenblick im Waschraum und später, als sie mit Miß Wilberforce oben bei ihrer Schwester gewesen war. Außer dem Gärtner war kein anderer Dienstbote in Sicht gewesen. Sicherlich, Armand hatte betont, daß die Köchin ihren freien Tag hatte, aber die Köchin hielt bestimmt nicht all diese vielen Räume in Ordnung. Irgend jemand mußte auch den Tisch gedeckt haben. Ganz offensichtlich wollte Armand, daß sie so wenigen Menschen wie möglich begegnete. Er hatte ja sogar versucht, sie davon abzuhalten, Tante Blandina zu sehen.

Andererseits hatte es ihm nichts ausgemacht, sie von seinem Gärtner zum Bahnhof bringen zu lassen. Das konnte bedeuten, daß er andere dringendere Geschäfte zu erledigen hatte.

Aber was für Geschäfte mochten das sein?

Weshalb hatte man ihr nicht erlaubt, mehr von dem Haus zu sehen? Weshalb waren keine anderen Dienstboten anwesend gewesen? Weshalb hatte Armand ihr diesen viel zu starken Martini gemixt? Weshalb hatte sie die alte Dame in dem Bett wie ein feindseliger alter Vogel angestarrt?

Ein Eisenbahnbeamter ging den Bahnsteig entlang, und Lydia fragte ihn, wann der nächste Zug ginge.

»Sieben Uhr fünfzehn, Miß.«

»Danke, das paßt mir ausgezeichnet.«

So blieben ihr also drei Stunden, um nach Greenhill zurückzugehen und in der Dämmerung ein wenig herumzuschnüffeln.

Sie trank im Dorf Tee. Sie fand die Post und plauderte ein wenig mit dem Postfräulein, einer gesprächigen alten Jungfer, die versprach, ein wenig auf Miß Wilberforce achtzugeben und aufzupassen, daß ihre Post richtig befördert wurde. Sie sagte, es sei nett, daß nach so langer Zeit wieder einmal jemand in Greenhill wohne. Soviel sie wußte, hatte Mr. Villette eine Praxis in London und kam nur dann hierher, wenn eine seiner Tanten da war. Es sei schade, daß in dem Haus keine Hausherrin wohne, aber in gewisser Weise würden die Tanten davon profitieren.

»Ist der Gärtner hier aus dem Dorf?« fragte Lydia.

»Nicht daß ich wüßte. Mr. Villette bringt für gewöhnlich sein Personal mit, wenn er kommt.«

»Sind viele von Mr. Villettes Tanten hier gestorben?« fragte Lydia ganz nebenbei.

»Gestorben! O nein! Wie kommen Sie denn auf diese Idee? Ich weiß von keiner, die gestorben wäre, und ich bin schon seit elf Jahren hier. Du lieber Himmel, nein, die alten Damen bleiben eine Weile und kehren dann in ihr eigenes Heim zurück. Das habe ich jedenfalls immer geglaubt.«

»Außer, sie haben kein eigenes Heim«, sagte Lydia. »Dann müßten sie wohl bleiben, nicht wahr? Um zu sterben?«

»Ja, das nehme ich schon an. Aber das ist doch ziemlich morbid.«

Inzwischen war es dämmrig geworden. Lydia verließ das Dorf und ging rasch die schmale Landstraße auf das Haus zu, das sie vor kurzer Zeit verlassen hatte.

Die großen Tore waren noch immer offen. Sie hielt sich im Schatten der Büsche, bereit, sofort in Deckung zu gehen, wenn es nötig sein sollte. Das erwies sich als äußerst klug, denn vor der letzten Biegung ertönte plötzlich das Geräusch eines Autos, und Lydia hatte gerade noch Zeit, sich in einen Rhododendron-Busch zu werfen, bevor der Jaguar erschien. Langsam fuhr er den schmalen Weg hinunter.

Da das Innere des Wagens erhellt war, hatte Lydia deutlich erkennen können, wer drin saß. Armand Villette am Steuer und Jules, der Gärtner, neben ihm. Die beiden Männer unterhielten sich ernsthaft. Jules sprach mit Armand, als ob er etwas berichten würde. Er trug einen dunklen Anzug und wirkte sehr arrogant.

Als der Wagen verschwunden war, entdeckte Lydia, daß sie zitterte. Sie war nur knapp einer Entdeckung entgangen. Aber jetzt stand ihr der Weg offen. Sie konnte ganz nahe an das Haus herankommen, ohne befürchten zu müssen, plötzlich Jules oder Armand gegenüberzustehen.

Obwohl es noch nicht ganz dunkel war, brannten schon die Lichter im Haus. Eines im Fenster des Wohnzimmers und zwei weitere im ersten Stock in zwei etwas voneinander getrennten Zimmern. Das eine davon mußte das von Miß Wilberforce sein, das andere das von Blandina.

Aber nein. Sie irrte sich. Denn als sie sich im Schutz der Büsche näher an das Haus heranschlich, sah sie die Gestalt einer Frau, die sich im Wohnzimmer bewegte. Es war eine schlanke Gestalt, die sich langsam und mit Würde bewegte. Die Köchin, in so einem langen, dunklen Kleid? Oder eines der Mädchen?

Lydia stieß einen unterdrückten Schrei aus. Es war Blandina. Denn in diesem Augenblick trat die Gestalt nahe ans Fenster und sah hinaus. Einen Augenblick stand sie ganz still, ihr graues Haar war ordentlich hochgebunden, es bestand kein Zweifel. Lydia sah deutlich die lange, spitze Nase und die schwarzen, stechenden Augen.

Dann hob sie mit einer raschen Bewegung eine knochige Hand, die Lydia zuletzt schwach und kraftlos auf der Bettdecke hatte liegen sehen, und zog die Vorhänge zu. Das Licht verschwand und mit ihm Blandina, die sich von ihrem Totenbett erhoben hatte.

Lydia stand draußen im Dunkeln.

Philip griff nach ihrem Arm, als sie durch die Barriere trat.

»Um Himmels willen, was ist passiert? Warum waren Sie nicht in dem anderen Zug?«

»Philip, Sie haben doch nicht drei Stunden gewartet!«

Es war das erstemal, daß sie ihn ärgerlich sah. Doch das verlieh seinem Gesicht den Ausdruck von sprühendem Leben. Plötzlich waren ihre Müdigkeit, ihre Angst und ihre Verwirrung verflogen. In diesem Augenblick existierte nichts als seine Hand, die ihren Arm umklammert hielt, und seine Augen, dunkel vor Ärger und Erregung, die sie aufmerksam musterten.

»Ich habe nicht drei Stunden lang *gewartet*«, sagte er ungeduldig. »Ich ging weg und kam wieder zurück. Ich dachte, Sie hätten vielleicht den ersten Zug verpaßt, ich dachte aber auch an etwas anderes.«

»An was?« fragte Lydia neugierig. »Daß Armand mich eingesperrt hat oder so etwas Ähnliches? Das hätte er nicht gewagt, da er doch wußte, daß Sie auf mich warten. Außerdem hatte er das bestimmt nicht vor, das kann ich Ihnen versichern. Er wollte mich im Gegenteil so schnell als möglich wieder loswerden.«

»Weshalb denn?«

»Ich weiß nicht, außer daß Blandina keineswegs so krank ist, wie sie vorgibt. Sobald Armand weg war, ging sie ganz munter im Haus umher. Ich werde Ihnen das später erzählen. Ich freue mich, daß Sie auf mich gewartet haben.«

»Sie verdienen es nicht.«

»Ich weiß.«

Als er die ganze Geschichte gehört hatte, sagte Philip, daß ihre Verpflichtungen, wenn sie überhaupt jemals bestanden, nun zu Ende seien. Lydia hatte die Reise mit Miß Wilberforce gemacht, um zu sehen, ob Blandina auch wirklich existierte. Nun hatte Blandina die Sorgepflicht für ihre Schwester übernommen, und ob sie ihre Krankheit nur vorschützte oder nicht, ging sie schließlich nichts an.

»Wahrscheinlich. Aber wenn Miß Wilberforce schreibt und mitteilt, daß sie nicht glücklich ist, werde ich etwas unternehmen. Ich werde dann hingehen und darauf bestehen, sie zu sprechen, ob Ihnen das paßt oder nicht.«

»Wirklich?« sagte Philip. »Ich glaube es Ihnen. Sie werden allmählich so tollkühn wie Ihre Schwester.« Gedankenvoll sah er sie an, und dann, als sie in eine verhältnismäßig dunkle Straße kamen, zog er sie plötzlich in seine Arme und küßte sie.

Es war ein heftiger Kuß, der mehr seine Enttäuschung und seinen Schmerz wegen Aurora auszudrücken schien als sein Verlangen nach Lydia. Nach einem Augenblick des Erschreckens und zugleich des Entzückens löste sie sich von ihm.

»Ich bin es«, erinnerte sie ihn ein wenig gereizt.

»Das brauchst du mir nicht zu sagen. Du wunderschöne jüngere Schwester. Ich weiß das sehr gut.«

Lydia zuckte ungläubig zusammen. Aber sein Gesicht war nur wenige Zentimeter von dem ihren entfernt, und sie wußte, daß ihr ganzes Leben zu diesem Augenblick hingeführt hatte. Sie hatte weder gedacht, daß es an einem kühlen Frühlingsabend in einer ziemlich zweifelhaften Straße zwei Häuserblocks vom Waterloo-Bahnhof entfernt geschehen würde, noch mit dem Mann, der noch vor sehr kurzer Zeit drauf und dran war, ihre Schwester zu heiraten, und der noch immer seine Augen geschlossen hielt und sich vorstellte, es seien Auroras Lippen, die er eben geküßt hatte.

Philip hob den Kopf. »Bist du hungrig? Komm zu mir. Ich werde Feuer machen und uns ein bißchen Wein einschenken. Nehmen wir ein Taxi.«

Mit kreischenden Bremsen hielt das Taxi, und Lydia kletterte in den dunklen Fond. Wieder zitterte sie. Blöde kleine Idiotin, schimpfte sie sich selbst. Du bist nur die jüngere Schwester. Zufällig bist du eben da. Aber das Zittern hielt an, und als er seinen Arm um ihre Schulter legte, lehnte sie sich an ihn und hoffte, er würde ihre Niedergeschlagenheit nicht bemerken.

Wie war das, wenn man liebte und nicht wiedergeliebt wurde? Besser jedenfalls als die traurige Geschichte mit Monsieur Bertrand, bei der weder auf der einen noch auf der anderen Seite so etwas wie Liebe bestand. Die Erinnerung an den langen, aufregenden Tag verblaßte. Gegenwärtig war nur noch die kühle Dunkelheit, die beruhigende Gestalt des Taxifahrers vor ihr und Philips Hand, die auf der ihren lag.

Er besaß zwei Zimmer ganz oben in einem schmalen Haus in Chelsea. Eines war ein Schlafzimmer, das andere ein riesiges, ziemlich leeres Atelier. Lydia fand es in ihrem Stadium der Erregung wunderbar nach all dem Luxus von Greenhill. Unwillkürlich fragte sie sich, ob Aurora diese beiden Orte miteinander verglichen hatte, und entschied sich dafür, daß Philips Wohnung die weitaus angenehmere von den beiden war.

Aber an Aurora wollte sie heute abend nicht denken. Lydia ging ruhelos hin und her, während Philip das Feuer entfachte. Als er in der kleinen Küche war, um eine Flasche Wein und Gläser zu holen, betrachtete sie sich in ihrem Handspiegel und entdeckte, daß ihre

Augen grün und leuchtend waren. Sie kämmte ihr Haar, bis es glänzte. Würde sich Philip überhaupt etwas aus diesem dünnen, spitzen Gesicht machen? Oder würde er seine Augen wieder schließen und sich vorstellen, es sei Auroras Gesicht, es sei Auroras schlanker, straffer Körper, über den seine Hände strichen?

Oder vielleicht würde er sie überhaupt nicht mehr berühren. Denn er würde nicht wissen, außer er konnte es in ihren dunkler werdenden Augen lesen, daß sie sich danach sehnte, von ihm berührt zu werden.

»Brennt das Feuer?« rief er.

»Ja, wunderbar.«

»Warum setzt du dich denn nicht?«

»Ich will nicht.«

»Dann komm zu mir heraus und hilf mir. Kannst du kochen?«

Lydia stand in der winzigen Küche und sah ihm zu, wie er ein französisches Brot aufschnitt. »Ein bißchen.«

»Das ist jedenfalls besser als Aurora. Gott weiß, wovon sie lebte, wenn sie allein war. Von Zigaretten und chinesischem Tee.«

»Hast du sie denn nicht besser gekannt?«

»Nein. Ich wußte nicht einmal die einfachsten Dinge. Zum Beispiel wie sie sich das Haar bürstete, oder wie sie aussah, wenn sie am Morgen erwachte, oder wie sie sich an einem sonnigen Tag fühlte.«

»Aber du wolltest das alles herausfinden«, murmelte Lydia.

»Ja. Vielleicht. Deine Augen sind heute abend grün.«

»So?«

»Gehen wir zum Feuer. Wir können später essen.«

»Philip, ich bin nicht Aurora«, sagte sie wieder.

»Nein.« Seine Augen verengten sich zu schimmernden Schlitzen. »Aber du bist das Mädchen, auf das ich drei Stunden gewartet habe. Das ist doch schon etwas, oder nicht?«

»Ich möchte nicht als Droge benützt werden, die dir das Vergessen erleichtert«, sagte sie verärgert und wartete darauf, daß er zu ihr treten und sie küssen würde.

»Du bist ganz aus dir allein heraus eine Droge, das kann ich dir versichern.«

Einen Augenblick sahen sie einander an.

»Ich meine es wirklich, Lydia«, sagte er mit rauher Stimme. Aber als er sie endlich in seine Arme nahm, genau in dem Augenblick, als sie beinahe an seine Aufrichtigkeit glaubte, läutete das Telefon. Die nur vom Schein des flackernden Feuers belebte Stille wurde jäh zerrissen. Lydia fuhr zusammen, als ob sie plötzlich nicht mehr allein wären.

»Verdammt!« rief Philip aus und griff nach dem Hörer. »Hallo, hallo!«

Dann sagte er sehr langsam: »Aurora!« und hielt ein, als könne er seinen Ohren nicht trauen.

Lydia hätte am liebsten geweint. Aber ihre Augen blieben trocken. Das war kein Schmerz, der sich in Tränen auflösen konnte. Dazu war er zu heftig.

Aurora! Als ob sie sie beobachtet und genau auf den richtigen Augenblick gewartet hätte, um ihren Traum zu zerstören. Oder Lydias Traum, nicht den von Philip. Er hatte sich nur selbst zum Narren gehalten, beinahe mit Erfolg.

»Wo bist du ... Wohin soll ich kommen? ... Ich kann dich nicht verstehen. Ja! Du bist ... Was ist das? ... Oh, das ist jetzt ein bißchen spät, nicht? — — Ja, natürlich, mir geht es gut, wenn dich so etwas Unwichtiges überhaupt interessiert.« Seine Stimme wurde kühl und unpersönlich. »Was? ... Ja, mein Liebling, natürlich wünsche ich dir alles Gute. Du willst mir nicht sagen, wo du bist oder bei wem? ... Ich bin nicht neugierig, aber deine Mutter und deine Schwester ... Was ist das? Ich höre nichts! Das ist eine miserable Verbindung. Aurora! Bist du noch da! Ach, jetzt sind wir unterbrochen worden.«

Er legte den Hörer nieder und sagte, ohne sich umzudrehen: »Sie wurde unterbrochen. Es waren eine Menge Störungen in der Leitung. Hab' keine Ahnung, von wo aus sie anrief.«

Lydia kämpfte ihre eigene Enttäuschung nieder.

»Was hat sie gesagt?«

»Ich konnte sie nicht genau verstehen. Zuerst etwas, daß ich kommen und sie holen sollte, etwas sei schiefgelaufen. Und dann begann sie zu lachen und sagte, sie hätte mir nur einen Streich spielen wollen, um zu sehen, wie ich reagiere. Alles sei in bester Ordnung, aber es täte ihr leid, daß sie mir so übel mitgespielt habe. Sie wollte mir das nur sagen. Dann wurden wir unterbrochen.«

»Wie wirkte sie?«

»Ziemlich komisch. Beinahe als ob sie ein bißchen betrunken wäre, oder halb im Schlaf.«

Betrunken! Das könnte möglich sein, dachte Lydia und erinnerte sich an die geheime Flasche Gin. Aber gleichzeitig erstand wieder das Bild der von Spinnweben umflorten Aurora, die irgendwo auf einem verborgenen Bett lag. Die schlafende Prinzessin, die auf Hilfe wartete.

»Philip, bist du sicher, daß sie es war?«

Jetzt erst drehte er sich um, und sie sah, daß sein Gesicht blaß und hart war. »Ganz sicher.«

»Was sollen wir tun?«

»Nichts. Sie hat sich nur etwas verspätet für ihr Benehmen entschuldigt.«

»Aber diese Stimmen im Hintergrund?«

»Ich sagte dir doch, es war eine schlechte Verbindung. Ich nehme an, wir gerieten in die Unterhaltung von jemand anderem hinein. Um ganz ehrlich zu sein, habe ich kein sehr großes Interesse mehr an Auroras Streichen. Du vielleicht? Komm, essen wir etwas.«

Er fuhr ihr rasch übers Haar. Sein Gesicht drückte Bedauern aus. Aber Lydia wußte, daß ihr Augenblick vorüber war. Aurora war zurückgekommen. Ihre wilde Schönheit und das Geheimnis, das sie umgab, waren eine viel stärkere Waffe als das augenblicklich grüne Feuer in Lydias Augen.

Während des Essens, das keiner von ihnen mochte, warteten sie darauf, daß das Telefon erneut läutete und Aurora ihre unterbrochene Erklärung beenden würde. Philip hatte den goldenen Anhänger aus der Tasche genommen und auf den Tisch geschleudert.

»Du solltest morgen früh Armand anrufen und ihm erzählen, daß wir das da haben«, sagte er. »Frag ihn, ob er irgendwelche Anweisungen von Aurora hat. Nebenbei bemerkt, er hat seine neue Sekretärin entlassen.«

»Glaubst du, daß das von Bedeutung ist? Vielleicht war sie eine taube Nuß. Neue Sekretärinnen sind das heutzutage oft.«

»Ja. Und vor allem nach Aurora, die zumindest dekorativ war.«

Lydias Ehrlichkeit zwang sie dazu, zu sagen, was sie bedrückte. »Philip, glaubst du, Aurora hat vielleicht wirklich um Hilfe gerufen?«

»Um sie vor dem falschen Mann zu erretten? Ich finde, das muß sie selbst durchstehen.« Seine Stimme klang bitter und ein wenig höhnisch, aber Lydia spürte trotzdem sein Unbehagen.

»Ich glaube, ich werde nach Hause gehen«, sagte sie traurig. »Es war ein langer Tag.«

»Ich bringe dich heim.«

»Nein, bestelle mir nur ein Taxi, bitte.«

»Ich bringe dich heim«, wiederholte er.

»Aber wenn das Telefon läutet?«

»Da kann man nichts machen. Zieh deinen Mantel an.«

Er machte nicht einmal den Versuch, sie jetzt zu berühren. Er wirkte müde und ungeduldig, und sie selbst fühlte, daß es ihr gleichgültig war, was geschah. Wenn er sie lieben wollte, würde sie es geschehen lassen, wenn nicht, war es auch gleich. Zu heftige Gefühle und zu heftige Traurigkeit hatten alles neutralisiert.

Das Mädchen, das in dem großen Bett lag, öffnete seine großen Augen, um zu sehen, wer es hochhob.

»Du traust mir also nicht, Liebling! Du liebst mich also doch nicht!«

Sie sah seine strahlenden Augen, seinen lächelnden Mund, die Falten und Linien in seinem geliebten Gesicht. Wonne durchrieselte ihren müden Körper. Ihre Gedanken waren seltsam umschleiert und nicht fähig, sofort alles zu erfassen.

»Ich liebe dich«, sagte sie, »doch, ich liebe dich.«

»Warum hast du dann versucht, zu deinem Künstler zurückzugehen?«

»Oh! Das hat man dir gesagt?«

»Natürlich. Was hast du denn erwartet?« Seine Fingerspitzen berührten ihre Stirn, ihre Wangen. Sie fühlte sich so schläfrig und warm, es war köstlich.

»Glaubtest du denn, er könnte dich glücklicher machen als ich?«

»Nein, glücklicher nicht. Nein.« Ihre Gedanken verwirrten sich. Irgend etwas erwachte in ihr, eine Ahnung, ein Gefühl der Angst. »Aber sicher«, fügte sie hinzu, und dann schrak sie zurück vor dem Hohn in seinen Augen. Und noch immer lächelte er.

»Wer will denn Sicherheit? Würdest du das nicht ein wenig langweilig finden? Noch dazu ohne mich?«

Sie wünschte, er würde sie hochheben und fest an sich pressen. Zur gleichen Zeit wich sie aber aus irgendeinem Grund, an den sie sich nicht erinnern konnte, vor seiner Berührung zurück. Die widerstreitenden Gefühle ermüdeten sie tödlich.

»Ja«, sagte sie gehorsam. »Ich glaube schon. Sehr langweilig.«

»Dann sei ein gutes Mädchen.« Er beugte sich hinab und küßte sie flüchtig. »Tu das nicht noch einmal.«

Seine Stimme war zu liebenswürdig, um eine Drohung zu enthalten. Aber die Drohung bestand. Das wußte sie jetzt. Hinter allem, hinter dem Vergnügen, hinter der Liebe, hinter dem Luxus, in dem sie lebte, stand die Bedrohung. Manchmal bekümmerte es sie nicht sehr, sie fand, daß die übrigen Annehmlichkeiten das aufwogen, aber zu anderen Zeiten überwältigte sie eisige Angst, und sie hatte den Wunsch, jedermann, sogar einen vorübergehenden Fremden, um Hilfe anzuflehen.

Aber das geschah nur, wenn sie allein war und keinen Schlaf finden konnte, wenn sie das leiseste Geräusch im Haus, sogar der Schrei einer Eule, mit Entsetzen erfüllte. Wenn sie angefüllt war mit dieser schweren Mattigkeit, wie eben jetzt, geschah nichts. Sie hatte vergessen, wovor sie sich fürchtete, und wünschte nur zu schlafen.

Lydia mußte am folgenden Morgen dreimal bei Armand Villette anrufen, bevor sie ihn erreichte. Endlich hatte sie Erfolg. »Hallo, hier ist Lydia Deering. Ich wollte nur fragen, wie sich Ihre Tante eingelebt hat. Ich habe sie liebgewonnen, wissen Sie. Es interessiert mich wirklich.«

»Oh, es geht ihr gut.« Seine anfangs etwas ungeduldige Stimme wurde weich und liebenswürdig. »Sie hat Ihnen geschrieben, glaube ich. Sie hat einen Spleen mit ihrer Korrespondenz, aber das ist ja harmlos. Sie hat auch an sich selbst einen Brief geschrieben, und ich mußte ihn zur Post bringen. Sie können beruhigt sein, sie ist jetzt in guten Händen. Ihre Schwester freut sich sehr, sie bei sich zu haben. Machen Sie sich also keine Sorgen mehr. Ich wollte Sie gerade anrufen. Im Augenblick habe ich leider keine Sekretärin, und die Dinge hier gehen ein wenig drunter und drüber.«

»Weshalb wollten Sie mich anrufen?«

»Nur, um Ihnen für Ihre Freundlichkeit gegenüber Tante Clara zu danken und Ihnen zu sagen, daß Sie sich nicht weiter um sie zu kümmern brauchen. Und was haben Sie in nächster Zukunft vor?«

»Oh, möglicherweise gehe ich nach Paris zurück«, hörte Lydia sich zu ihrem eigenen Erstaunen sagen. »Ich habe dort gearbeitet, bevor ich zu Auroras Hochzeit hierherkam.«

»Das klingt ja sehr interessant. Ich wünsche Ihnen alles Gute.« Klang seine Stimme nicht etwas erleichtert? Sie war sich nicht ganz sicher. »Nebenbei, Sie haben nichts mehr von Ihrer Schwester gehört?«

Sie verdrängte den eigenartigen Anruf vom vergangenen Abend und sagte: »Nur eine kurze Nachricht wegen des Anhängers, den Sie ihr gaben. Ich vergaß, Ihnen gestern davon zu erzählen. Sie bat mich, Ihnen das Schmuckstück zur Aufbewahrung im Safe zu übergeben. Wissen Sie davon?«

»Nein, bestimmt nicht. In diesem Fall sollten Sie es vielleicht bei mir vorbeibringen. Ich werde den ganzen Tag hier sein.«

»Tatsächlich habe ich beschlossen, ihn selbst zu behalten, bis Aurora zurückkommt«, sagte Lydia.

Nach einer sehr kurzen Pause sagte Mr. Villette: »Aber wenn Sie nach Paris gehen, Miß Deering...«

»Oh, dann werde ich das mit meiner Mutter oder mit Philip regeln.«

»Sie wollen wirklich die Verantwortung übernehmen?«

»Du lieber Himmel, ja. Es ist ja nicht besonders wertvoll.«

Später fiel ihr ein, daß der Anhänger Armand Villettes Hochzeitsgeschenk für Aurora war und daß ihre Bemerkung vielleicht nicht ganz taktvoll geklungen hatte. Aber noch zwei weitere Dinge fielen ihr ein: daß Armand erfreut schien, daß sie London verließ und daß er sehr gern in den Besitz des Anhängers kommen würde.

Nun, sie würde ihn in beiden Fällen enttäuschen.

Lydia setzte sich vor Auroras Spiegel, stützte das Kinn in ihre Hand und betrachtete sich aufmerksam. Die strahlende, grünäugige Schönheit von gestern abend war dahin. Ihre Augen hatten überhaupt keine Farbe, ihr Haar war strähnig, ihre Wangen leicht eingefallen. Der Spiegel, der so oft das schöne Oval von Auroras Gesicht umrahmt hatte, umrahmte jetzt diesen blassen, hohlwangigen Igelkopf. Und trotzdem hatte sie so sehr gehofft, dieses Bild würde sich Philip anstelle Auroras kalter Schönheit einprägen.

Als das Telefon klingelte, sprang sie auf und fürchtete, es sei Philip, der sie nicht nur hören, sondern in ihrer ganzen Niedergeschlagenheit auch sehen könnte. Es war Millicent, die täglich anrief, um sich nach Neuigkeiten zu erkundigen. Lydia hörte eine Weile der hohen, exaltierten Stimme zu, dann riß sie sich zusammen und berichtete von dem gestrigen Anruf.

Millicent sagte nach einer Weile, da es sogar ihr einmal die Sprache verschlagen hatte: »Ich kann sie einfach nicht verstehen, Lydia. Sie ist so boshaft. Wie eine Katze, die mit einer Maus spielt. Glaubst du, irgend jemand zwingt sie dazu?«

»Wer?« fragte Lydia scharf.

»Liebling, wie soll ich das wissen? Aber es gleicht Aurora gar nicht. Sie mag flatterhaft sein, aber sie ist nicht grausam.«

»Letzte Nacht war sie nicht grausam. Sie hat sich entschuldigt.«

»Schon recht, aber wenn es ihr wirklich leid täte, würde sie Philip in Ruhe lassen.«

»Möglich«, sagte Lydia hilflos.

»Liebling, warum kommst du nicht nach Hause? Es hat doch keinen Sinn, in dieser schrecklichen, leeren Wohnung zu bleiben.«

»Ja, ich glaube, ich werde nach Hause kommen.«

Sie wollte nicht eine Stunde länger hierbleiben, trotzdem hielt sie etwas hier. Als June Birch sie zum Tee einlud, war sie direkt erleichtert, obwohl June mit ihrem gefärbten Haar und ihren neugierigen Augen eher jemand war, dem man unter anderen Umständen auszuweichen versuchte.

»Es war ja schrecklich ruhig dort oben, Häschen. Nichts passiert?«

»Was sollte denn passieren?«

»Oh, irgend etwas wird bestimmt passieren. Wir haben noch nicht das letzte Wort von Aurora gehört. Sie muß doch wenigstens ihre Sachen abholen, oder?«

»Es ist ja gar nicht Aurora, die Sie erwarten, nicht wahr?« sagte Lydia langsam. »Es ist diese Person mit dem Schlüssel.«

June nickte heftig. »Ich kann Ihnen ja ruhig sagen, daß ich mir beinahe den Hals verrenke, um diesen Vogel zu erblicken.«

»Es ist selbstverständlich der Mann, den Aurora geheiratet hat.«

»Vielleicht, aber ich glaube nicht, daß ein solcher Nachtvogel heiratet. Er wird schwer zu fangen sein. Vielleicht lebt sie mit ihm. Nehmen Sie Zucker in den Tee? Sie sehen ein bißchen spitz aus. Was ist los? Schlafen Sie nicht?«

»Ich mache mir Sorgen«, gestand Lydia.

»Sie sind doch nicht etwa auf diesen gutaussehenden Künstler hereingefallen, Häschen?«

June sah sie stirnrunzelnd an. »Sie sind ein hübsches Kind, aber niemand vergißt eine Frau wie Aurora über Nacht. Geben Sie ihm Zeit.« Wieviel Zeit, fragte sich Lydia, als sie wieder nach oben ging.

Als der Postbote einen Brief durch den Türschlitz steckte, fühlte sie in sich die wilde Hoffnung aufsteigen, er möge von Philip sein, der ihr das sagen würde, wozu er gestern Auroras Anrufs wegen nicht mehr gekommen war. Aber es war nur ein Brief von Miß Wilberforce. Ein steifer, unpersönlicher Brief, der nichts von dem leicht verrückten Charme enthielt, den Lydia erwartet hatte.

Meine liebe Lydia,
ich möchte Ihnen nur noch einmal für Ihre große Liebenswürdigkeit danken, die Sie mir, einer völlig Fremden, entgegengebracht haben. Ich fühle mich hier äußerst zufrieden und glücklich. Meine Schwester Blandina könnte nicht freundlicher zu mir sein. Es geht ihr schon sehr viel besser, und wir sprachen bereits über eine Reise ins Ausland. Das Wetter ist wunderbar, und mein Neffe Armand ist die Liebenswürdigkeit in Person. So machen Sie sich also keine

weiteren Sorgen meinetwegen. Ich bin eine alte Frau und eine Fremde dazu, die sich nicht in Ihr Leben eindrängen möchte. Ich wünsche Ihnen alles Gute für die Zukunft.

Auf Wiedersehen, meine liebe Lydia,
Ihre dankbare Clara Wilberforce.

Als Philip endlich anrief, hatte sich ihre Niedergeschlagenheit in Tränen aufgelöst. Nicht einmal Miß Wilberforce brauchte sie mehr. Jetzt war sie zu nichts mehr nütze. Sie wollte wirklich wieder nach Paris zurückkehren, vielleicht, dachte sie voller Verzweiflung, sogar zu den Bertrands.

»Was ist los?« fragte er kurz.

»Nichts ist los. O ja, doch. Ich habe gerade einen Brief von Miß Wilberforce bekommen, in dem sie sich endgültig verabschiedet.«

»Wirklich? Das sieht ihr aber gar nicht ähnlich.«

»Nicht, als sie allein und hilflos war. Aber jetzt ist sie ja im Schoß ihrer Familie gelandet. Sie spricht sogar schon von Auslandsreisen. Es ist ein sehr netter Brief. Ich glaube, sie will mich nicht länger belästigen. Ich war ja schließlich eine völlig Fremde.«

»Aber eine sehr nette«, sagte Philip sanft. »Sogar ich fand das.« Wollte auch er sich für immer verabschieden? Ihr Herz hörte beinahe auf zu schlagen. »Nun, das beweist nur, was ich gestern abend sagte. Wir können unsere Hände von dieser Geschichte lassen und alles vergessen, einschließlich Miß Wilberforce.«

»Ich nehme an.«

»Schließlich ist niemand tot, niemand verletzt und niemand in Schwierigkeiten.«

»Ich weiß.«

»Was ist dann also los? Kann ich kommen und dich besuchen?« Nicht, wenn du so förmlich und höflich bist, dachte sie.

»Ich bin gerade dabei, zum Bahnhof zu gehen und nach Hause zu fahren. Millicent möchte das, und ich sehe keinen Grund, länger hierzubleiben. Ich habe Armand angerufen und ihm erzählt, daß ich den Anhänger behalten werde, bis Aurora zurückkommt und ihn selbst abholt. Er schien darüber sehr enttäuscht, aber ich bin nicht sicher. Ich fange schon an, in allem eine tiefere Bedeutung zu sehen. Ein paar Tage zu Hause werden mir guttun. June kann ja mittlerweile ein Auge auf die Wohnung haben. Oder du, wenn du willst.«

»Möchtest du, daß ich mit dir fahre?«

»Du lieber Himmel, nein! Ich stelle mir vor, du hast keine besondere Lust, diesen Ort noch einmal wiederzusehen.«

»Ich komme, wenn du möchtest.«

»Nein. Ich habe nein gesagt.«

»Ganz sicher? Mit welchem Zug fährst du? Ich werde dich verabschieden.«

»Nicht einmal das ist nötig«, sagte sie mit gepreßter Stimme.

»Lydia, Liebling, das klingt, als ob du mich plötzlich haßt. Du glaubst, ich hätte dich nur zum Narren gehalten, was?«

»Ja, natürlich«, sagte sie leichthin. »Na also, dann komm zum Waterloo-Bahnhof. Ich nehme den Vieruhrfünfundfünfzig.«

Aber auch das klappte nicht. Ihr Taxi blieb im Verkehr stecken, und als sie am Bahnhof ankam, blieb ihr nur mehr eine Minute bis zur Abfahrt des Zuges.

»Verdammt, Lydia, jetzt habe ich keine Zeit mehr, etwas zu sagen.«

Sie lachte. »Auf Wiedersehen, Philip. Paß auf dich auf. Was hast du jetzt vor?«

»Oh, ich muß mich um die Ausstellung kümmern. Sie soll nächste Woche eröffnet werden. Darf ich dir eine Einladung schicken?«

»Ja, gern. Ich hoffe, sie wird ein toller Erfolg.«

»Lydia, unternimm nichts mehr wegen dieser alten Frau, unternimm nichts, ohne es mich vorher wissen zu lassen.«

»Ich habe nicht vor, irgend etwas zu unternehmen. Soweit es mich angeht, ist alles vorüber. Ich muß mich beeilen.«

Aber er hatte eine Bahnsteigkarte und folgte ihr. Der Zug war im Begriff anzufahren. Ein Bahnbeamter schlug schon alle Türen zu. Philip riß noch einmal eine auf und half Lydia hinein.

»Soll ich mitkommen?«

Sie lachte wieder, obwohl ihr Herz einen Sprung tat. Sie hatte den Eindruck, als käme er gern.

»Sei kein Idiot. Du hast jetzt Wichtigeres zu tun.«

»Lydia, ich habe dich gestern abend verletzt, das wollte ich nicht...« Aber jetzt setzte sich der Zug in Bewegung, und wenn er jetzt vielleicht endlich etwas Wichtiges gesagt hätte, sie hätte es nicht mehr hören können.

Sie konnte nur am Fenster stehen und winken und lächeln, bis seine hohe Gestalt in der Ferne verschwamm.

Er konnte nicht mehr sehen, wie Tränen ihre Wangen hinabrollten.

Millicent begrüßte Lydia herzlich, warnte sie aber davor, mit Geoffrey über Aurora zu sprechen. Sie benahmen sich alle so, als sei überhaupt nichts geschehen. Als ob Aurora in London sei und niemals zu Hause gewesen wäre, um zu heiraten. Oder als ob sie überhaupt nicht mehr existierte, dachte Lydia im stillen. Als ob sie tot sei.

Lydia hatte nur noch eine kleine Angelegenheit zu erledigen, die in Zusammenhang mit den Ereignissen der letzten Woche stand. Sie mußte Miß Wilberforces Brief beantworten. Obwohl sich die alte Dame endgültig verabschiedet hatte, kannte Lydia doch ihre Vorliebe für Briefe.

Sie hätte am liebsten geschrieben: *Lassen Sie nicht zu, daß Blandina Sie herumkommandiert. Sie ist nicht so krank, wie sie vorgibt.* Aber was ging sie das schließlich an. Was hätte sie wirklich mit Miß Wilberforce anfangen sollen, wäre Armand nicht erschienen?

Zwei Tage später, als Miß Wilberforces Antwort auf ihren Brief kam, wunderte sie sich selbst über ihre Dummheit und Kurzsichtigkeit. Wie hatte sie nur glauben können, nach dem, was sie gesehen hatte, daß alles in schönster Ordnung sei? Blandina hatte ihre Krankheit nicht für ihre Schwester, sondern für Lydia gespielt, um ihr Sand in die Augen zu streuen. Sobald sie weg war, hatte sie sich erhoben, gesund und kräftig, um das Oberkommando über den Haushalt zu übernehmen, um ihre sanfte, nervöse Schwester herumzukommandieren und Besucher fernzuhalten.

Aber all das hatte Lydia aus ihren Gedanken verbannt, denn sie konnte ja an nichts anderes mehr denken als an Philip und an ihr eigenes Unglück. Sie war selbstsüchtig, begriffsstutzig und äußerst blöde gewesen. Nun mußte aber etwas geschehen.

Mit der gleichen Post wie Miß Wilberforces Brief kam auch eine Einladung zu Philips Ausstellung. Quer darüber stand: *Bitte, komm!*

Das war eine glaubhafte Entschuldigung, um nach London zurückzukehren.

Mit einemmal war ihr schleierhaft, wieso sie überhaupt weggegangen war.

Schon zum zweitenmal hörte Miß Wilberforce in der Nacht Schritte. Sie lag jedesmal still und tat so, als schliefe sie, während die Schritte näher kamen und schließlich an ihrem Bett anhielten. Ein schmaler Streifen Licht von der halbgeöffneten Tür her ließ sie die Gestalt einer Frau erkennen, einen Arm, der vorsichtig das

Glas mit Zitronenlimonade von ihrem Nachttischchen entfernte und ein anderes Glas hinstellte.

Die Frau war sehr dünn und trug ein dunkles Gewand. Beide Male war es unmöglich gewesen, ihr Gesicht zu erkennen. Schnell und lautlos, wie sie gekommen war, glitt sie wieder hinaus. Miß Wilberforce war zu nervös und erschrocken gewesen, um sich aufzusetzen und zu schreien.

Das nächste Mal, sagte sie sich, während sie ihre spröden Lippen leckte, würde sie etwas tun. Sie würde sagen: »Wer ist das? Ist das Blandina?«

Aber sie war ganz und gar sicher, daß es nicht Blandina sein konnte.

Warum sollte Blandina auch nachts herumschleichen und Gläser vertauschen? Sie war nicht gesund genug, um so etwas zu tun, und sie war auch nicht verschwiegen genug. Was aber war an dem vorhergehenden Glas nicht in Ordnung, oder, was noch wichtiger war, was stimmte bei dem jetzigen nicht?

Ja, das war es! Die Tat des nächtlichen Besuchers war reichlich verdächtig, und Miß Wilberforce hatte keineswegs die Absicht, die Flüssigkeit in dem neuen Glas zu trinken. Sobald sie sich sicher fühlte und sobald es ihre zitternden Beine erlaubten, ging sie zum Waschbecken und leerte das Glas aus.

Trotzdem fühlte sie sich noch immer krank, wie schon sei mehreren Tagen. Sie wußte, sie würde nicht wieder einschlafen können. Sie ließ also das Licht brennen und kramte in ihrer schwarzen Tasche. Das immer wieder neue Vergnügen, ihre Korrespondenz zu lesen, würde sie ablenken. Da waren die Briefe, die gestern angekommen waren, einer von dieser reizenden Lydia, die so nett schrieb, man solle in Verbindung bleiben, und einer, den sie sich selbst geschrieben hatte. Er enthielt keine besonderen Neuigkeiten, aber er vermittelte ihr das Gefühl, Greenhill sei ein besonders friedlicher Ort.

Die Vögel singen und die Bäume blühen. Der Gärtner hält sich zu lange in der Nähe des Hauses auf und vernachlässigt die weiter entfernt liegenden Beete. Mein Neffe Armand kommt nicht jede Nacht nach Hause, denn die Fahrt wäre zu anstrengend nach einem arbeitsreichen Tag. Ich war recht schlimm dran seit dem Tag meiner Ankunft, aber jetzt geht es mir schon besser, und ich werde mich in dieser schönen Umgebung sicher bald erholen...

Miß Wilberforce lächelte, als sie diesen Brief wieder las. Es schien wirklich, als führe sie ein glückliches Landleben. Außer dem kleinen Zwischenfall, daß sie sich nicht gut fühlte. Aber das schob sie auf die reichhaltige Kost, die so verschieden war von dem Brot und der Käse-Diät, von der sie in London gelebt hatte.

Was war das? Oh, Lydias Brief aus Lipham. Sie wollte ihn sofort beantworten, obwohl Blandina gemeint hatte, sie solle die junge Dame nicht weiter belästigen. Aber es war nicht wahr, daß Lydia nicht mehr gestört werden wollte, denn in diesem Brief bat sie darum, daß Miß Wilberforce ihr schreiben solle, wenn sie in Schwierigkeiten sei.

Aber sie war ja nicht richtig in Schwierigkeiten, doch es machte ihr Spaß, sich auszudenken, was sie Lydia schreiben wollte. Sie kramte weiter in ihrer Tasche und brachte einen anderen Brief zum Vorschein. Was war das für ein Brief? Er sah ziemlich neu aus, als ob sie ihn noch nicht sehr oft gelesen hätte. Die Handschrift war ihr fremd, aber er war an sie adressiert. Er enthielt nur ein paar Zeilen:

Liebe Miß Wilberforce,
bleiben Sie nicht hier. Sie sind alle Mörder. Gehen Sie nach London zurück. Das ist besser für Sie.

Miß Wilberforce stieß einen kleinen Schrei aus und ließ das Stück Papier fallen, als habe es sie gestochen. Wie war *das* nur in ihre Tasche gekommen? Ganz bestimmt war es nicht mit der Post gekommen. Und sie erinnerte sich auch nicht, es schon einmal gelesen zu haben.

Aber sie mußte den Brief schon einmal gesehen haben, denn er befand sich ja schließlich in ihrer Tasche und war ohne Umschlag. Und alle Briefe kamen doch in Umschlägen mit Briefmarken drauf.

Wie seltsam! Sie konnte sich einfach nicht an diesen Brief erinnern! Was für ein schrecklicher Brief! Wie gemein!

Als ob Blandina und dieser mittelalterliche Neffe Mörder wären. Blandina war schon immer unerträglich und launenhaft gewesen, das hatte sich im Alter sogar noch etwas verstärkt, aber niemals hätte sie sich mit einem Mörder eingelassen. Und was Armand anbelangte, diesen scheuen und freundlichen kleinen Mann — der würde keiner Seele etwas zuleide tun.

Mörder! Wie absurd!

Obwohl da schon ab und zu Zweifel aufkamen, weil Blandina so ganz anders aussah, als sie sie in Erinnerung hatte. An diese lange Nase konnte sie sich nicht erinnern, ebensowenig an die stechenden Augen. Natürlich war das Alter an dieser Veränderung der Gesichtszüge schuld. Armes Ding, sie konnte schließlich nichts dafür, daß ihre Bosheit nun in ihrer Nase zum Ausdruck kam. Und sie kämpfte sehr tapfer gegen ihre Krankheit an. Sie unterhielt sich mit ihr lange über die Zeiten, da sie beide noch Kinder waren, über ihre Reisen an die See, über die alte Nanny, das Kindermädchen, und über ein oder zwei andere Freunde, die Miß Wilberforce vollkommen vergessen hatte.

Wirklich ärgerlich war allerdings Blandinas Angewohnheit, ihr immer zu sagen, was sie zu schreiben hatte, besonders an Lydia. Sie hatte noch keine Gelegenheit gehabt, ihr etwas wirklich Neues zu schreiben. Blandina hatte ihr über die Schulter geschaut und gesagt: »Deine Gedanken sind ein bißchen wirr, Clara. Du kannst doch nicht solchen hirnverbrannten Unsinn schreiben. Schreib so...« Und sie hatte langsam und klar diktiert, was zu schreiben war, und Miß Wilberforce hatte ihr gehorcht, zitternd und ärgerlich, aber hilflos.

»So«, sagte Blandina dann, »das ist jetzt ein sehr höflicher, befriedigender Brief, und jetzt darfst du das Mädchen nicht weiter belästigen.«

Aber jetzt, in der Stille des frühen Morgens, konnte sie Lydia doch alles schreiben, was sie bedrückte. Sie würde weder die nächtlichen Besuche erwähnen noch den seltsamen Brief, der durch irgendeinen Irrtum in ihre Tasche gelangt sein mußte. Sie würde nur ihr Befremden über das Verhalten ihrer Schwester ausdrücken:

Sie hat sich so auffallend verändert, Lydia. Sicherlich verändert das Alter einen Menschen, wohl auch die Heirat mit diesem Mr. Paxton, den sie übrigens nie erwähnt. Aber keiner unserer Eltern hatte eine derart große Nase...

Es war eine wunderbare Erleichterung, all ihre seltsamen Zweifel zu Papier zu bringen.

Jetzt kam der schwierigste Teil ihres Planes. Sie mußte aufstehen, sich ankleiden und aus dem Haus entwischen, um ins Dorf zu gelangen. War sie dazu kräftig genug?

Es bereitete keinerlei Schwierigkeiten, die Treppe geräuschlos hinabzuschleichen. Aber als sie in großer Eile die Halle durchquerte, stolperte sie über einen Teppich, und als sie sich wieder aufrichtete, stand Jules, der Gärtner, hinter ihr.

Sie wußte nicht, aus welchem Zimmer er gekommen war. Sie war allerdings überrascht, ihn in diesem Teil des Hauses zu sehen.

Etwas schuldbewußt sagte sie: »Guten Morgen, Jules.«

»Guten Morgen, Madam. Sie wollen doch nicht ausgehen?«

»Doch, das will ich«, antwortete sie. »Es ist ein so herrlicher

Morgen, und ich bin sehr früh aufgewacht. Ich werde einen kleinen Spaziergang machen. Ich fühlte mich in letzter Zeit nicht sehr wohl, wissen Sie.«

»Das tut mir leid. Aber sollten Sie denn dann so weit gehen?«

Mußte er unbedingt so laut sprechen? Die scharfen Ohren von Blandina würden gleich alles hören, und dann würde sie aus ihrem Zimmer herausgestürzt kommen wie eine große, langnasige Katze.

»Sie hatten doch nicht etwa vor, mit diesem Brief ins Dorf zu gehen?«

Er wendete seine Augen nicht von dem Brief, den sie dummerweise nicht versteckt hatte. Aber wie kam ein Gärtner, wenn auch ein eingebildeter und verwöhnter, dazu, ihre Pläne zu durchkreuzen?

Sie hob ihren Kopf stolz empor und verweigerte ihm jede weitere Auskunft.

»Ich mache nur einen Spaziergang, Jules. Guten Morgen!«

Aber es war zu spät. Blandina hatte alles gehört. Sie erschien auf dem Treppenabsatz und rief mit ihrer lauten, gebieterischen Stimme: »Clara, was tust du um diese Zeit außerhalb deines Bettes? Bist du verrückt?«

Miß Wilberforce hatte das Gefühl, als verkrümme sich etwas in ihrem Innern. Ihre Beine gaben nach, und sie mußte sich an einen der hochlehnigen Stühle klammern und sich setzen.

»Ich wollte nur meinen Brief auf die Post bringen«, sagte sie mit dem Eigensinn der alten Leute. »Ich sehe nicht ein, weshalb ich ihn nicht im Dorf aufgeben darf, wenn mir das Freude macht.«

Jules, der das ganze Unglück angerichtet hatte, war verschwunden, und Blandina kam die Treppe herab. »Meine liebe Clara, du kannst ins Dorf gehen, sooft du willst, aber zu einer etwas passenderen Tageszeit und wenn es dir wieder besser geht. Aber gib ehrlich zu, könntest du jetzt eine Meile weit laufen?«

Miß Wilberforce schüttelte den Kopf. Als sie aufgestanden war, hatte sie sich gut gefühlt. Aber jetzt, nach all diesen Aufregungen, wußte sie, daß sie kaum das Ende der Auffahrt erreichen würde. Sie bezweifelte sogar, ob sie die Treppe hinauf in ihr Zimmer gelangen würde.

»Es tut mir leid, Blandina. Ich war wohl ein bißchen verrückt. Aber ich schwärme für Briefe. Und es macht nur halb soviel Spaß, wenn jemand anderer sie in den Kasten steckt. Nebenbei, du hast doch nichts dagegen, wenn ich Lydia schreibe.«

»An sie hast du also geschrieben? Was hast du ihr geschrieben?«

»Nichts Besonderes. Nur so dies und jenes, Lydia schrieb mir doch, und es ist nur höflich, wenn ich ihr darauf antworte.«

»Natürlich. Du brauchst mir nicht zu sagen, was gutes Benehmen ist. Aber ich habe dir schon einmal gesagt, ich möchte nicht, daß du dieses liebe Kind weiter belästigst. Hast du ihr geschrieben, daß du krank warst?«

»Nur so nebenbei.«

»Ich glaube, es ist besser, das überhaupt nicht zu erwähnen. Du mußt auf mich hören, Clara. Armand und ich sind jetzt für dich verantwortlich, und wir wissen, was am besten für dich ist. Jetzt wollen wir diesen weitschweifigen Brief zerreißen, brav hinaufgehen und uns an unsere guten Manieren erinnern und einen neuen, höflichen Brief schreiben. Ist das nicht viel besser? Aber ganz gewiß.«

Natürlich hatte Blandina recht. Man konnte wirklich Lydia nicht weiter beunruhigen. Man mußte sich zurückhaltender benehmen.

Langsam zerriß Miß Wilberforce den Brief. Sie hatte vorübergehend die nachts herumschleichende Gestalt vergessen, die seltsame Dinge mit ihrem Wasserglas anstellte. Sie war jetzt nur froh, daß Blandina sich freundlich und liebenswürdig zeigte. Außerdem fühlte sie sich wieder schwach und krank. Es würde herrlich sein, sich auszuziehen und ins Bett zu legen.

»Ich scheine mich doch nicht so rasch zu erholen wie du«, sagte Miß Wilberforce schwach.

»Ach, bei mir war es nur einer meiner Anfälle. Das habe ich ja schon gesagt. Sie kommen nur gelegentlich. Ganz anders als deine Krankheit, meine arme Clara.«

Lydia ging in der Galerie umher und war ein bißchen unglücklich darüber, daß sie sich nicht ganz auf die Bilder konzentrieren konnte. Sie waren voller Farbe und Leben, und sie freute sich über das allenthalben gemurmelte Lob.

»Lydia!« Philip war der kleinen Menge, die sich um ihn versammelt hatte, entkommen und stand jetzt an ihrer Seite.

»Philip, ich finde deine Bilder wunderbar. Ich hätte sie mir schon vorher ansehen sollen.«

Er hob eine Augenbraue. »Wir hatten nicht allzuviel Zeit, nicht wahr? Du warst erst einmal in meinem Atelier und da ...« Er erwähnte Auroras Anruf nicht eigens, aber das brauchte er auch nicht. »Du hast mir nicht geschrieben. Gibt es nichts Neues?«

»Nur ein Brief von Miß Wilberforce, der recht aufregend

scheint. Ich kann ihn dir jetzt nicht zeigen. Später erfährst du mehr.«

Philip nahm Lydias Arm. »Bleib in der Nähe. Ich werde um vier Uhr entwischen. Um die Ecke ist eine Kaffee-Bar. Ich treffe dich dort.«

Eine Stunde später zeigte ihm Lydia in der dämmrigen Kaffee-Bar, in der es nach teurem Gebäck roch, den Brief, der ihr eine schlaflose Nacht bereitet hatte.

Lydia kannte den Brief auswendig.

Liebe Lydia,
danke für Ihren Brief. Ich habe mich sehr darüber gefreut. Aber wie ich schon sagte, Sie brauchen sich keine Sorgen zu machen. Meine Zukunft ist gesichert. Ich kann Ihre Zeit und Freundlichkeit nicht länger in Anspruch nehmen und wünsche Ihnen alles Gute, wo immer Sie auch sein mögen.

Ihre Freundin
Clara Wilberforce.«

Das war gut und schön. Das war ganz offensichtlich eine zweite Aufforderung, daß sie sich aus Clara Wilberforces Leben jetzt heraushalten solle.

Aber die Nachschrift war von niemandem diktiert. Sie war mit großen, wirren Buchstaben quer über die Seite geschrieben:

Ich bin krank. Ich brauche Hilfe. Bitte komm!

Philip sah auf. »Was hältst du davon?«

»Nun, das Postskriptum ist der einzige Teil des Briefes, der wirklich echt ist.«

»Es ist nicht dieselbe Handschrift.«

»Glaubst du? Glaubst du nicht, es könnte Miß Wilberforces Schrift sein, wenn sie in großer Eile und sehr erregt ist? Oder sogar unter Einfluß von Drogen steht? Wegen ihrer Krankheit natürlich.«

»Könnte sein.« Philip drehte den Umschlag um. »Er ist geöffnet und wieder versiegelt worden.«

»Ich weiß. Das habe ich gleich bemerkt.«

»Kaum das Werk von jemandem, der von Drogen halb betäubt ist.«

»Nein, aber Miß Wilberforce ist nicht völlig schwachsinnig. Wenn Blandina sie beobachtet hatte, wird sie wohl einen Weg gefunden haben, das zu tun. Blandina will nicht, daß ich komme, Clara will es aber. So sehe ich die Sache. Und deshalb«, Lydia hob ihre Augen zu ihm auf, »muß ich gehen.«

»Natürlich mußt du hin, liebe Lydia. Die ganze Geschichte geht dich nichts an, und ich bin ziemlich sicher, daß weder Blandina noch ihr reizender Neffe dich herzlich willkommen heißen werden, aber du kannst natürlich einem Hilferuf nicht widerstehen. Keiner von uns beiden kann das. Wir müssen hin.«

»Wir?«

Seine klaren Augen suchten die ihren. »Hast du gedacht, ich würde dich diesmal allein fahren lassen? Nie im Leben. Ich wollte ohnehin schon lange das Versteck des ehrenwerten Armand sehen. Warte. Ich kann in ungefähr einer Stunde die Dinge hier meinem Agenten überlassen. Ich muß mich nur noch von meinem Publikum verabschieden. Hast du eine Ahnung, wann die nächsten Züge dorthin fahren?«

»Ich werde anrufen und fragen.«

»Nein, ich habe eine bessere Idee. Ich werde einen Wagen mieten.« Er sprang auf. »Sagen wir in einer Stunde vor diesem Lokal. Was wirst du jetzt tun?«

»Kaffee trinken«, sagte Lydia träumerisch. »Und mir überlegen, was wir Blandina sagen werden. Arme, liebe alte Clara. Wir haben sie zu gerne, um sie nicht gelegentlich zu besuchen, nicht wahr? Wir sind eben zufällig durch den Ort gefahren ...«

Philip fuhr schneidig an der vorderen Eingangstür vor. Es war schon ziemlich dunkel, aber die Vorhänge des Lokals waren noch nicht zugezogen.

»Komm mit«, sagte Philip und öffnete die Autotür. Er sah sie an. »Du bist doch nicht etwa nervös?«

»Doch. Ganz irrsinnig.«

»Dummkopf. Was sollte passieren? Das ist ein Höflichkeitsbesuch. Hoffen wir, daß Armand zu Hause ist. Außerdem bin ich ja bei dir.«

Er grinste sie fröhlich an, und plötzlich fühlte sie sich sehr glücklich.

»Denk dran, wir werden Claras Brief nicht erwähnen«, sagte sie. »Wir schauen nur einmal so herein, um zu sehen, wie es ihr geht.«

Sie konnten hören, wie die Glocke irgendwo im Innern des Hauses anschlug. Es verging einige Zeit, bis sich Schritte näherten und die Tür geöffnet wurde. Es brannten seltsamerweise keine Lichter, und Lydia konnte nur undeutlich den Gärtner Jules erkennen.

»Madam!« rief er überrascht aus, als er Lydia erkannte.

»Guten Tag, Jules«, sagte sie leutselig. »Ist Miß Wilberforce da? Wir möchten sie überraschen.«

Seine Augen flackerten unruhig und huschten von einem zum anderen. Er machte mit einer einladenden Geste die Tür weit auf.

»Wollen Sie bitte hereinkommen. Mr. Villette ist nicht zu Hause, aber ich werde Mrs. Paxton Bescheid geben, daß Sie da sind.«

Sie wurden in die große, kostbar möblierte Halle geführt, und endlich flammten auch die Lichter auf.

»Ich glaube, es geht ihr nicht sehr gut, Madam. Aber warten Sie bitte.«

Jules verschwand mit langen, geschmeidigen Schritten.

Lydia sah Philip an. »Waschraum hinter dieser Tür da«, sagte sie. »Ich habe diesen Ort nur einmal bei klarem Bewußtsein gesehen, als ich damals hier war. Danach war ich ja halb betäubt. Hübsch, nicht?«

Philip sah sich interessiert um. »Man hätte bei Armand kaum einen so guten Geschmack vermutet.«

»Ja, ich weiß. Vielleicht sind all diese toten und entschwundenen Tanten dafür verantwortlich. Man könnte sich Tante Blandina vorstellen ...«

Obwohl sie mit leiser Stimme gesprochen hatte, konnte Lydia einen schuldbewußten Ausruf kaum unterdrücken, denn in diesem Augenblick ertönte Blandinas Stimme von der Treppe her.

»Miß Deering! Was für eine Überraschung! Aber Sie hätten uns wissen lassen sollen, daß Sie kommen.«

»Guten Tag, Mrs. Paxton«, sagte Lydia leichthin. »Das ist ein Freund von mir, Philip Nash. Wir kamen auf unserer Fahrt zur Küste hier vorüber und dachten — es war meine Idee —, wir sollten doch einmal bei Miß Wilberforce vorbeischauen. Ich hoffe, sie fühlt sich besser.«

Die glänzenden Augen der alten Dame spießten sie beinahe auf. »Sie wissen, daß sie krank war?«

»Jules hat es uns eben gesagt. Es tut uns leid. Können wir sie sehen? Sie kennt Philip. Sie hat ihn in meiner Wohnung kennengelernt.«

»Es geht ihr überhaupt nicht gut.« Blandina war nicht mehr ganz so freundlich. »Ich mußte heute sogar den Arzt noch einmal rufen. Es war sehr freundlich von Ihnen, vorbeizuschauen. Trinken Sie einen Sherry mit mir?«

Nur Sherry, dachte Lydia. Blandina besaß nicht die Kühnheit ihres Neffen Armand, schnellwirkende Martinis zu mixen.

»Mrs. Paxton, wir möchten aber Miß Wilberforce sehen. Sie wird doch dafür nicht zu krank sein. Ich meine, wenn dem so wäre, hätte der Arzt sie bestimmt in ein Krankenhaus eingewiesen.«

»Wir werden fünf Minuten bleiben, länger nicht«, versprach Philip.

Die scharfen Augen wanderten von einem zum anderen. Der Unwillen war offensichtlich — aber war es vielleicht Unwillen zum Wohle der armen kranken Schwester?

»Warten Sie hier«, sagte Blandina endlich. »Ich werde sehen, ob Sie sie empfangen kann. Schon der Besuch des Arztes hat sie ermüdet.«

»Das ist sehr freundlich von Ihnen«, sagte Lydia. »Und Sie selbst haben sich wieder ganz erholt?«

Es schien, als ob die alte Frau ärgerlich versuchte, in Lydias klaren Augen zu lesen.

»Ich habe mich keineswegs erholt. Sie haben ja gesehen, wie es mir während einer meiner Anfälle ging. Sie können jederzeit wiederkommen. Bitte setzen Sie sich. Jules wird Ihnen den Sherry bringen. Wir haben die größten Schwierigkeiten, Personal zu bekommen. So ist Jules so freundlich, auch ab und zu im Hause auszuhelfen.«

»Oh«, sagte Lydia höflich. Auch Armand hatte eine Bemerkung über den Personalmangel gemacht, und das Postfräulein hatte erzählt, er bringe seine Leute meist aus London mit. Lydia konnte sich gut vorstellen, daß sie sich nicht sehr viel daraus machten, an diesem abgelegenen Ort angestellt zu sein.

Sie hatte keine Gelegenheit, Philip zu sprechen, denn sobald Blandina die Treppe hinauf verschwunden war, erschien Jules mit dem Sherry.

Als Jules lautlos davonging, erschien Blandina wieder oben an der Treppe und kam sehr langsam herunter. »Sie können für eine kurze Zeit hinaufgehen. Nur zehn Minuten. Clara möchte Sie natürlich sehen, das ist klar, obwohl sie sehr müde und schwach ist. Nein, nur Sie, Miß Deering«, fügte sie hinzu, als beide aufsprangen. »Eine Person ist mehr als genug, und Clara scheint eine besondere Vorliebe für Miß Deering zu haben.« Sie sagte das so, als ob die arme alte Clara des öfteren überschnelle Freundschaften zu schließen pflegte, die man tunlichst so rasch als möglich wieder beenden sollte.

Lydia sah Philip an. Er war bereit, die Regeln der Höflichkeit zu überschreiten, wenn sie es wünschte. Aber sie fand, das gehe vielleicht doch etwas zu weit. Schließlich konnte sie selbst auch feststellen, ob irgend etwas nicht in Ordnung war.

»Dann warte auf mich, Philip«, sagte sie leichthin. »Ich bin gleich wieder da.«

Miß Wilberforce saß aufrecht im Bett, auf ihren Wangen blühten rote Flecken der Erregung. Ihr Haar lag weich und gepflegt um ihr eingefallenes Gesicht. All ihre robuste Fröhlichkeit war dahin, sie sah wirklich sehr zerbrechlich aus.

»Mein liebes Kind, wie nett von Ihnen, daß Sie mich besuchen!« rief sie erfreut. »Was für eine wunderbare Überraschung!«

Lydia beugte sich hinunter, um sie zu küssen. »Es tut mir leid, daß Sie sich nicht wohl fühlen.«

»Ja, ist das nicht zu ärgerlich? Diese herrliche Landluft, und ich kann nicht einmal bis zum Postamt gehen, um meine Briefe aufzugeben.«

Die Tür öffnete sich geräuschlos, und Blandinas hohe Gestalt erschien im Türrahmen. Lydia hatte nicht bemerkt, daß sie ihr die Treppe hinauf gefolgt war. Sie wünschte, sie hätte allein mit Miß Wilberforce sprechen dürfen, aber man konnte schließlich seine Gastgeberin nicht aus dem Zimmer weisen.

Auch Miß Wilberforce war ärgerlich, das sah man ihrem Gesicht an. Sie fuhr sich mit der Zungenspitze über die Lippen und beendete geistesgegenwärtig ihren Satz.

»Nicht daß ich unbedingt zur Post gehen müßte, denn Blandina sorgt dafür, daß meine Briefe aufgegeben werden. Wie geht es Ihnen, Lydia, was haben Sie in letzter Zeit gemacht?«

»Ich war zu Hause bei meinen Eltern.«

»Und dieser reizende junge Mann?«

»Philip? Er ist unten.«

»Hier! Aber er muß heraufkommen.«

Blandina mischte sich ein. »Ich glaube nicht, Clara. Du bist schon wieder übererregt. Du weißt, der Arzt hat vollkommene Ruhe verordnet.«

Miß Wilberforce sank in die Kissen zurück. Sie sah klein und hilflos aus.

Das Zimmer war gemütlich, beinahe luxuriös. Miß Wilberforce, in einem teuren Nachthemd und einem wollenen Bettjäckchen, sah aus, als werde ihr tatsächlich all die Fürsorge zuteil, die ihr Armand versprochen hatte. Der Arzt war heute da.

Trotzdem konnte Lydia die krakelige Schrift auf dem Brief nicht vergessen: *Ich brauche Hilfe ...*

Wenn Blandina sie nur für fünf Minuten mit Miß Wilberforce allein lassen würde! Aber gerade das hatte sie keineswegs vor.

So blieb ihr also nichts anderes übrig, als zu sagen: »Dann wird ja alles wieder gut werden, Miß Wilberforce. Kann ich Ihnen irgendwie helfen?«

»Helfen!« sagte Miß Wilberforce überrascht.

»Helfen!« wiederholte Blandina scharf. »Weshalb, wenn ich fragen darf, glauben Sie, meine Schwester braucht Ihre Hilfe?«

Lydia ließ sich nicht so schnell beleidigen.

»Ich weiß, sie sieht nicht so aus, aber ich hoffe, sie zögert nicht, wenn sie sie dennoch brauchen sollte. Ich nehme an, Sie lassen sie ins Krankenhaus bringen, wenn sich ihr Zustand nicht bessert?«

Blandinas schwarze Augen waren schmal und schossen wütende Blitze.

»Jedenfalls waren Sie ja auch nicht ganz gesund, und Sie haben mir selbst gesagt, Sie könnten so schwer Dienstboten finden. Sicherlich ist es doch zuviel für Sie, auch noch Ihre Schwester zu pflegen.«

»Aber es geht mir schon viel besser, Lydia«, sagte Miß Wilberforce fröhlich.

Lydia schickte sich zum Gehen an, dann drehte sie sich plötzlich um und fragte: »Haben Sie vielleicht irgendwelche Briefe, die aufgegeben werden sollen? Philip und ich können sie mitnehmen.«

»Meine Schwester war in letzter Zeit nicht wohl genug, um Briefe zu schreiben«, warf Blandina mit gepreßter Stimme ein.

Miß Wilberforce machte eine freudige Bewegung, die sie aber beinahe sofort wieder unterdrückte. Statt dessen sagte sie nur müde: »Nein, ich glaube nicht. Oder habe ich heute morgen einen geschrieben? Mein Gedächtnis läßt so nach. Schauen Sie doch in meine Tasche. Dort drüben, auf dem Ankleidetisch.«

War das ein Signal? War die alte Dame pfiffig genug, um ihr ein Zeichen zu geben, oder war sie wirklich so vergeßlich? Lydia nahm das Risiko auf sich. Sie öffnete die bauchige Tasche, machte eine ungeschickte Bewegung und streute den gesamten Inhalt auf den Fußboden.

»O je!« rief sie aus. »Das tut mir aber leid. Ich werde alles wieder aufheben. Sie scheinen alle an Sie adressiert zu sein, Miß Wilberforce. Na, macht nichts. Schreiben Sie mir eben dann, wenn es Ihnen wieder besser geht.«

Sie trug einen weiten, losen Mantel mit großen Taschen. Es war leicht, ein paar von den Briefen, die sie umständlich in die Tasche zurückstopfte, verschwinden zu lassen. Besonders denjenigen, der eine andere Handschrift trug, die bei flüchtigem Hinsehen die von Aurora sein konnte. Einen solchen Fang zu tun, hatte sie allerdings nicht erwartet.

Unten ging Philip ruhelos auf und ab, während Jules sich im Hintergrund mit dem Getränketablett zu schaffen machte.

»Wir müssen jetzt gehen«, sagte Lydia höflich zu Blandina. »Wir haben noch einen weiten Weg vor uns. Bist du bereit, Philip? Wie schade, daß Mr. Villette nicht zu Hause ist. Grüßen Sie ihn bitte von uns, ja?«

»Wie geht es Miß Wilberforce?« fragte Philip.

»Ich fand, sie ist sehr zusammengefallen.« Lydia sah Blandina an. »Finden Sie nicht auch?«

»Sie hat während der letzten Wochen kaum etwas gegessen. Was können Sie da erwarten? Es ist sehr freundlich von Ihnen, sich Sorgen zu machen, aber eigentlich geht Sie das ja nichts mehr an.«

»Oh, wir haben sie sehr gerne, nicht wahr, Philip? Wir kommen bestimmt in ein oder zwei Tagen wieder.«

Lydia lächelte süß. Im Hintergrund fingen plötzlich Gläser an zu klirren, als Jules das Tablett hochnahm. Blandina trat einen Schritt vorwärts und stützte sich schwer auf ihren Stock.

»Tun Sie das, wenn Sie unbedingt wollen. Aber sobald Clara sich erholt hat, werden wir unsere verschobenen Ferien im Ausland nachholen. Ich wäre bereits fort, wenn Clara nicht gekommen wäre. Allerdings glaube ich nicht, daß wir in den nächsten Tagen schon abreisen können. Wir werden also vermutlich noch hier sein, wenn Sie das nächstemal so freundlich sind, hereinzuschauen.«

Sie reichte ihnen die Hand zum Abschied nicht. Sie wartete nur darauf, daß sie gingen. Aber in dem Augenblick, als Lydia sich abwandte, läutete die Türglocke.

Blandina rief »Jules!«, und der schlanke Mann eilte auf die Tür zu.

Armand stand auf der Schwelle. Der kleine, ziemlich plumpe und schäbige Mann mittleren Alters, der so gar nicht in diese luxuriöse Umgebung zu passen schien.

Er war ebenso überrascht, sie zu sehen, wie sie. Erfreut trat er auf sie zu, hielt ihnen die Hand hin und rief mit viel zu lauter Stimme: »Was für eine freudige Überraschung! Miß Deering, Mr. Nash! Ich sah das Auto draußen und dachte, es sei der Arzt. Tante Blandina, hast du dich um diese beiden jungen Leute gekümmert? Haben Sie Tante Clara gesehen? Die Arme ist nicht recht gesund in letzter Zeit.«

»Wir wollten gerade gehen«, sagte Lydia fröhlich. »Aber wir haben versprochen, wiederzukommen. Ich hoffe, Sie haben nichts dagegen.«

»Natürlich, natürlich. Wie freundlich! Sagen Sie mir, haben Sie irgendwelche Nachrichten von Ihrer Schwester? Meine ehemalige

Sekretärin«, wandte er sich erklärend an Blandina. Seine großen, runden Augen hatten ihren üblichen freundlichen und jovialen Ausdruck, aber seine Hände waren fest verschränkt, als sei ihm kalt.

»Ja. Wir haben Nachricht von ihr«, antwortete Philip kurz. »Wir wissen, wo sie ist, und wir hoffen, sie bald wieder bei uns in London zu haben.«

»Ach, wirklich! Mit oder ohne den stürmischen jungen Ehemann? Aber natürlich mit, nehme ich an. Sie haben sich doch nicht entschließen können, diesen goldenen Anhänger zu mir zu bringen, Miß Deering? Wollen Sie wirklich die Verantwortung übernehmen?«

»Miß Deering ist eine junge Dame, die gern Verantwortung trägt«, ertönte Blandinas scharfe Stimme. »Armand, wir dürfen unsere Gäste nicht aufhalten. Sie wollten schon weg sein.«

»Natürlich, natürlich. Dann also auf Wiedersehen, Miß Deering, Mr. Nash. Kommen Sie ruhig wieder einmal vorbei.«

Seine eifrige Stimme folgte ihnen hinaus in die Nacht. Es war eine warme Frühsommernacht, und auf Armands Stirn glänzten Schweißtropfen. Seine Hände dagegen hielt er noch immer aneinandergepreßt, als sei ihm kalt.

Im Auto, als sie langsam auf das Dorf zu fuhren, begann Lydia aufzuzählen:

»Wir waren offensichtlich nicht willkommen. In der Tat waren wir äußerst störende Eindringlinge. Dir wurde nicht erlaubt, Clara zu sehen, und ich wurde nicht mit ihr allein gelassen? Weshalb? Weil sie mir etwas erzählen wollte, was ich nicht wissen darf? Blandina ist nicht krank, sie ist es nie gewesen. Weshalb also hat sie mir das damals vorgespielt? Und wieso kommt es, daß sie bei ihrem Gesundheitszustand und ihrer Intelligenz nach all diesen Jahren plötzlich Claras wöchentlichen Scheck vergessen hat? Auch Armand war nicht erfreut, uns zu sehen. Er überspielte das, indem er zuviel redete. Praktisch warf er uns hinaus. Na, jedenfalls habe ich einen Stoß von Claras Briefen an mich genommen, die werden wir jetzt sofort studieren.«

»Wenn es dir gelingen sollte, so lange ruhig zu sein«, sagte Philip lachend. Er legte seine Hand auf die ihre und drückte sie liebevoll. »Es war eine ziemlich harte Prüfung, nicht wahr?«

Lydia seufzte und lehnte sich zurück. »Ich rede zuviel, ebenso wie Armand.«

»Er war zu Tode erschrocken«, sagte Philip.

»Erschrocken!«

»Konntest du das nicht sehen?«

»Aber worüber? Wegen Blandina? Ich muß gestehen, wenn ich eine Tante wie Blandina hätte, die in einem Hotel lebt, würde ich sie liebend gern dort lassen. Ich glaube nicht, daß sie Claras Scheck vergessen hat. Sie hat sich vermutlich gedacht, jetzt, wo sie ein so schönes Haus hat, in das sie kommen kann, kann sie die alte Seele einfach ihrem Schicksal überlassen.«

»Sie benimmt sich, als lebe sie schon seit Jahren in Greenhill«, bemerkte Philip.

»Sie ist wahrscheinlich der Typ Frau, der alles sofort an sich reißt. Erzähle, was hast du in der Zwischenzeit gemacht?«

»Ich konnte nicht viel tun. Der Bursche Jules ließ mich nicht aus den Augen.«

»Tatsächlich?«

»Ich habe in verschiedene Räume geschaut. Ich muß wie ein ungezogener Schnüffler gewirkt haben. Er zog daraus den höflichen Schluß, daß ich den Waschraum suchte und zeigte mir die richtige Tür.«

»Geschieht dir recht«, kicherte Lydia.

»Ich wollte gern nach oben gehen und mir die leeren Zimmer ansehen, aber das ging nicht.«

»Weshalb wolltest du das?«

»Es wäre vielleicht ganz interessant gewesen«, sagte Philip nachdenklich. »Armand ist zweifellos ein Mann mit Geheimnissen. Er macht auf mich den Eindruck eines Rechtsanwaltes, der schon vor Jahren auf die schwarze Liste gehört hätte.«

»Aurora hätte nie bei einem solchen Mann gearbeitet!« rief Lydia entrüstet.

»Aber wir kennen ja Aurora auch nicht besonders gut. Vielleicht irre ich mich. Ich nehme an, du hattest keine Gelegenheit, herauszufinden, von wem dieser ominöse Hilferuf kam?«

»Nein. Ich konnte nur etwas andeuten, und Clara schien sehr überrascht. Wenn sie das geschrieben hat, hat sie es vergessen. Sie liegt jedenfalls nicht im Sterben. Und jetzt, wo sie annehmen müssen, daß wir wieder vorbeischauen, werden sie sicher besonders achtgeben. Aber angenommen ...«

»Ja?«

»Angenommen, sie wollen, daß sie stirbt. Weshalb? Sie ist eine völlig mittellose alte Frau. Sie haben überhaupt nichts zu erwarten.«

»Ich weiß. Es ergibt keinen Sinn. Trotzdem werden wir heute

abend noch einen Besuch machen. Wir sind entfernte Verwandte von Clara und machen uns ihretwegen Sorgen. Wir möchten vom Arzt die Bestätigung haben, daß sie nicht ernsthaft krank ist. Was hast du gesagt? Doktor Naeve? Irgend jemand im Ort wird uns sagen können, wo wir ihn finden.«

»Ja«, sagte Lydia eifrig, »genau das müssen wir tun.«

Doktor Naeve, in dessen kleine, dunkle Praxis man sie führte, war ein älterer, ziemlich unscheinbarer Mann mit einem freundlichen Gesicht.

Er hörte sich ihre Geschichte an und sagte: »Sie verstehen, das verstößt gegen die Gepflogenheiten. Ihre Tante — es ist doch Ihre Tante?«

»Entfernt«, sagte Philip.

»Ah, ja. Nun — ich habe die Krankheit als leichten Schlaganfall diagnostiziert. In ihrem Alter natürlich — nun, ah, niemand lebt ewig, wie? Aber mit guter Pflege wird sie bald wieder auf dem Damm sein. Normalerweise würde ich einen solchen Fall ins Krankenhaus verweisen, aber sie scheint dort, wo sie ist, ausgezeichnet gepflegt zu werden.«

»Ja. Das sagte auch Tante Clara«, sagte Philip. »Ich nehme an, Sie haben Mr. Villette und seine Tanten schon seit Jahren behandelt?«

»Nein, das nicht. Glücklicherweise für sie — für mich natürlich nicht —«, der etwas lahme Scherz ließ die blassen Augen des Arztes funkeln, »haben sie nicht oft einen Arzt gebraucht. Das letztemal war das vor mehreren Jahren.«

»War es wegen einer der Tanten?«

»Ja, so war es. Lassen Sie mich nachdenken, wie war doch der Name? Honoria, Hortense, Hannah — das war's. Hannah. Sie war herzkrank und starb. Nein, ich wurde nicht oft gerufen. Wie Sie ja sicher wissen, lebt die Familie nicht viel in Greenhill. Sie sind rechte Kosmopoliten.«

»Nur eine tote Tante«, sagte Lydia, als sie wieder im Auto saßen. »Dann müssen die anderen, die Armand erwähnte, irgendwo anders gestorben sein. Allerdings muß Armand wegen Hannahs Tod äußerstes Stillschweigen bewahrt haben, denn das Postfräulein wußte nichts darüber. Und was tun wir jetzt?«

»Im ersten Gasthof, den wir finden, etwas essen und die Briefe lesen, die du hast mitgehen lassen.«

Der Kellner in dem gemütlichen Gasthof sah neugierig hin, als er versuchte, die Platten zwischen die Häufchen von zerknüllten Briefen zu stellen.

Die meisten der Briefe waren in Miß Wilberforces schwülstigem Stil geschrieben und an sie selbst adressiert. Lydia legte sie zur Seite, um sie später anzusehen. Sie suchte nach dem einen mit der andersartigen Handschrift, und als sie ihn öffnete, japste sie nach Luft. Er war von Aurora. Er lautete:

*Liebe Miß Wilberforce,
ich füge fünf Pfund bei, das ist alles, was ich Ihnen schicken kann. Das wird Ihnen helfen, bis Sie etwas bei der Nationalen Gesundheitsorganisation erreicht haben. Gehen Sie sofort dorthin* (das Wort sofort war unterstrichen). *Kommen Sie nicht hierher.*

Er war mit *Aurora Hawkins* unterzeichnet. Das Datum lag sechs Wochen zurück.

»Weshalb glaubte Aurora, ihr Geld schicken zu müssen? Welche Verpflichtung hatte sie? Wie ist sie in all das verwickelt? Nur, weil sie Armands Sekretärin war?«

»Sekretärinnen haben für gewöhnlich nicht die Pflicht, den Klienten ihrer Arbeitgeber Unterstützung zu zahlen«, sagte Philip. »Fällt dir bei diesem Brief nichts auf? Er ist ungefähr zu der Zeit datiert, da Blandina ihr Hotel verließ und aufs Land zog.«

»Ja, natürlich. Damals blieben die Zahlungen an die arme Clara aus. Aber wieso fühlte sich Aurora verpflichtet? Das ist mir zu kompliziert.«

»Mir auch«, gab Philip zu. »Ich habe nur eine Idee. Wenn wir wieder in London sind, geben wir eine Anzeige auf und fragen nach Bekannten von Blandina. Sicherlich muß sie ja ein paar Freunde haben.«

»Wieso sollte uns das weiterhelfen?«

»Nun, wenigstens könnten die uns dann sagen, wie sie aussieht.«

»Philip! Du nimmst doch nicht an, diese schreckliche alte Frau ist gar nicht Blandina?«

»Ich bin selbst nicht sicher, was ich glaube. Aber es schadet ja nichts, wenn wir das tun.« Er begann auf die Rückseite eines der zerknitterten Briefe zu schreiben: *Paxton Blandina: Kann irgend jemand einem alten Freund Auskunft über ihren derzeitigen Aufenthalt geben? Konnte keine Verbindung mit ihr aufnehmen, seit sie vor einigen Wochen London verlassen hat. Wie ist das?«*

»Ausgezeichnet.«

»Sie muß einige Freunde haben«, wiederholte Philip. »Ich habe im Hotel nach ihr gefragt, aber alles, was man mir dort sagen konnte, war, daß dieser Neffe gekommen sei und sie abgeholt habe.«

»Natürlich Armand.«

»Der schillernde Armand.«

»Er hat es auf ihr Geld abgesehen, Philip. Obwohl er selbst genug davon haben dürfte. Er will nicht, daß die arme alte Clara etwas bekommt.«

»Im Augenblick hat es allerdings den Anschein, als ob keiner sehr viel von dem Geld sehen würde. Sie sieht aus, als ob sie ewig leben könnte, oder?«

»Aber sie muß Blandina sein, Philip. Sie unterhält sich mit Clara immer über ihre Kindheit. Und sie ist genauso abscheulich, wie Clara gesagt hat.«

»Claras Gedächtnis ist denkbar schlecht. Und nichts ist leichter, als anhand von ein paar Fakten eine Geschichte zu erfinden, besonders jemandem gegenüber, der ein bißchen schwach im Kopf ist wie Clara.«

»Philip!« Lydia hatte wieder das Gefühl, von einem kalten Windhauch angeweht zu werden. Sie war erschöpft von dem aufregenden Abend, und sie hatte keine Kraft mehr, gegen die aufsteigende Welle der Angst anzukämpfen. »Du denkst wieder an diese unbekannte Leiche«, sagte sie flüsternd.

»Ich glaube nicht, daß ein so vager Verdacht die Polizei interessiert«, sagte Philip nachdenklich. »Wir müssen noch ein oder zwei Beweise erbringen. Aber wir haben ja jetzt ein wenig Zeit. Denk dran, in zwei oder drei Tagen werden wir in Greenhill erwartet. Sie können es sich nicht leisten, gerade jetzt irgendwelche Tricks zu machen. Sei nicht so niedergeschlagen, Liebling. Trinken wir eine Flasche Wein. Der Rest des Abends gehört uns.«

»Uns!« echote Lydia ironisch. Denn wie konnte das sein, wenn sie die verschrumpelte Miß Wilberforce nicht aus ihren Gedanken verbannen konnte, die so vertrauensvoll in ihrem Prunkbett saß. Und nicht nur Miß Wilberforce ging ihr nicht aus dem Sinn, auch Aurora und ihre geheimnisvolle Rolle in diesem seltsamen Spiel.

Es war Mitternacht vorüber, als sie nach London zurückkehrten. Lydia hatte gedöst und wachte erst auf, als das Auto hielt.

»Hier sind wir, meine Liebe. Ich komme mit dir hinauf.«

»Wirklich?« sagte Lydia schläfrig. »Das wäre wunderbar.«

»Nun, das klingt schon besser«, sagte er und grinste sie an.

Da erst wurde sie ganz wach und fragte: »Was habe ich gesagt?«

»Genau das, was du sagen wolltest. Wenn du nicht mehr gerade gehen kannst, werde ich dich hinauftragen. Wir wollen doch nicht, daß unsere neugierige Nachbarin wach wird.«

Lydia kicherte. »Mach dir keine Sorgen. Das ist ihre Murmeltier-Stunde, da wacht sie nicht auf. Natürlich wirst du mich nicht hinauftragen«, fügte sie hinzu.

Aber sie ließ es geschehen, daß er seinen Arm fest um ihre Hüfte legte, und mit größter Vorsicht kletterten sie die Stufen hinauf.

Lydia war wieder vollkommen glücklich. Ihre Müdigkeit und die Entfernung, die sie zwischen sich und Greenhill gelegt hatten, ließen die ganze Geschichte weniger aufregend und mehr unpersönlich erscheinen. Schließlich war nichts Einschneidendes geschehen. Niemand war verletzt, in besonderen Schwierigkeiten, oder gar tot...

Vor der Tür zu ihrer Wohnung kramte sie in ihrer Tasche herum, die nun ebenso ausgebeult und unordentlich war wie die von Miß Wilberforce mit ihrem Durcheinander von Briefen.

Aber plötzlich spürte sie Philips Hand auf ihrem Arm. Er wies auf die nicht ganz geschlossene Tür.

Dort drin war jemand!

Auroras geheimnisvoller Freund?

»Oh! Was tun wir jetzt?« flüsterte Lydia.

Philip antwortete nicht. Er gab der Tür einen heftigen Stoß und tastete gleichzeitig nach dem Schalter. Das Licht flammte auf, aber die Tür öffnete sich nicht weiter als ein paar Zentimeter. Irgend etwas Schweres stemmte sich dagegen.

Langsam und vorsichtig drückend, konnte sich Philip endlich hineinschieben. Mit übertrieben ruhiger Stimme sagte er zu Lydia:

»Es ist June Birch. Sie ist verletzt.«

Im nächsten Augenblick war Lydia drin und beugte sich über June, während Philip in den übrigen Zimmern das Licht andrehte und feststellte, daß der Eindringling nicht mehr da war.

June erlangte gerade wieder das Bewußtsein. Sie trug einen Pyjama und einen baumwollenen Hausmantel. Sie blinzelte in das Licht und stöhnte.

»Oh – oh! Endlich sind Sie da. Ich dachte...«

»Alles in Ordnung«, sagte Philip. Er hielt in der einen Hand ein Glas Brandy, mit dem freien Arm hob er June ein wenig vom Boden hoch und zwang sie zu trinken.

Lydia eilte davon, um Kissen und ein nasses Tuch zu holen. Die Beule auf Junes Stirn begann sichtbar zu werden und anzuschwellen.

»Jemand – schlug mich nieder«, gelang es ihr endlich mit großer

Anstrengung zu sagen. Dabei grinste sie verlegen. »Verdammt! Ich hab' vielleicht Kopfschmerzen!«

»Konnten Sie sehen, wer es war?« fragte Philip.

»Nein! Nicht einen Schimmer! Ich glaubte, jemanden hier oben umhergehen zu hören — ganz, ganz leise, ziemlich spät — wieviel Uhr ist es jetzt?«

»Halb eins.«

»Um Gottes willen, dann war das erst vor zehn Minuten. Sie müssen ihn gerade verpaßt haben.«

»O Himmel!« rief Philip ärgerlich aus.

»Ich kam mit meinem Schlüssel herauf, um ihn auf frischer Tat zu ertappen. Oder um wenigstens einen Blick auf ihn zu werfen. Aber in dem Augenblick, als ich die Tür öffnete, erloschen die Lichter, und wumm! bekam ich eins auf den Kopf.«

Sie sank zurück. »Mensch! Nur zehn Minuten ist das her! Er ist natürlich über die Hintertreppe davon.«

»Ist irgend etwas verändert worden?« fragte Lydia Philip.

»Natürlich. Alles ist drunter und drüber. Aber ob er gefunden hat, was er suchte, ist eine andere Frage.«

»Was könnte er gewollt haben?« fragte Lydia ängstlich.

»Ich weiß nicht. Ich kann es nur vermuten. Den Schmuck wahrscheinlich.«

»Aurora!« flüsterte Lydia.

»Ach, denken Sie das nicht«, sagte June schwach. »Der Schlag, den ich bekam, war von Männerhand.«

»Sie könnte einen Mann bei sich gehabt haben«, sagte Philip langsam. »Oder es könnte auch ein Mann allein gewesen sein.«

»Armand!«

»Vielleicht. Wie sollen wir das wissen? Kümmern wir uns erst einmal um June. Glauben Sie, daß Sie sich aufsetzen können? Wir werden Sie auf die Couch hinüberbringen. Dann glaube ich — was immer ihr beiden auch fühlen mögt —, das ist jetzt ein Fall für die Polizei.«

Bei diesen Worten setzte sich June hastig auf. Sie griff sich an den Kopf, aber es gelang ihr, sehr bestimmt zu sagen: »Seien Sie nicht blöd! Die Polizei wird dies hier nur wie einen gewöhnlichen Einbruch behandeln, und wir werden niemals herausfinden, wer der Kerl war. Es war kein Einbruch«, fügte sie nüchtern hinzu. »Es ist ein Teil dieser mysteriösen, verrückten Geschichte um Aurora. Und ich kann mich ja irren, aber ich habe so das Gefühl, wenn Sie die Polizei einschalten, werden Sie Aurora niemals lebend wiedersehen.«

»Wie können Sie nur so etwas sagen!« rief Lydia aus.

June grinste mühsam. »Vielleicht hat mich diese Beule am Kopf ein bißchen verrückt gemacht. Aber das ist's, was ich glaube. Und ich möchte diesen unwiderstehlichen Liebhaber kennenlernen. Unter anderem habe ich mit ihm ein Hühnchen zu rupfen.«

Philip sagte langsam, aber mit einem seltsamen Leuchten in den Augen: »Sie mag recht haben, Lydia. Die Polizei in diesem Stadium — zum Teufel, ich weiß nicht. Werden die überhaupt zuhören, wenn man ihnen eine Menge konfuser Dinge über alte Frauen auf dem Land und verschwundene Bräute erzählt? Sie wollen Tatsachen, gestohlenen Schmuck, Leichen ... Ich möchte abwarten, was unser Aufruf wegen Blandina erbringt. Und jedenfalls haben wir den Anhänger nicht verloren. Ich habe ihn hier in meiner Tasche.«

June klatschte in die Hände. »Ha! Der gefoppte Dieb!« rief sie triumphierend.

»Aurora! Schläfst du noch?«

Die vertraute Stimme, nahe an ihrem Ohr, riß sie aus tiefem Schlummer. Sie wollte nicht erwachen. Sie wußte nicht, weshalb sie sich so an die Bewußtlosigkeit klammerte. Sie konnte den Gesang der Vögel hören, und das Licht hinter ihren geschlossenen Lidern zeigte an, daß es Morgen war und daß die Sonne schien. Einst hatte sie es geliebt, an einem sonnigen Morgen zu erwachen. Aber das war lange her, wie in einem anderen Leben.

»Nein, ich bin wach«, murmelte sie.

»Gutes Mädchen. Schau! Es ist ein schöner Tag und wir verreisen.«

»Verreisen?«

»Ich habe es dir gestern abend gesagt.«

»Wirklich? Ich kann mich nicht erinnern. Nein, du hast nichts gesagt.«

Langsam erwachte sie ganz, setzte sich im Bett auf und sah endlich den vertrauten Raum und den vertrauten Kopf neben sich auf dem Kissen.

Das Zimmer mit der verschlossenen Tür mußte sie verlassen, weil er es gesagt hatte, aber dieses Gesicht mit den schmalen, lustigen Augen, den hochgezogenen Augenbrauen, dieses Gesicht, das sie kannte wie kaum etwas anderes auf der Welt, kam mit ihr. Jeden Morgen, wenn sie erwachte, würde sie es neben sich auf dem Kissen sehen. Von Schlaf und Verlangen überwältigt, war sie einen Augenblick lang vollkommen glücklich.

»Liebling!« murmelte sie.

Er lächelte breit.

»So ist's recht, meine Süße. So höre ich dich gern reden.«

Sie runzelte die Stirn. »Tue ich das nicht immer?«

»Nicht immer. Nicht in letzter Zeit. Manchmal benimmst du dich, als ob du mich hassen würdest.«

»Dich hassen! Aber wenn ich dich hassen würde, wäre ich in jener Nacht doch nicht mir dir gegangen. So wie ich war.«

»So wie du warst, genügte es vollkommen, mein Engel.«

Sie lächelte, als sie sich erinnerte. »Du wolltest mich nicht einmal mehr zurückkehren lassen, um zu packen.«

»Ich fürchtete, du würdest deine Meinung wieder ändern.«

»O nein, da nicht mehr. Ich habe immer nur dich geliebt. Das weißt du.«

»Ich habe auch nur dich geliebt.« Er zog sie in seine Arme und preßte sie eng an seine kräftige Brust. »Ich liebe dich auch. Wenn du ein braves Mädchen bist. Denk dran.«

Es war seltsam, daß sie nicht ganz wach werden konnte. Ihre Beine waren schwer und ihr Kopf fühlte sich dumpf, als ob sie zuviel getrunken hätte. Trotzdem wollte sie diese Trunkenheit nicht abschütteln, denn im wachen Zustand überfiel sie wieder die Furcht vor Dingen, die nicht nur in ihren Träumen bestanden. Dinge wie Telefonanrufe, Stimmen, die nach ihr riefen, und ein Schlüssel, der im Schloß ihrer Tür umgedreht wurde ...

Da war es so schon besser, es machte ihr nicht einmal etwas aus, daß er sie so fest an sich preßte, daß ihre Brüste schmerzten.

»Du sagst, wir gehen irgendwohin?«

»Ja, das sagte ich. Du mußt aufstehen und packen.«

»Fahren wir mit dem Zug?«

»Vielleicht.«

»O Liebling! Wir sind schon mit so vielen Zügen gefahren. Ich bin wirklich schrecklich müde.«

»Möchtest du denn, daß ich dich zurücklasse?«

»Blödsinn! Nein, natürlich nicht.«

Er liebkoste sie mit seinen Augen. »Dann wach auf, Aurora, Liebling! Und sei ein liebes Mädchen. Keine Tricks!«

»Tricks?«

Plötzlich stieß er sie von sich.

»Du weißt verdammt gut, was ich meine. Ich glaube, die meiste Zeit spielst du mir diese Komödie bloß vor. Oder hast du letzte Nacht die Pillen nicht genommen?«

»O doch. Du hast mir dabei zugesehen.«

»Sie sind gut für deine Nerven, das weißt du. Du warst sehr

krank, und ich möchte dich nicht in ein Krankenhaus bringen. Ich kümmere mich um dich, so gut ich kann.« Er lächelte sie an. »Schon gut, Engel. Mach dir keine Sorgen. Küß mich.«

Automatisch beugte sie ihren Kopf, um zu gehorchen. Aber als er seine Arme um sie schloß, begann sie zu zittern. Das rührte aber nicht von dem Schmerz in ihren Brüsten her, sondern von der Furcht, die langsam in ihr hochstieg. Seine Arme hielten sie fest, und sie konnte nicht entkommen. Sie war ihm hörig, sie würde die Pillen für ihre Nerven einnehmen, oder was immer er ihr befahl. Sie wußte, daß sie ihm gegenüber hilflos war, und solange er sie wollte, machte es ihr nichts aus, daß er sie bevormundete.

Als er gegangen war, um Kaffee zu holen, und sie müde aus dem Bett stieg und sich an den Toilettentisch setzte, überschwemmte sie wieder diese unerklärliche Angst.

Das Gesicht, das ihr aus dem Spiegel entgegensah, hatte sich so verändert. Es war farblos, ziemlich aufgedunsen, mit dunklen Ringen unter den Augen, die Augen selbst stumpf und die Lider schwer. Auch ihr Haar lag lasch und stumpf um ihr Gesicht, alles Leben war daraus verschwunden.

Er liebte sie nur, wenn sie schön war. Das wußte sie. Ihre Schönheit war ihre Waffe ihm gegenüber gewesen. Wie konnte er diesen weißgesichtigen Rest ihrer selbst noch lieben?

Und wenn er sie nicht mehr liebte, was würde dann mit ihr geschehen?

Schritte vor der Tür zeigten an, daß er zurückkam. Schnell nahm sie die Bürste und versuchte, etwas Leben in ihr Haar zu bürsten.

Aber niemand trat ein. Statt dessen hörte sie draußen Stimmen:

»Aber sie ist mein Frau, das habe ich Ihnen letzte Nacht gesagt. Ich muß gehen, ich muß wirklich gehen.«

»Das hat noch einen oder zwei Tage Zeit.«

»Aber wenn ich nicht sofort gehe, wird sie nicht zurückkommen. Ich werde ihre Spur verlieren.«

»Mein lieber Freund, wenn sie Sie verlassen hat, wissen Sie auch warum. Sie verschwenden nur Zeit. Und ich kann Sie im Augenblick nicht entbehren. Das wissen Sie verdammt gut.«

»Ich werde auf jeden Fall gehen.«

»Das glaube ich nicht. Das werden Sie ganz bestimmt nicht tun.«

Die Stimmen verstummten. Die Tür öffnete sich. Das Mädchen vor dem Spiegel begann zu zittern.

Die Frau hinter dem Empfangspult im Bayswater-Hotel setzte sich in Positur, als sich Philip vertraulich zu ihr hinüberbeugte.

»Ich sprach neulich schon mit Ihnen, Miß —«

»Perkins. Miß Perkins. Ja, ich kann mich an Sie erinnern. Sie fragten nach Ihrer Tante, Mrs. Paxton. Haben Sie sie gefunden?«

»Nein, zumindest glaube ich nicht.«

Die Frau sah ungläubig drein. »Sie wollen damit sagen, Sie sind nicht sicher?«

»Nicht ganz. Können Sie mir genau beschreiben, wie sie aussah?«

»Nun — sie war einfach eine alte Frau, nicht besonders auffallend. Graues Haar natürlich. Keine besonderen Merkmale, wie die Polizei das nennen würde.«

»Zu dumm«, sagte Philip freundlich. »War sie groß?«

»Ja, ziemlich. Hielt sich gut für eine alte Dame.«

Philip kam plötzlich eine Idee. Er zog einen Bleistift aus der Tasche und warf rasch eine Zeichnung auf die Unterlage, die auf dem Pult lag.

»Sah sie ungefähr so aus?«

Miß Perkins betrachtete die Skizze genau und begann zu kichern.

»Oh — oh! Was für eine große Nase. Nein, sooo groß war ihre Nase nun doch nicht.«

»Aber sie hatte eine lange Nase?«

»Nun ja, man könnte schon sagen, daß sie ziemlich lang war. Worauf wollen Sie hinaus, wenn man fragen darf?«

»Ich möchte nur in einem Punkt Klarheit haben, der mir Sorgen macht. Haben Sie das hier jemals gesehen?«

Miß Perkins trat zurück, als er den goldenen Anhänger auf das Pult legte.

»Aber ja, doch. Er gehört Mrs. Paxton. Ich habe ihn oft an ihr gesehen. Nun, wenn Sie das da haben, haben Sie doch wohl auch Ihre Tante, oder nicht? Oder?« Ihre Augen quollen hervor. »Woher haben Sie es sonst?«

»Das ist eine andere Geschichte«, sagte Philip. »Vielen Dank, Miß Perkins. Sie waren mir eine große Hilfe.«

»Aber was haben Sie vor? Ist etwas passiert?« Miß Perkins rief ihm nach mit scharfer und erregter Stimme. »Warum gehen Sie nicht zur Polizei?«

»Das kann ich Ihnen jetzt nicht sagen. Schauen Sie in die Zeitungen.«

Philip trat in eine Telefonzelle und wählte die Nummer von Auroras Wohnung.

»Hallo!« ertönte Lydias aufgeregte Stimme. »Bist du es, Philip?«

»Ja. Was ist los?«

»Wieso weißt du, daß etwas los ist?«

»Durch deine Stimme, Dummchen.« Er fügte nicht hinzu, daß er bereits jede Schwingung ihrer Stimme kannte. Er wußte, wenn sie glücklich war oder müde, wenn sie enttäuscht war oder ärgerlich, oder wenn sie versuchte, ihre wahren Gefühle zu verbergen. All diese Kleinigkeiten, die er von Aurora nicht gekannt hatte...

»Ich hatte einen Anruf von jemandem, der unsere Anzeige gelesen hat.«

»Wer war es? Was hat er gsagt?«

Philip, noch erregt von der aufschlußreichen und höchst beunruhigenden Unterhaltung mit Miß Perkins, war ganz Ohr.

»Er sagt, er habe ein Café an der Portsmouth Road. Er kennt Blandina nicht, aber vor ungefähr zwei Monaten habe eine alte Dame dieses Namens bei ihm Tee getrunken. Jedenfalls sei sie in einem Auto mit noch zwei anderen Personen vorgefahren. Er kann sich an den Namen erinnern, weil er so ungewöhnlich ist.«

»Hast du seine genaue Adresse?«

»Natürlich, was glaubst du denn!« Lydias Stimme war sehr kühl. »Wann fahren wir hin?«

»Jetzt gleich. Ich komme. Wie geht's June?«

»Sie hat zwei himmlische blaue Augen. Aber sonst geht es ihr gut, und sie genießt alles sehr. Ich habe für sie eingekauft, denn sie will nicht ausgehen. Die Leute könnten sonst glauben, sie sei in eine Schlägerei geraten. Wann kommst du?«

»In fünfzehn Minuten, falls du jetzt aufhören kannst zu reden. Ich habe so eine Ahnung, daß wir nicht viel Zeit verlieren dürfen.«

»Gut, dann habe ich noch Zeit, Junes Abendessen zu bereiten. Geh nicht ohne mich.«

»Geh nicht ohne mich..« Diese Worte tönten in Philips Ohren, als er sich ungeduldig den Weg durch Londons entsetzlich langsam fließenden Verkehr bahnte.

Vor der Wohnung in St. John's Wood drückte er auf die Hupe, bis Lydia um die Ecke gesaust kam, ohne Hut wie immer, mit geröteten Wangen.

»Gerade geschafft. June läßt sich nicht blicken, obwohl es ihr wahrscheinlich nichts ausmachen würde, wenn du sie so siehst. Sie wird den ganzen Tag über ihre Ohren offenhalten, ob sie irgend etwas Verdächtiges hört. Ich nehme an, der Bursche hat so viel Verstand, sich nicht mehr herzuwagen. Er hat möglicherweise in der Zeitung nachgesehen, ob man Junes Leiche gefunden hat.« Sie sah ihn beschämt an. »Ich rede schon wieder zuviel.«

»Nur zu«, sagte Philip mild. »Wenn du dich nur schnell unterbrechen würdest, um mir zu sagen, wohin wir eigentlich zu fahren haben.«

»Es tut mir leid. Aber wenn ich nicht rede, platze ich vor Aufregung. Wir müssen nach einem Caravan-Café Ausschau halten, direkt an der Straße kurz vor Guildford. Der Mann hat erst vor einer halben Stunde angerufen.«

»Was machte er für einen Eindruck?«

»Ziemlich ernst. Ein philosophischer Typ, würde ich sagen. Er betrachtet das Leben vom Rande einer Hauptverkehrsstraße aus. Hast du heute morgen etwas herausgefunden?«

Philip nickte und kostete seine Eröffnung aus: »Der Anhänger gehört Blandina. Oder gehörte ihr.«

»Blandina! Dann — glaubst du, Armand hat ihn gestohlen? Oder ausgeliehen? Und deshalb ist es so wichtig für ihn, ihn wiederzubekommen?«

»Wir könnten nach Greenhill hinausfahren und das feststellen. Wir könnten ihm sagen, er könnte es sich sparen, herumzulaufen und Frauen niederzuschlagen, um sein bißchen Schmuck wiederzubekommen.«

»Und wir könnten darauf bestehen, zu erfahren, was in all diesen Schlafzimmern ist«, sagte Lydia atemlos.

»Von den Schlafzimmern halte ich nichts. Aber wir könnten einen Bluff versuchen. Ich habe das Gefühl, die sind so tödlich erschrocken, daß sie einen Bluff nicht ertragen würden.«

»Armand wird in London sein.«

»Da bin ich nicht so sicher. Ich habe in seinem Büro angerufen, nachdem ich mit dir telefoniert hatte, und bekam keine Antwort. Ich nehme an, Mister Armand verbringt heute einen Tag zu Hause. Es ist keineswegs überraschend, daß er seine Sekretärin entlassen hat. Sie könnte in seiner Abwesenheit zu viele unbequeme Fragen beantworten.«

Lydia seufzte. »Ich glaube, so viel auf einmal kann ich nicht verkraften.«

»Mach dir keine Sorgen«, beruhigte sie Philip. »Wir werden mit dem Postfräulein einen doppelten Whisky trinken. Ich habe das Gefühl, wir sind Aurora auf der Spur.«

Der Café-Besitzer war ein magerer, großer Mann, der ganz in ein Buch versunken dastand und es nur mit Widerwillen beiseite zu legen schien. Endlich entschloß er sich doch dazu, merkte sich sorgfältig die Seite, bei der er stehengeblieben war, und fragte sie nach ihren Wünschen.

»Tee«, sagte Lydia nur. »Wir können uns unterhalten, während wir ihn trinken.«

»Sie sind die Leute, die nach der alten Dame fragten?«

»Ganz recht«, antwortete Philip. »Können Sie uns irgend etwas sagen?«

»Nichts außer dem Namen. Er blieb mir im Gedächtnis, weil er so ungewöhnlich ist. Und die Tatsache, daß sie verschwunden ist, paßt dazu. Ich habe mir ihretwegen ein paar Gedanken gemacht. Ich lebe hier ganz für mich, und ich achte auf meine Kunden. Irgend etwas Ungewöhnliches fällt mir auf. Ich habe manchmal an diese alte Dame gedacht, und als ich dann ihre Anzeige las, dachte ich bei mir, das ist sicher die alte Frau, um die es sich handelt. Es ist der ungewöhnliche Name, verstehen Sie. Er ist mir noch niemals begegnet, nicht einmal in einem Buch, und ich lese viel. Milch und Zucker, Madam?«

»Nein, danke«, sagte Lydia. Sie bewunderte die Art, wie er den Tee einschenkte, sparsam in seinen Bewegungen, ohne etwas zu verschütten. Das Buch, in dem er gelesen hatte, war das *Tagebuch eines Landpfarrers*. Auf seine Art war er ebenso bemerkenswert wie Blandina.

Philip zog wieder die Zeichnung hervor, die er angefertigt hatte.

»Sah die alte Frau so ähnlich aus?«

Der Mann betrachtete sie und legte seinen Kopf nachdenklich zur Seite. »Es tut mir leid, Sir. Sie haben den Weg umsonst gemacht, wenn Sie danach suchen. Das war sie nicht.«

»Sind Sie sicher?« rief Lydia aus.

»Ganz sicher, Madam. Ich weiß, es war Abend, aber im Auto brannte Licht, und ich sah sie ganz deutlich. Sie sah keineswegs so aus. Sie war verschrumpelter, wenn Sie wissen, was ich meine. So wie eben alte Leute aussehen, wenn die Haut zusammenfällt. Diese alte Dame wirkte außerdem etwas verloren und verwirrt, als wüßte sie nicht recht, wie sie in den Fond des Wagens gekommen war.«

»Was für eine Automarke war es? Haben Sie das bemerkt?«

»Aber gewiß.« Der Mann war sichtlich stolz auf seine Beobachtungsgabe. »Es kommt schließlich nicht oft vor, daß ein Jaguar hier vorfährt. Meistens kommen Omnibusse.«

»Und wer war bei dieser alten Dame?« fragte Philip ganz sanft.

»Ein Mann und ein Mädchen. Das Mädchen war hübsch. Es schien die alte Dame irgendwie zu beruhigen. Ich hatte das Gefühl, sie hielten hier an, weil die alte Dame aufgeheitert werden sollte. Aber sie wollten es rasch machen, ohne große Geschichten, wenn

Sie mir folgen können. Vielleicht wollten sie nicht allzu genau gesehen werden. Ja, das ist es. Der Mann hieß Armand. Daran kann ich mich nun auch erinnern. Das Mädchen nannte ihn so. Beides ziemlich ungewöhnliche Namen. Aber Blandina fiel mir besonders auf.«

»Danke«, sagte Philip. »Das hilft uns sehr.«

»Sie glauben, das ist die Person, nach der Sie suchen, Sir?«

»Ja, zweifellos.«

»Ich kann Ihnen nicht sagen, wohin sie gefahren sind. Und ich bin sicher, die alte Dame wußte es auch nicht. Sie sagte etwas von einer fremden Straße. Ich lese bestimmt viel, aber mein Eindruck war, daß sie gekidnappt worden ist oder so etwas. Vielleicht sollte sie in ein Altersheim gebracht werden, wohin sie nicht wollte. Noch Tee, Sir?«

»Nein, danke. Ich glaube, Sie lesen wirklich zuviel, oder Ihre Phantasie ist ein wenig zu lebhaft.«

Der Mann nickte eifrig. »Ich nehme an, Sie haben recht. Ich beobachte all diese Autos, die vorüberbrausen, Tag und Nacht, und ich frage mich immer, wohin, zum Teufel, die alle fahren. Deshalb stecke ich dann meine Nase in ein Buch über alte Zeiten, in denen es hübsch langsam zuging. Das wäre ein Leben für mich gewesen. Damals wußte man noch, wohin man fuhr. Man wurde nicht davongewirbelt wie diese alte Dame. Mehr Tee, Madam?«

»Nein, vielen Dank. Er war sehr gut. Wir müssen jetzt gehen. Auch wir sind in Eile. Aber wir wissen, wohin wir fahren. Zumindest ...«, Lydia zögerte. Nichts konnte harmloser sein als dieser Caravan neben der Straße, als die vorüberflitzenden Autos, als die Wolken, die langsam über den sommerlichen Himmel zogen, als der Geruch nach heißem, süßem Tee und Benzin und der Rauch eines entfernten Gartenfeuers. Und trotzdem schien alles plötzlich so unwirklich, so unwirklich, wie es einer alten Frau vorgekommen sein mochte, die in die Nacht hinaus geschleudert wurde, einem unbekannten Schicksal entgegen.

Lydia begann einige Zeit, bevor sie Greenhill erreichten, ein freundliches und nichtssagendes Lächeln einzuüben. Mit den dahinschwindenden Kilometern wurde dieses Lächeln ein wenig verzerrt, und ihr Herz begann wieder heftig zu schlagen. Sie deklamierte laut:

»Wir sind es schon wieder, Sie werden es kaum glauben! Wie geht es Tante Clara? Und Tante Blandina, Sie haben sicher dieses Schmuckstück schon vermißt. Wußten Sie, daß der liebe Neffe Armand es an sich genommen hat, um es der Braut eines anderen

Mannes zu schenken?« Sie brach plötzlich ab. »Aber Philip. Wer *ist* eigentlich Auroras Ehemann?«

»Ich würde mich wundern, wenn sie überhaupt einen hat«, sagte Philip grimmig.

»Sie steckt mit drin, da bin ich sicher. Wie, weiß ich nicht. Aber wenn ich mich nicht täusche, werden wir das heute herausbekommen.«

Lydia schlang die Arme um sich. Sie wehrte sich gegen das aufkommende Zittern.

»Wenn Aurora nicht verheiratet ist, wenn sie in Sünde lebt, würde das das Ende bedeuten, zumindest was Daddy betrifft. Und wenn es auch unter Bedrohung ihres Lebens geschehen wäre, das würde er ihr wahrscheinlich niemals verzeihen. Oh, wir sind gleich da.«

»Wenn du nervös bist, willst du lieber im Wagen bleiben?«

»Im Wagen bleiben! Wovon sprichst du bloß!«

Philip grinste und legte seine Hand auf die ihre.

»Weißt du, Lydia, etwas habe ich dir noch nicht gesagt, weil es mir wie Verrat vorgekommen wäre. Aber Aurora hat mich gebeten, sie zu heiraten, noch ehe ich dazu gekommen wäre, ihr meinerseits diesen Vorschlag zu machen.«

Lydia sah ihn erstaunt an. »Aber, gute Manieren hin oder her, ein Mann ist doch nicht gezwungen, den Antrag einer Frau anzunehmen!«

»Natürlich nicht. Aber ich war verrückt nach ihr. Ich hätte sie schon noch gefragt, so geschah es halt ein bißchen früher.«

Lydia war skeptisch. »Ich glaube, das ist nicht wahr. Ich glaube, sie fürchtete sich davor, dich zu verlieren.«

»Nein, so war es nicht. Es ist eher wahrscheinlich, daß sie versuchte, einer Geschichte zu entkommen, die sie ängstigte. Ich erschien ihr als willkommene Lösung. Und ich war wirklich verrückt nach ihr. Eine schöne Frau bringt mich immer um den Verstand. Achte in Zukunft darauf — gib mir einen heftigen Stoß, wenn ich anfange, mich dämlich zu benehmen.«

In Zukunft, hatte er gesagt. Wenn dieser Alptraum von Besuch vorüber war...

Das Haus machte einen sehr stillen Eindruck, alle Fenster waren geschlossen. Aber das war nicht ungewöhnlich, denn nach außen hin hatte es noch nie Anzeichen von Leben verraten.

Lydia und Philip standen auf der Schwelle und warteten, daß auf ihr Läuten hin geöffnet würde. Der Rasen müßte geschnitten werden, dachte Lydia. Jules hatte anscheinend in letzter Zeit zu viele Pflichten im Haus zu erfüllen gehabt, um sich seiner gärtnerischen Arbeit widmen zu können. Es mutete seltsam an, daß nur ein so kleiner Teil des Gartens gepflegt war. Alles andere wuchs wild durcheinander, Gras und Hecken und wilde Rosenbüsche.

»Da kommt niemand«, flüsterte sie.

Philip legte seinen Finger nochmals an die Türglocke und ließ ihn einen Augenblick dort. Sie konnten hören, wie es tief im Innern des Hauses klingelte. Aber noch immer näherten sich keine Schritte. Die Tür blieb zu. Die Fenster waren geschlossen und leer.

»Sie sagten, sie wollten verreisen, sobald Miß Wilberforce gesund genug sei«, sagte Lydia. »Meinst du, sie sind abgereist, ob sie nun gesund war oder nicht?«

»Haben sich aus dem Staub gemacht, bevor wir wiederkamen. Aber sie können doch nicht solche Angst vor uns haben!«

»Du lieber Himmel! Nehmen wir an, sie haben wirklich solche Angst, dann muß ihr Gewissen schon besonders schlecht sein. Aber weshalb? Philip, wir müssen das herausbekommen.«

»Zugegeben«, sagte Philip kurz und bündig.

»Also, was stehen wir dann noch hier herum? Niemand wird uns die Tür öffnen. Gehen wir zur Rückseite. Wenn niemand da ist, weißt du ...«

»Ich weiß. Wir brechen ein.«

»Aber wir müssen irgend etwas Unversperrtes finden. Ich habe den Eindruck, das Gebäude ist verriegelt wie der Tower.«

»Wenn sie in Eile abgereist sind, könnten sie vielleicht irgend etwas übersehen haben. Schauen wir nach.«

Zehn Minuten später befanden sie sich im Innern des Hauses. Ein loser Riegel an einem Fenster der Speisekammer hatte nachgegeben und es ihnen ermöglicht, leise ins Haus zu schlüpfen.

In der großen Küche waren die Überreste eines schnellen Frühstücks zu sehen. In der Spüle stand unabgewaschenes Geschirr, zerbrochene Eierschalen lagen umher, auf dem Tisch stand ein Glas mit einem Rest Milch. Philip zählte vier Tassen. »Clara, Blandina, Armand und Jules«, sagte er. »Jules ißt offensichtlich mit der Familie in der Küche, wenn sie alle hier essen.«

»Da ist noch dieses Glas mit Milch.«

»Sie könnten die arme alte Clara gezwungen haben, etwas davon zu trinken. Sie mußte ja für die Reise aufgemöbelt werden. Komm. Schauen wir uns die anderen Zimmer an.«

Die Halle, das Eßzimmer und das Wohnzimmer sahen genauso aus wie immer, außer daß im Eßzimmer die Vorhänge zugezogen waren und das Zimmer in ein dämmriges Licht tauchten. Es war ein kaltes Zimmer. Lydia fröstelte, sie hatte aber keine Zeit mehr, sich länger hier aufzuhalten, denn Philip rief: »Schau dir das an!«

Er hatte eine Tür am entferntesten Ende der Halle geöffnet und blickte in eine Bibliothek, kalt, dunkel und verstaubt.

»So wie die aussieht, ist da seit Jahren keiner mehr gewesen. Ich habe den Eindruck, die Haupträume wurden in Ordnung gehalten und der übrige Teil des Hauses abgesperrt. Es würde mich gar nicht überraschen, wenn außer Jules überhaupt keine Dienstboten da wären.«

»Weil sie keine bekommen konnten, oder weil sie sich keine leisten konnten?«

»Oder weil sie es vorzogen, keine Fremden in der Nähe zu haben.«

»Aber man hat mir damals doch gesagt, es sei der freie Tag der Köchin.«

Philip war mißtrauisch. »Anscheinend ein langer Tag. Ich vermute, daß Armand nicht sehr oft hierherkommt, und wenn, dann dürfen ihn keine fremden Augen beobachten. Gehen wir hinauf.«

Die erste Tür, die Philip öffnete, war die zu Blandinas Zimmer. Unwillkürlich zögerte Lydia auf der Schwelle. Sie war so sicher, die alte Dame in dem weiten Bett liegen zu sehen, mit emporragender, spitzer Nase und stechenden Augen.

»Wovor hast du Angst?« sagte Philip. »Hier ist niemand drin.«

Das Bett war gemacht und ordentlich. Der Schrank, den Philip öffnete, enthielt kein einziges Kleidungsstück. Auf dem Ankleidetisch lagen weder Bürsten noch irgendwelche anderen Kosmetikartikel. Das ganze Zimmer machte überhaupt nicht den Eindruck, als sei es vor so kurzer Zeit noch bewohnt gewesen. Ein paar Haarnadeln und ein graues Haar in einem altmodischen Haarnetz, ein leicht zerdrücktes Kissen auf einem Sessel, ein verschobener Teppich. Das war alles.

In Miß Wilberforces Zimmer war es beinahe das gleiche, außer daß neben ihrem Bett ein halbes Glas Limonade stand und ihr Bett nur flüchtig in Ordnung gebracht worden war. Sie mußte erst in letzter Minute aufgestanden sein, als das Auto schon bereit stand.

Die berühmte schwarze Handtasche war fort. Ob sie wohl bemerkt hat, daß sie ein gut Teil leichter war?

»Hier habe ich die Briefe ausgeleert«, sagte Lydia, denn sie wollte mit irgendeiner nichtssagenden Bemerkung die schreckliche Stille unterbrechen. »Ob ich wohl einen vergessen habe?«

Sie ließ sich auf ihre Hände und Knie nieder, um unter die Kommode zu schauen, dann hob sie den schweren Bettüberwurf hoch.

»Oh, da ist noch einer!« rief sie. »Ach, es ist nur einer, den sie an sich selbst geschrieben hat. Nein, Philip, nein! Da steckt noch etwas in dem Umschlag. Schau! Es ist eine andere Handschrift! Es —«

Ihre Stimme erstarb. Die hingekritzelten Worte *Bleiben Sie nicht hier! Sie sind alle Mörder* flimmerten vor ihren Augen.

»Philip! Wer hat das geschrieben?«

»Wie unheimlich!«

»Es könnte die Person sein, die das Postskriptum auf dem Brief an mich geschrieben hat«, beantwortete sie ihre eigene Frage.

»Es ist anzunehmen. Behalte das mal. Und komm jetzt weiter.« Ungeduldig eilte er fort, neugierig, was er noch finden würde.

Aber die übrigen Räume sagten ihm gar nichts. Ein einziges Zimmer schien erst vor kurzem benützt worden zu sein, denn nirgends lag Staub. Die anderen waren in demselben Zustand wie die Bibliothek. Kalt, muffig, seit langer Zeit unbewohnt.

Außer einem Zimmer am Ende des Ganges. Das war verschlossen. Philip versuchte vergebens, durch das Schlüsselloch zu spähen. Er rüttelte am Türgriff. Alle Türen im Haus bestanden aus solider Eiche, beste Zimmermannsarbeit. Es war unmöglich, sie aufzubrechen. Außerdem, was würde sie schon erwarten außer noch mehr Staub und Verlassenheit?

»Nach bester Märchen-Tradition darf diese Tür nicht geöffnet werden«, sagte Lydia in dem Versuch zu scherzen, aber sie konnte ein Schaudern nicht unterdrücken. »O Philip, laß uns gehen!«

»Angst?«

»Ja, sehr. Ich schäme mich so.«

Plötzlich vernahmen sie aus dem Untergeschoß ein leises Geräusch. Lydia flog in Philips Arme.

»Still!« zischte er. »Willst du hier warten?«

»Nein! Ich komme mit.«

Sie eilten die Treppe hinab.

»Ist da jemand?« rief Philip laut.

In der Küche miaute eine Katze. Philip lachte erleichtert. Er fand den getigerten Störenfried und nahm ihn auf den Arm. Die Katze begann in einer solchen Lautstärke zu schnurren, die in keinem Verhältnis zu ihrem mageren Körper stand.

»Sie ist uns durch das offene Fenster gefolgt. Geben wir ihr den Rest von Claras Milch.«

»Und dann gehen wir«, bat Lydia. »Hier ist nichts. Ich kann den Ort hier nicht mehr ertragen. Ich hoffe, ich sehe ihn nie wieder.«

Philip goß Milch in eine Untertasse und sah zu, wie die Katze sie aufleckte.

»In Ordnung«, sagte er endlich. »Aber wir werden uns ein bißchen mit dem Postfräulein unterhalten.«

Das Postfräulein bot ihnen Tee an und erzählte ihnen von dem Auto, das in rascher Fahrt am frühen Morgen durch den Ort gebraust war.

»Konnten Sie erkennen, wer drin saß?«

»Nein. Es fuhr zu schnell vorüber. Was für eine Enttäuschung, jetzt kommen Sie den ganzen weiten Weg, um Ihre Verwandten zu besuchen und treffen sie nicht an. Sind es enge Verwandte?«

»Nein, nicht besonders.«

Das Postfräulein lachte verächtlich und sagte: »Dann kann ich ja sagen, was ich davon halte, die Zelte abzubrechen wie die Araber und still und heimlich abzuhauen. Wir wußten nichts über ihr Kommen und Gehen. Sie kaufen nicht im Dorf ein und lassen auch niemals etwas von einem Hiesigen reparieren. Aber man kennt ja die Familiengeschichte von solchen Leuten nicht. Viele Stadtleute haben in dieser Gegend Landhäuser. Ich habe gehört, diese Verwandten von Ihnen sind die meiste Zeit auf dem Kontinent. Es tut mir leid, daß ich Ihnen nicht helfen kann.«

Philip fuhr sehr schnell aus dem Dorf hinaus. Lydia fragte ihn nicht, weshalb er sich so beeilte. Sie fürchtete sich ein wenig vor der Antwort. Aber ganz plötzlich sagte sie aufgeregt: »Ich weiß, Aurora ist in diesem verschlossenen Zimmer. Ich weiß es.«

»Um hundert Jahre lang zu schlafen?« Philip sah sie von der Seite an. Aber er lachte nicht, noch bezweifelte er ihre fantastische Feststellung. Statt dessen beschleunigte er die Fahrt des Autos noch mehr.

»An den Fenstern entlang zog sich ein Sims, das habe ich gesehen. Ich glaube, ich kann mich daran entlang bis zu dem Fenster vorarbeiten und ins Zimmer schauen.«

»Glaubst du? Wirklich?«

Er lächelte über ihren Eifer. »Ich glaube gar, du ermutigst mich dazu, mir den Hals zu brechen?«

»Unsinn! Aber angenommen, Aurora ist dort — dann könnte es doch wichtig sein, sich zu beeilen.«

»Deswegen fahre ich so schnell«, sagte Philip.

Lydia stand lange Zeit im Garten und beobachtete, wie sich Philip von Fenster zu Fenster vorarbeitete.

»Kinderleicht«, rief er zu ihr hinunter. »Leichter, als auf eine Kokospalme hinaufzuklettern.«

Dann drückte er das Fenster auf und stieg ins Zimmer.

Lydia wartete nicht länger. Sie raste die Stufen hinauf und stand atemlos vor der verschlossenen Tür.

»Bist du da drin? Philip? Hast du irgend etwas gefunden? Mach doch die Tür auf!«

Philip rüttelte an der Klinke. Einen Augenblick später sagte er: »Geht nicht. Da ist kein Schlüssel. Sie muß von draußen abgeschlossen worden sein. Außerdem, hier ist gar nichts, außer einem leeren Bett.«

Lydia mußte sich an die Wand lehnen. »Aber warum ist die Tür dann abgeschlossen? Um ein Gespenst einzuschließen?«

Sie konnte an den Geräuschen von drinnen erkennen, daß Philip Schubladen und Türen öffnete. Dann hörte sie wieder seine Stimme, tief und ruhig:

»Ich glaube, du hast recht, Lydia. Hier ist ein Gespenst. Ich kehre jetzt auf dem gleichen Weg zurück, auf dem ich gekommen bin. Lauf die Treppe hinunter.« Seine Stimme wurde ein bißchen lauter. »Mach, daß du von diesem verdammten Ort wegkommst.«

Sie gehorchte ohne zu fragen. Sie stürzte in den Garten hinaus und sah gerade noch, wie Philip sein waghalsiges Kletterkunststück beendete.

Sofort war er bei ihr. Sie fragte ihn nicht gleich, was er gefunden hatte. Dankbar und erleichtert schmiegte sie sich in seine Arme.

»Du brauchst dich nicht mehr zu fürchten. Hier ist niemand. Alles, was in diesem Zimmer war, ist das Kleid, das Aurora an jenem Abend trug, an dem sie fortlief. Erinnerst du dich? Es war grau, aus dünnem Stoff, wie Spinnweben.«

»Aber warum ist die Tür verschlossen, wenn das alles ist, was man darin versteckt hat?«

»Das weiß ich auch nicht. Außer es geschah gewohnheitsmäßig. Komm. Wir müssen vor fünf Uhr in London sein.« Erklärend fügte er hinzu: »Wenn dieser Bursche Villette nicht in seinem Büro ist, wird es Zeit, daß wir zur Polizei gehen.«

»Er wird nicht da sein«, sagte Lydia.

»Wenn er überhaupt irgendein anderes Geschäft betreibt als —«, er mußte sich räuspern, ehe er weitersprechen konnte, »dann kann er das nicht ganz vernachlässigen. Er muß irgend jemandem Anweisungen hinterlassen haben.«

Auf der linoleumbelegten Treppe zu Armand Villettes Büro trafen sie den Briefträger.

»Das Büro oben ist geschlossen«, sagte er. »Ich versuche schon seit zwei Tagen, jemand zu erreichen. Sie wissen nicht zufällig, ob die Urlaub machen?«

Drei Flaschen Milch standen verloren vor der Tür.

»Wenn sie in Ferien gegangen wären, hätten sie doch wahrscheinlich den Milchmann informiert, stelle ich mir vor«, sagte Philip. »Leider können wir Ihnen auch nicht helfen. Wir suchen selbst Mr. Villette.«

»Er hat zur Zeit nicht einmal ein Mädchen in seinem Büro«, beklagte sich der Postbote. »Wenn Sie mich fragen, er ist knapp bei Kasse und versucht, mit den Klientengeldern zu entkommen!«

Der Mann lachte laut und polterte die Treppe hinunter.

Lydia betrachtete die Milchflaschen und dachte an eine kleine Katze, die in einem leeren Haus Milch aus der Untertasse schleckte.

Philip schien tief in Gedanken versunken. Plötzlich nahm er ihren Arm.

»Komm. Gehen wir zum nächsten Polizeirevier. Es ist besser, man hat das Gesetz auf seiner Seite, bevor man Türen einschlägt.«

Zwei Stunden lang machte sich der Sergeant Notizen, bevor er überzeugt war, daß für ihren Verdacht berechtigter Grund bestand. Er erteilte ihnen einen Verweis, daß sie den Überfall auf June Birch und den versuchten Raub nicht gemeldet hatten. Aber was alles übrige anbelangte, davon hielt er nicht viel. »Verschwundene Bräute, entführte alte Frauen!« murmelte er ärgerlich.

Aber als Philip die zerrissene Zeitung erwähnte und die Notiz über die unidentifizierte Leiche am Fuß der Dorset-Küste, zeigte er endlich etwas Interesse und sagte, er wolle nachsehen, ob die Frau inzwischen identifiziert worden sei. Als er zurückkam, meinte er, es wäre vielleicht nützlich, einen Blick in Armand Villettes Büro zu werfen. Möglicherweise konnte es recht aufschlußreich sein, einmal Einsicht in die Akten zu nehmen.

»Vermute, Sie haben sich nicht zufällig die Nummer von dem Jaguar gemerkt?« fragte er. »Nein? Auch gut, gehen wir.«

Lydia wurde gebeten, im Auto zu bleiben, während die beiden Männer hinaufgingen. Sie mußte eine ganze Weile warten. Es wurde dunkel, die Straßen leerten sich. Jeder Laut wirkte verloren, das Quietschen von Autobremsen, langsame, schleppende Schritte einer alten Frau, der Ruf eines Zeitungsjungen an der Ecke, irgendwo spielte ein Straßengeiger eine sentimentale Melodie.

Als Philip endlich wiederkam, war er allein. Er sagte nur: »Ich bringe dich heim, Liebling. Du kannst den Abend mit June verbringen, nicht wahr?«

Lydia sah sein verbissenes Gesicht. »Warum? Was ist los?«

»Wir haben Armand Villette gefunden.«

»Was! Eingesperrt? Wie hat er das erklärt?«

»Er hat es überhaupt nicht erklärt. Er ist nicht in der Verfassung, etwas zu erklären. Weder heute noch sonst...«

»Er ist tot!« stieß sie hervor.

Philip nickte. »Der Sergeant schickte schon nach dem Arzt. Aber es ist zu spät, fürchte ich. Der Ofen ist voll von verkohltem Papier, und die meisten Akten sind verschwunden. Er — oder jemand anderer — muß mächtig aufgeräumt haben.«

»Du glaubst, er ist umgebracht worden?«

»Nein, es ist offensichtlich Selbstmord. Schlaftabletten.«

»Aber warum? Dadurch wird alles andere sinnlos.«

»Ja.«

»Gestern abend hat er sich vor irgend etwas gefürchtet«, sagte Lydia und erinnerte sich an die plötzliche Ankunft des Mannes, an seine unsteten Augen, an die Art, wie er die Hände aneinandergepreßt hatte. »Angenommen, er ist überhaupt nicht der Schurke?«

Philip machte ein nachdenkliches Gesicht. Dann stieg er ins Auto und ließ den Motor anspringen.

»Ich bringe dich heim. Bleib in der Zwischenzeit bei June. Ich werde dich anrufen, wenn es irgendwelche Neuigkeiten gibt. Iß etwas Anständiges. Du siehst aus wie ein halbverhungertes Kind.«

Aber was spielte das für eine Rolle, wie sie aussah? Mit Auroras Schönheit konnte sie ohnehin nicht konkurrieren.

Am nächsten Tag entdeckte die Polizei den Jaguar in einer Garage in Brighton. Er war von einem schlanken, gutaussehenden Mann dort abgestellt worden, der angab, im Auftrag des Besitzers zu handeln, der für unbestimmte Zeit ins Ausland verreisen müsse. Dieser Mann war offensichtlich Jules, der Gärtner. Er war zu der Zeit allein gewesen.

Danach verlief sich die Spur.

Ein Aufruf im Rundfunk, um etwaige Verwandte von Armand Villette zu finden, blieb erfolglos. Niemand schien auch nur das mindeste Interesse an diesem Mann zu haben, der dalag und darauf wartete, daß jemand seinetwegen Tränen vergoß.

Es war unmöglich, herauszubekommen, für wen der Zettel bestimmt war, der auf seinem Schreibtisch gefunden wurde:

Vergib mir. Ich kann das nicht mehr ertragen. Es ist zuviel. Ich bin zu sehr darin verwickelt. Und noch einmal: Vergib mir.

Eine Untersuchung von Armands Leben und von seiner Praxis als Rechtsanwalt brachte nichts Besonderes zutage. Viel wichtiger war es im Augenblick, die Spur von zwei alten Frauen zu finden, von Blandina Paxton und Clara Wilberforce, die sich im Gefolge von Jules in Luft aufgelöst zu haben schienen. Und natürlich von Aurora Hawkins, die, falls sie nicht ebenfalls in die Sache verwickelt war, der Polizei eine Menge Auskünfte geben könnte. Man versuchte außerdem, die Sekretärin ausfindig zu machen, die Auroras Stelle eingenommen hatte und deren Tätigkeit in Armand Villettes Büro so verdächtig kurz gewesen war.

»Sie werden zu Tante Honoria nach Brittany gefahren sein«, meinte Lydia.

»Aber wer wird sie hingebracht haben, jetzt, da Armand tot ist?«

»Blandina natürlich. Sie sagte mir, sie würden ins Ausland gehen.«

»Wir sind nicht einmal sicher, ob sie Blandina ist«, stellte Philip klar.

»Wer immer sie auch ist, sie findet ihren Weg. Es würde mich nicht überraschen, wenn sie es war, die Armand dazu gezwungen hat, diese Schlaftabletten zu nehmen. Besonders, da er einen Fehler gemacht hatte.«

»Wieso hat er einen Fehler gemacht?«

»Nun, daß er mich damals mit nach Greenhill brachte. Ich hätte niemals dorthin kommen sollen. Ich frage mich, weshalb sie nicht damals schon auf und davon sind.«

»Weil Clara krank war und nicht reisen konnte. Ihre Krankheit war echt, nehme ich an, Doktor Nash sagte das doch.«

»Warum dann aber dieser Hilferuf in ihrem Brief?«

»Wer immer das geschrieben hat, glaubte wahrscheinlich nicht an die Echtheit ihrer Krankheit.« Philip massierte sein müdes Gesicht. »Weißt du, Lydia, das muß Aurora gewesen sein.«

»Du meinst, sie war die ganze Zeit über in diesem Haus?«

»Ich weiß nicht. Es klingt verrückt. Aber es würde mich nicht wundern.«

»Mich auch nicht«, gab Lydia zu, denn langsam schien sich alles zu klären. »Sie wurde dazu gezwungen oder erpreßt. Erinnerst du dich, daß sie sagte ›Komm und hol mich‹! Sie wurde möglicherweise unterbrochen, vielleicht von Blandina. Und als sie wegen des

Anhängers anrief, geschah das vielleicht auch unter Zwang. Ich frage mich, weshalb der Anhänger so wichtig ist.«

»Natürlich ist er wichtig!« sagte Philip barsch. »Er wurde als Blandinas Eigentum identifiziert. Und angenommen, diese alte Frau auf dem Grund der Klippen ist die richtige Blandina —«

»Dann warum um alles in der Welt war Armand so blöd, ihn Aurora zu geben?«

»Er hat vielleicht gar nicht gewußt, daß sie ihn hat. Die alte Dame könnte ihn ihr gegeben haben. Sie war in jener Nacht in dem Auto, du erinnerst dich. Das sagte der Café-Mann. Armand könnte erst entdeckt haben, daß sie ihn hatte, als es bereits zu spät war. Ich meine, nachdem er sie vor der Hochzeit entführt hat.«

»Entführt!«

»Du glaubst doch nicht, daß sie freiwillig mit ihm gegangen ist. Er muß sie durch irgendeine List dazu überredet haben, ihn in jener Nacht außerhalb des Dorfes zu treffen, und sie ging mehr oder weniger ahnungslos hin. Schließlich hatte sie ja kein Gepäck. Sie wollte in jener Nacht überhaupt nicht weglaufen.«

»Warum hat er sich dann aber nicht versichert, daß sie den Anhänger damals auch bei sich hatte?« fragte Lydia.

»Zu dieser Zeit mag er noch nichts davon gewußt haben. Aber als sie ihm erzählte, daß sie belastende Beweisstücke zurückgelassen hat, was sie ohne Zweifel in der Absicht tat, um zu entkommen, mußte er irgend etwas erfinden, um ihn zurückzubekommen.«

»Warum hat er das alles nicht jemandem erzählt, bevor er starb? Es ist so sinnlos, auf diese Weise zu sterben.« Jetzt strich sich Lydia müde über die Augen. »Aber wo ist Aurora jetzt? Armand kann sie nicht länger mehr bedrohen. Weshalb kommt sie nicht nach Hause?«

Philip wandte sich ab. »Vielleicht fürchtet sie sich davor.«

Die Suche nach Aurora und den zwei alten Frauen wurde intensiver fortgesetzt, als außer Zweifel stand, daß Blandina Paxton die alte Frau war, die ihren Tod am Fuß der Klippen gefunden hatte.

Es schien bewiesen, daß zur Zeit ihres Todes ihr Anwalt, der im Besitz einer Vollmacht war, dachte, sie stünde allein auf der Welt. Sie hatte es nicht für nötig gefunden, ihn von der Existenz einer geistlosen und beschämenden jüngeren Schwester in Kenntnis zu setzen, die nun nach dem Ausbleiben ihrer wöchentlichen Rente von fünf Pfund so viele unangenehme Nachforschungen anstellte.

Ob diese jüngere Schwester allerdings jetzt noch immer existierte, war eine große Frage.

»Aber jetzt, da Armand tot ist, kann ihr doch nichts mehr geschehen!« gab Lydia zu bedenken.

»Nicht, wenn Armand allein drin verwickelt war. Aber ich habe allmählich den Verdacht, er war nur der Lockvogel für diesen Superdrachen.«

Lydia lachte schalkhaft. »Und June hält noch immer Ausschau nach dem Mann mit dem Schlüssel. Jedenfalls wissen wir jetzt, daß es nicht Armand war. Ich habe so das Gefühl, daß es für all das eine ganz einfache Erklärung gibt, wenn wir nur draufkommen könnten.«

»Wir müssen recht schnell draufkommen«, sagte Philip grimmig.

»Du glaubst, Clara ist in Gefahr?«

»Nein, nicht Clara. Sie würden ihr jetzt nichts mehr tun. Das wäre Irrsinn.«

»Dann mußt du Aurora meinen«, sagte Lydia langsam. »Weil sie zuviel weiß?«

»Sie hat immer zuviel gewußt.«

»Aber wenn sie aus freiem Willen mitgemacht hat —«

»Glaubst du das? Armand könnte sie beschützt haben, weil er ein Mann ist. Aber jetzt ist nur noch diese Wölfin da, und ich kann mir nicht vorstellen, daß sie sich mehr um eine junge und schöne Frau kümmert als um eine alte und senile.«

»Da ist noch der gutaussehende Chauffeur«, sagte Lydia unsicher.

»Wenn er wirklich der Chauffeur ist. In der Zwischenzeit wird er sich wohl aus dem Staub gemacht haben. Wenn er nicht —«

Philip sah sie an. »Denkst du dasselbe wie ich? Was wir beide schon seit langer Zeit denken sollten? Daß der gutaussehende Jules der Mann mit dem Schlüssel sein könnte?«

In den nächsten Stunden konnte wenigstens eines genau festgestellt werden: Blandina Paxton, eine wohlhabende alte Dame, die beinahe bedürfnislos in einem stillen Hotel wohnte, hatte innerhalb der letzten fünf Jahre die erstaunliche Summe von beinahe vierzigtausend Pfund verbraucht.

Das Geld wurde angeblich in Papieren angelegt, auf andere Konten transferiert, in Grundbesitz umgewandelt. Diesen Transaktionen war eines gemeinsam: Sie waren gefälscht.

Kein Wunder, daß sich Armand Villette allen Schwierigkeiten durch eine Überdosis Schlaftabletten entzogen hatte. Er muß sich sehr sicher gefühlt haben, es war ja so leicht, diese senile alte Frau, die ganz allein auf der Welt stand, hinters Licht zu führen. Eines Tages allerdings dürfte sie unbequem geworden sein, da es notwendig war, ihrem Leben ein Ende zu bereiten. Zweifellos hatte sie mehrere Vorgängerinnen. Aber diese Vorgängerinnen hatten anscheinend keine jüngeren Schwestern, die so plötzlich auftauchten, daß man irgendeine fantastische Geschichte zusammenbasteln mußte, um die Polizei fernzuhalten.

»Möglicherweise hatten sie vor, Clara ebenfalls über eine Klippe zu stoßen«, sagte Sergeant Peters. »Aber als sie den leichten Schlaganfall hatte, hielten sie es wohl für besser, auf den nächsten zu warten. Alles hübsch legitim, wie bei Hannah mit dem Herzfehler. Aber ihr beide mit euren Besuchen habt sie aus der Fassung gebracht. Und was haben wir erreicht? Einen Selbstmord und zwei davongelaufene Frauen sowie diesen ziemlich zwielichtigen Vogel, den Chauffeur. Mit dem möchte ich noch ein Wörtchen reden.«

So ungern Lydia auch in Auroras Wohnung blieb, so mußte doch jemand da sein, falls Aurora versuchen sollte, noch einmal zu telefonieren.

Lydia war jetzt sicher, daß alles, was Aurora getan hatte, gegen ihren Willen geschehen war. Zeugen dafür waren das verschlossene Schlafzimmer, die in Claras Briefe eingeschmuggelten Botschaften, das zerknitterte Chiffonkleid in der Schublade.

Was mochte sie wohl jetzt tragen, fragte sich Lydia. Eines von Blandinas (der falschen Blandina) gekürzten schwarzen Kleidern, damit niemand sah, daß sie jung und schön war?

Sie bestand darauf, in der Wohnung zu bleiben, doch dann ertrug sie das Alleinsein nicht mehr und bat die geschwätzige June, bei ihr zu bleiben. So war man wenigstens zu zweit, wenn man beim Läuten des Telefons oder dem Geräusch von Schritten vor der Wohnungstür erschreckt aufsprang.

Für gewöhnlich kamen die Anrufe von Millicent, der man alles erzählt hatte und die sich in einem Zustand dauernder Hysterie befand.

Endlich rief Sergeant Peters an und sagte lakonisch: »Wir haben sie aufgelesen.«

»Wen?« schrie Lydia. »Aurora?«

»Nein, die alte Dame. Clara Wilberforce.«

Sie trank eine feine Tasse heißen Tee in der Cafeteria am Victoria-Bahnhof. Sie war nun schon seit zwei Stunden dort, genoß die Freiheit und stellte fest, wie sehr sie während der Tage auf dem Land das geschäftige Treiben, das Auf- und Abwogen der vorüberziehenden Gesichter vermißt hatte. Sie liebte Gesichter. Sie waren wie Blätter, die sich im Wind bewegten. Manche strahlend und jung, andere runzlig und vertrocknet, manche zeigten ihre Unterseite, ihre verborgenen Gedanken.

Jules hatte sie neulich ganz früh am Morgen zum Bahnhof gefahren, und sie hatten den Zug nach Brighton genommen. Das war aufregend. Obwohl Blandina dort trotz ihres Reichtums plötzlich geizig wurde und nur ein Zimmer für beide nahm in einem ziemlich miesen Hotel. Die Betten waren unbequem, und sie mußte die ganze Nacht mit anhören, wie sich Blandina herumwälzte und schnarchte.

Blandina hatte sie niemals aus den Augen gelassen, obwohl sie doch so gerne auf der Promenade spazierengegangen wäre und ab und zu einen Brief in den Kasten geworfen hätte.

»Du weißt, dir ist es als Kind immer gelungen, dich zu verirren!« Oder »Du bist nicht kräftig genug, so weit zu gehen. Du warst ernsthaft krank.« Die alte, streitsüchtige, herrschsüchtige Blandina.

Aber das dauerte nur zwei Nächte und einen Tag. Dann bekam Blandina einen wichtigen Anruf. Sie kam zurück und erklärte kurzerhand, daß sie den nächsten Zug erreichen müßten.

»Oh, hier gefiel es mir so gut!« sagte Miß Wilberforce bedauernd. »Die Seeluft hat mir gutgetan.«

»Wo du jetzt hingehen wirst, wird es dir noch besser gehen. Oh, *mon Dieu*, kannst du nicht wenigstens Haarnadeln nehmen und dein unordentliches Haar aufstecken. Du siehst immer wie eine Vogelscheuche aus.«

Niemals zuvor hatte sie französisch gesprochen. Aber ganz plötzlich wirkte sie fremd und verbittert. Irgend etwas mußte sie sehr erregt haben, denn ihre Wangen waren eingefallen und faltig, ihre Augen schossen wütende Blitze. Was war der Grund?

Miß Wilberforce fürchtete sich. Blandina steckte ihr das widerspenstige Haar mit ein paar raschen und heftigen Handgriffen hoch und sagte: »Zieh Hut und Mantel an! Beeil dich! Wir müssen diesen Zug erreichen. Es ist sehr wichtig.«

»Wohin gehen wir?« fragte Miß Wilberforce schüchtern.

»Geht dich nichts an. Aber du wirst glücklich darüber sein. Du wirst so viele Briefe schreiben können, wie du willst. Ja, das verspreche ich dir. Ein Dutzend am Tag, wenn du magst.«

»Du lieber Himmel, ich kenne kein Dutzend Leute!« murmelte Miß Wilberforce überwältigt. »Aber das ist sehr freundlich von dir, Blandina.«

»Bedanke dich nicht bei mir, bedanke dich bei deinem Neffen Armand, diesem Idioten.«

Sie sagte das, als hasse sie Armand. Und dabei hatte Miß Wilberforce gedacht, die beiden seien einander so zugetan. Sie kannte sich nicht mehr aus. Seit ihrer Krankheit konnte sie sich nicht mehr recht konzentrieren. Sie sah am liebsten den Menschen zu, die an ihr vorübergingen. Und dazu hatte sie jetzt reichlich Gelegenheit in der Cafeteria, wohin Blandina sie gebracht hatte.

»Wir wollen hier Tee trinken«, hatte sie gesagt und einen freien Tisch in einer Ecke entdeckt.

Aber nachdem sie den Tee bestellt hatte, sprang sie plötzlich auf und sagte, sie wäre in ein paar Minuten wieder zurück. Clara solle hier auf sie warten.

Miß Wilberforce fragte sich, ob ihr vielleicht nicht gut sei. Aber sie war andererseits ganz froh, wenigstens ein paar Minuten allein zu sein.

Fünfzehn Minuten vergingen, eine halbe Stunde. Das war zuviel. Miß Wilberforce mußte nachschauen gehen.

Aber die Toilettenfrau war nicht sicher, ob eine sehr schlanke alte Dame hereingekommen sei. »Ich kann das nicht genau sagen, Schätzchen. Hier kommen so viele Menschen vorbei. Es ist beinahe wie auf einem Highway. Aber wenn sie Ihre Schwester ist, sollten Sie lieber nach Hause gehen und dort auf sie warten.«

»Ja. Danke«, murmelte Miß Wilberforce höflich und ging in die Cafeteria zurück und bestellte noch eine Tasse Tee. Eine Tasse Tee würde ihr vielleicht helfen, klarer zu überlegen.

Denn es sah allmählich ein bißchen so aus, als habe Blandina sie hier vergessen, wie ein unerwünschtes Gepäckstück. Endlich sagte die Bedienung freundlich, aber ein wenig verwirrt: »Sie können nicht den ganzen Tag hier verbringen, meine Liebe. Auf welchen Zug warten Sie denn?«

»Ich warte auf keinen Zug, ich warte auf meine Schwester. Sie sagte, sie würde zurückkommen, aber sie ist noch nicht da.«

»Wie lange ist das her?«

»Oh, lassen Sie mich nachdenken. Ungefähr zwei Stunden.«

»Ach du liebe Zeit! Sollten Sie nicht lieber aufgeben und heimgehen?«

»Aber das kann ich nicht. Ich habe kein anderes Heim als das, was Blandina mir gibt.«

»Blandina! Sagten Sie Blandina!« Das Mädchen schien sehr aufgeregt.

»Ja, kennen Sie sie?«

»Nicht persönlich. Aber es steht in allen Zeitungen. So ein

Name! Meine Liebe, warten Sie hier, ja? Versprechen Sie mir, sich nicht von der Stelle zu rühren.«

»Natürlich rühre ich mich nicht, wenn Sie mich darum bitten«, sagte Miß Wilberforce freundlich und dachte, das Gesicht des Mädchens sähe aus wie ein Eichenblatt, das in einer kalten Sonne rot aufleuchtete.

Später an diesem Tag besuchten Lydia und Philip Miß Wilberforce, die zur Beobachtung und Betreuung ins Krankenhaus gebracht worden war. Aber sie konnte ihnen auch nicht mehr sagen, als sie schon der Polizei gesagt hatte.

Ihre Krankheit war echt, sie war von Blandina herumkommandiert und bevormundet worden, andererseits aber hatte man sie gut gepflegt. Sie hatte nicht mehr als ein paar Worte mit Jules gewechselt, dem Gärtner und Chauffeur, obwohl es ihr schon etwas verdächtig erschienen war, daß er immer irgendwo im Haus oder in der Nähe herumlungerte. Niemals hatte sie Aurora gesehen, außer sie war die schlanke Frau, die nachts ihre Gläser vertauscht hatte.

An dem Morgen, als Blandina sie mitgenommen hatte, glaubte sie einen Schrei gehört zu haben, aber Blandina sagte, sie bilde sich etwas ein.

»Haben Sie jemals daran gedacht, Blandina könnte nicht Ihre Schwester sein?« fragte Philip.

»Das hat mich auch schon der nette Polizist gefragt. Ja, anfangs schon. Die lange Nase. In unserer Familie war niemand mit einer so langen Nase. Aber als sie so herrschsüchtig wurde, wußte ich, daß sie doch Blandina war. Ich nehme an, sie ist wieder fortgegangen, weil sie sich meiner schämt.«

So waren sie also wieder da, wo sie angefangen hatten, sagte Philip, bei einer vermißten Braut. Und er sei ziemlich sicher, daß sie noch immer keinen Ehering am Finger habe.

Das erste, was Aurora sah, als sie die Augen öffnete, war das Foto eines Mädchens auf dem Nachttisch neben ihrem Bett. Das Gesicht war jung, rund, nicht besonders hübsch und ihr völlig fremd. Das Mädchen trug ein Abendkleid mit altmodischem Schnitt.

Die Fotografie war also möglicherweise einige Jahre alt. Aber wen stellte sie dar und warum stand sie neben ihrem Bett?

Sie erhob sich auf einen Ellbogen, und sofort begann das Zimmer zu schwanken und sich zu verdunkeln. Sie fühlte sich scheußlich. Sie hatte während der Reise keine Tabletten genommen, aber gestern abend war sie gezwungen worden, wieder welche zu nehmen. Jules hatte sich zu ihr gesetzt, und es war kein Entkommen gewesen.

Jetzt waren ihre Gedanken vollkommen durcheinander, und sie konnte sich nicht erinnern, wie sie hierhergekommen war noch in wessen Zimmer sie sich befand oder in welchem Haus.

Unten schlug eine Tür zu, dann hörte sie Tante Blandinas Stimme: »Es ist Irrsinn, sage ich dir! Irrsinn!«

Jules lachte spöttisch.

»Ganz im Gegenteil, es könnte nicht sicherer sein. Im Kühlschrank ist eine Menge zu essen. George wird es nichts ausmachen, wenn wir das verwenden.« Wieder lachte er. »Du könntest uns etwas kochen. Aurora wird inzwischen aufgewacht sein und Hunger haben.«

Dann kamen seine Schritte die Treppe herauf.

Aurora lag ganz still, als er in der Tür erschien.

»Nun, Liebling? Aufgewacht? Wie fühlst du dich?«

»Entsetzlich. Das kommt von den Pillen.« Ihre Stimme wurde zu einem Winseln. »Ich will sie nicht mehr nehmen.«

»In ein oder zwei Tagen brauchst du das auch nicht mehr.«

»Warum kann ich nicht jetzt schon damit aufhören?«

»Jetzt?« Er betrachtete sie nachdenklich. »Ich glaube nicht, mein Engel. Ich bin nicht ganz sicher —«

»Sicher?«

»Daß ich dir trauen kann.« Er setzte sich aufs Bett. »Ist es nicht komisch, daß ich dir nicht ganz vertraue?«

Sie wich seinem Blick aus. Sie sah wieder das Bild des fremden Mädchens an.

»Wer ist das?«

»Jemand mit Namen Susie. Nicht besonders attraktiv, nicht wahr?«

»Weshalb steht ihr Bild dann hier?«

»Weil dies ihr Zimmer ist — oder war.«

Aurora setzte sich auf.

»Kommt sie denn nicht zurück?«

»Nein. Sie ist in Paris. Sie wird nicht zurückkommen. Denn wenn sie dies täte —«

»Was dann?« fragte Aurora flüsternd, denn plötzlich hatten seine Augen wieder diesen stahlharten Glanz.

»Wenn sie's tut, wäre das sehr schade, denn dann müßte ich sie umbringen«, sagte er frei heraus. Er sah ihr Entsetzen. »Nun, schau doch nicht so! Ich habe nur Spaß gemacht.«

»Spaß!« rief sie aus. »Spaß! O Gott!« Und sie verbarg ihr Gesicht in dem weichen Kissen.

»Ich muß dir übrigens etwas erzählen«, hörte sie ihn sagen. »Du brauchst dir wegen des Anhängers keine Sorgen mehr zu machen. Die Geschichte hat sich selbst erledigt. So lange«, fügte er hinzu, »als Armand tot bleibt, bis ich außer Landes bin.«

Ich, sagte er. Erste Person Einzahl.

Diese Tatsache sank langsam in Auroras Gedächtnis. Zu gleicher Zeit packte er sie an den Armen und setzte sie auf. »Aber da ist etwas, was du für mich tun mußt. Komm mit, reiß dich zusammen!«

Sie fühlte sich krank und schwindlig, als sie sich aufsetzte. Sie konnte sich nicht daran erinnern, wann sie zuletzt etwas gegessen hatte. Er hatte ihr nicht erlaubt, in den Speisewagen zu gehen. Aber war das gestern gewesen? Oder vergangene Woche?

»Komm, Liebling. Hinunter. Ich möchte, daß du den Milchmann anrufst.«

»Den Milchmann!«

»Ja. Wir haben viel zuviel Milch. Sieh dir's an.«

Er half ihr die Treppe hinunter und in die Küche. Tante Blandina war gerade dabei, Eier in eine Schüssel zu schlagen. Auf dem Tisch standen fünf ungeöffnete Milchflaschen, ebenso lagen dort einige Zeitungen.

»Siehst du?« sagte Jules. »Wir haben genügend Milch für die Zeit unseres Hierseins. Und wir können keinen neugierigen Milchmann gebrauchen.«

Tante Blandina hob ihr ausdrucksloses Gesicht. »Ich habe dir gesagt, es ist purer Irrsinn, überhaupt hier zu bleiben.«

»Unsinn!« Jules lächelte sein charmantes Lächeln. »Hier ist es so sicher, wie es nur sein kann. Wir haben zu essen und ein Bett, um darin zu schlafen, was wollen wir mehr? George wird nicht zurückkommen.«

»Ist George Susies Mann?«

»Ja, Liebling.«

»Ist er auch in Paris? Weiß er, daß wir sein Haus benützen?«

»Natürlich, Liebling. Wir sind sehr alte Freunde. Nun, das ist die Nummer des Milchmannes. Ich wähle für dich, dann sagst du einfach, du seist Mr. Browns Sekretärin und rufst von London aus an. Mr. Brown sei verreist und habe vergessen, die Milch abzubestellen, bis er wieder zurückkommt.

»Ist das hier Mr. Browns Haus?«

»Ja. Ich dachte, du wüßtest das.«

»Wo ist dann Mr. Brown?«

»Das habe ich dir doch gesagt. Er ist nach Paris, um seine Frau zu suchen, die leider mit einem anderen davongelaufen ist, wie sie es schon immer vorgehabt hat. George reiste in solcher Eile ab, wie du sehen kannst, daß er den Lieferanten keine Anweisungen mehr geben konnte. Wir erweisen ihm nur einen Dienst. Willst du also tun, was ich dir sage?«

Seine Augen waren hart und farblos, voll hypnotischer Kraft.

Sie nickte hilflos. »Sage mir noch einmal, was ich sagen soll.«

Es war ganz einfach gewesen. Jules nahm ihr den Hörer ab und legte ihn sanft nieder.

»Das ist schön, Liebling. Du hast das sehr gut gemacht. Jetzt wollen wir einmal nachschauen, ob wir Georges Paß finden können. Irgendwo muß er einen haben.«

»Aber du hast gesagt —«, ihre Augen trafen die seinen, und ihre Stimme erstarb fast, »er sei in Paris«, endete sie lahm.

Er antwortete nicht. Er antwortete nie, wenn ihre Fragen unbequem und lästig wurden. Er begann eine langsame und gründliche Suche in allen Schubladen, bis er plötzlich einen erfreuten Ruf ausstieß.

»Hier ist er! Guter, alter George. Wußte ja, daß er mich nicht im Stich lassen würde.«

»Liebling«, sagte Aurora mit ungeheurer Anstrengung. »Brauchen wir nicht auch Susies Paß?«

»Aber Susie *ist* in Paris, fürchte ich. Sie ist weggelaufen. Ich habe es dir doch erzählt.«

»Dann —«

»Ich habe dir gesagt, du brauchst dir keine Sorgen zu machen.« Zum erstenmal war seine Stimme hart und kalt und zeugte von seiner ungeheuren Nervosität.

Aurora starrte ihn ungläubig an. Sie fühlte sich noch immer schrecklich, ihr Kopf schmerzte, ihr Mund war ausgetrocknet. Aber der Schock hatte die Nebel in ihrem Gehirn verscheucht. Sie konnte wieder denken. In Jules lächelndem, aufmerksamem Gesicht sah sie die Wahrheit. Hier, in diesem Haus, wollte er sie verlassen. Die schreckliche alte Tante mochte ruhig machen, was sie wollte. Aber Aurora mußte geopfert werden.

Es war nicht das Mädchen auf der Fotografie, die abwesende Susie, die getötet werden sollte. Es war sie selbst.

In diesem Augenblick der Erkenntnis handelte sie impulsiv. Sie drehte sich um und wollte auf die Eingangstür zulaufen.

Aber sie war noch schwach und ungeschickt. Sie stolperte. Und er hatte sie ohnedies schon gepackt, bevor sie sich noch recht bewegte. Er schloß seine eisenharten Finger um ihr Handgelenk und führte sie in die Küche zurück.

»Nichts dergleichen, mein Engel. So etwas können wir nicht brauchen. Tante Blandina macht Omeletts. Das kann sie prima. Sie wäre tief enttäuscht, wenn du nicht bleiben würdest, um sie zu essen. Schau, du bist ja so schwach. Du würdest hinfallen, wenn ich dich auslasse.«

Aurora schwankte betäubt gegen die Wand. Hinter dem Fenster wurde es langsam Nacht. Das Haus stand am Ende eines weiten Feldes, es war einsam und abgelegen. Wenn jemand Licht in einem Fenster sah, würde er denken, es sei George Brown.

Und wenn durch irgendeinen Zufall Susie zurückkäme und ihr Benehmen bedauerte, würde Jules sie bitten, das Omelett mit ihnen zu teilen, bevor er seine Eisenfinger um ihren schlanken Hals legte oder sie an den Rand einer Klippe fuhr.

Aurora fragte sich, wie lange es wohl dauern mochte, bis er die nötigen Veränderungen in dem Paß vorgenommen hatte und der Augenblick des Abschieds für sie kam. Vielleicht hatte sie wie die Verurteilten noch bis zum Morgen Zeit ...

Das Essen tat ihr sehr gut, und nochmals fragte sie sich, wann sie das letztemal gegessen haben mochte. Es gelang ihr, ganz ruhig zu fragen: »Wo ist Miß Wilberforce? Was habt ihr mit ihr gemacht?«

»Sie ist in Sicherheit«, sagte Jules, und die Bitterkeit in seiner Stimme ließ es sie glauben. »Das ist alles dein Fehler. Wenn du mir gleich gesagt hättest, daß die Alte eine Schwester hat —«

»Hör jetzt auf damit«, unterbrach ihn Blandina. »Wir müssen hier weg, bevor jemand Nachforschungen anstellt. Telefoniere jetzt wegen der Flugkarten.«

»Ja, sofort. Paß auf Aurora auf. Man darf ihr nicht trauen.«

Diese alte Frau war bestimmt nicht Blandina, vermutete Aurora. Sie wußte längst, daß sie irgend jemand anderer sein mußte. Denn die richtige Blandina, diese alte Frau, die sich so wenig über die Autofahrt gefreut hatte und die einem so leid tun mußte, war tot. Man wußte das. Das war der Alptraum, der einen in all den vielen Wochen nicht losgelassen hatte. Diese alte Frau mußte die echte Tante sein ...

Sie hörte Jules' Stimme, kühl und geschäftlich. »Ja, ein einfaches Ticket. Der Name? George Brown.« Er hängte ein, wählte noch einmal die gleiche Nummer und buchte einen Platz für eine andere Maschine. »Für Miß Honoria Chabrier«, sagte er.

Honoria Chabrier. Das war also endlich die berühmte Honoria. Aurora fühlte seltsamerweise eine gewisse Erleichterung darüber, daß wenigstens eine Tante existierte.

Jules kehrte ins Zimmer zurück.

»Du mußt um sieben Uhr am Flughafen sein«, sagte er. »Air France fliegt um sieben Uhr fünfundvierzig. Um sechs geht ein Zug. Ich fürchte, du mußt zu Fuß zum Bahnhof. Der arme George hatte kein Auto.«

»Und du?« fragte die alte Frau sanft.

»Ich komme in einer Stunde nach.« Sein Blick flackerte zu Aurora. »Zeit genug.«

Wenn sie noch immer in seinem Bann gewesen wäre, hätte Aurora jetzt Mitleid mit ihm empfunden. Denn er wollte sie eigentlich gar nicht töten. Er war dazu gezwungen. Eine alte Frau, die ohnehin bald sterben würde, na ja. Aber das hier war etwas anderes.

»Wir müssen schauen, daß wir hier wegkommen«, schimpfte die Alte. »Ich bin noch immer der Ansicht, es war verrückt, hierherzukommen, außer des Passes wegen.«

»Ach, halt den Mund! Wasch das Geschirr ab, dann wollen wir ein bißchen schlafen. Ich habe dir doch gesagt, wir sind so sicher —«

Seine Worte wurden vom Läuten des Telefons abgeschnitten.

Jules erstarrte. »Laß es läuten«, preßte er hervor.

»Aber wer ist das? Wenn es jemand von den Nachbarn ist?« Das Gesicht der alten Frau war gelb geworden.

»Laß mich antworten. Laß mich antworten!« schluchzte Aurora. Aber Jules hielt sie am Handgelenk fest. Er wollte kein Risiko eingehen.

Das Telefon läutete noch eine halbe Minute, dann war es still.

Tante Honoria ließ die Tasse, die sie in der Hand gehalten hatte, zu Boden fallen. Das Klirren der Scherben brachte wieder Leben in sie.

»Wir können hier nicht bleiben! Ich hab's immer gesagt...«

»Dann geh!« schrie Jules sie an, seine überreizten Nerven gingen ihm durch. »Geh und friere die ganze Nacht auf dem Bahnhof und laß dir von fünfzig Menschen alle möglichen Fragen stellen. Aurora und ich bleiben hier. Hier sind wir sicher. Oder gehst du zu allen Leuten, die nicht abheben, wenn du bei ihnen anrufst?«

»Es — war ein langer Tag«, murmelte die alte Frau. »Gut, wenn du bleibst, bleibe ich auch.«

Jules tätschelte ihren Arm. »So ist es besser. Jetzt wollen wir uns in das vordere Zimmer setzen und aufpassen, ob jemand kommt. Aber wer sollte schon um diese Zeit kommen?«

Wer? fragte sich Aurora verzweifelt. Nicht einmal Susie, die reuevolle Ehefrau ...

Als das Telefon läutete und eine Frauenstimme antwortete, dachte Lydia zuerst, es sei Aurora.

Sie sagte »Hallo!«, und die Frauenstimme, ebenfalls in einem Irrtum befangen, fuhr fort:

»Sind Sie das, Aurora? Erinnern Sie sich an mich? Ich bin Joyce Walker. Ihre Nachfolgerin bei Mr. Villette. Ist das nicht schrecklich mit seinem Tod? Was ist bloß geschehen?«

»Er nahm Schlaftabletten«, sagte Lydia automatisch. »Ich bin nicht Au—«

Sie wurde von der aufgeregten exaltierten Stimme unterbrochen.

»Schlaftabletten! Aber das gleicht ihm doch gar nicht. So ein gutaussehender, lebenslustiger Mann! Obwohl ich glaube, er war ein bißchen verrückt. Hat einfach eines Mittags gesagt, ich brauche nicht mehr wiederzukommen und hat mir einen ganzen Monatslohn gezahlt. Wie hat es denn der alte George aufgenommen?«

»Der alte George?«

»George Brown. Ich habe ihn immer den alten George genannt. Er war so altmodisch. Ich habe versucht, ihn anzurufen, aber ich bekam keine Antwort.«

»Wer ist George Brown?« fragte Lydia gespannt.

»Nun, Armands Partner. Dort spricht doch Aurora, oder nicht?«

»Eigentlich nicht«, bekannte Lydia. »Ich bin ihre Schwester. Ich wollte es Ihnen schon sagen. Aber was Sie da über George Brown sagen, interessiert mich. Wissen Sie, wo er wohnt?«

»In Surrey, direkt bei einem Dorf mit Namen Moston. Er hatte kein Glück mit seiner Frau. Er sah immer ganz miserabel aus. Weshalb interessiert Sie dieser George Brown so? Ich denke, es war der hübsche Armand, der die Schlaftabletten genommen hat.«

»Ja, wenigstens schien es bis vor fünf Minuten so. Hören Sie, ich muß Sie bitten, aufzuhängen. Ich habe einen sehr wichtigen Anruf zu machen.«

Der Polizist, der ihren Anruf entgegennahm, teilte ihre Erregung nicht.

»Sergeant Peters ist aufs Land, Miß.«

»Wann wird er zurückkommen?«

»Am Morgen, Miß. Es ist beinahe Mitternacht, wissen Sie.«

»Ja, ich weiß. Es tut mir leid. Aber im Villette-Fall hat sich etwas Wichtiges ergeben.«

»Villette? Die Selbstmordgeschichte? Oh, welche Informationen haben Sie bekommen?«

»Mr. Villettes Sekretärin hat mich gerade angerufen. Sie sagte, Armand Villette hatte einen Partner.«

»Haben Sie Name und Adresse der Dame?« ertönte die monotone Stimme aus dem Apparat.

»Nein, es tut mir leid. Aber sie hat mir etwas über diesen Partner erzählt. Sie sagt, er wohnt in Moston in Surrey.«

»Moston. Surrey. George Brown. Ja, ich hab' das. Ich werd' es dem Sergeanten berichten, wenn er morgen zurückkommt. Wir können dann nachsehen, wenn er es für wichtig hält. Und ein Wort mit Mr. Brown sprechen.«

Aber sie würden kein Wort mit Mr. Brown sprechen können, dachte Lydia. Denn jetzt war sie der Wahrheit beinahe sicher. Aber es wäre sinnlos, dem sturen Polizeibeamten, der lediglich etwas von Tatsachen hielt, ihre fantastischen Vermutungen zu unterbreiten. Sie kannte nur einen Menschen, dem sie sagen konnte, was sie dachte.

Fieberhaft wählte sie eine Nummer.

Sofort murmelte eine schläfrige Stimme etwas in den Apparat.

»Philip! Bist du wach? Es ist schrecklich wichtig!«

Sie konnte förmlich sehen, wie er wach wurde. »Aurora!« rief er.

»Ich weiß nicht. Könnte sein. Kannst du einen Wagen auftreiben?«

»Und wenn ich einen stehlen müßte. Was ist los? Nein, sag mir's, wenn ich bei dir bin.«

Er kam in unglaublich kurzer Zeit bei ihr an, rannte die Stufen hinauf und kümmerte sich nicht um den Lärm, den er dabei machte.

»Moston in Surrey. Nein, ich weiß nicht, wo das ist, aber wir werden es finden. Wer ist dort?«

»George Brown, Armands Partner, sollte dort sein. Wenn nicht, dann zumindest seine Frau.«

»Na, die wird sich freuen, wenn wir um diese Zeit aufkreuzen.«

»Nun«, sagte er, als sie nebeneinander im Auto saßen. »Erzähle mir, wie du das von George Brown herausbekommen hast und wer er ist.«

»Ich glaube«, sagte Lydia sehr langsam, »ich glaube, er wartet in diesem Augenblick darauf, die Hauptfigur bei seiner eigenen Gerichtsverhandlung zu sein.«

Schließlich verfuhren sie sich doch noch. Der letzte, den sie nach dem Weg gefragt hatten, war ein Nachtwächter an einer Bahnstation. Alles schlief, die Straßen waren leer.

»Es ist drei Uhr«, sagte Philip. »Ich glaube, wir sollten jetzt warten, bis es hell wird.«

Lydia legte den Kopf an seine Schulter und schlief beinahe sofort ein. Philip rauchte eine Zigarette.

Kurze Zeit später rief er: »Morgendämmerung! Jetzt wird wohl irgend jemand auf sein. Machen wir uns auf den Weg.«

Er war ruhelos und begierig darauf, weiterzufahren. Lydia versuchte ihr Haar etwas in Ordnung zu bringen und fühlte, daß ihr das Herz wie ein Stein in der Brust lag.

»Wo sind wir?«

»Wir werden im ersten Haus fragen. Wir müssen ganz in der Nähe sein. Der Nachtwächter sagte doch, es seien nur wenige Meilen.«

Das erste Haus war ein Bauernhof. Ein stämmiger, älterer Mann war eben dabei, Milchkannen vors Haus zu stellen. Er sagte, er sei der Milchmann und kenne George Brown natürlich. Aber es habe keinen Sinn, daß sie zu ihm hinausführen, denn dort sei niemand zu Hause. Schon seit einigen Tagen war dort niemand. Er habe allerdings noch immer die Milch gebracht, denn bis gestern abend hatte ihm niemand gesagt, er solle das nicht mehr tun.

»Und wer hat es Ihnen gestern gesagt?« fragte Philip mit gespannter Aufmerksamkeit.

»Eine junge Dame, Sir. Sie sagte, sie sei seine Sekretärin und rufe aus London an. Gehen Sie ruhig hin, aber Sie werden niemanden antreffen.«

Philip kehrte zum Auto zurück.

»Noch ein paar Meilen. Es scheint niemand dort zu sein. Aber wir wollen uns trotzdem umschauen. Vielleicht mag der, der jetzt dort wohnt, nur keine Milch.«

Das Haus, ein zweistöckiges Cottage, stand in einem Garten hinter einer hohen Ligusterhecke. Es war sehr abgelegen, weite Felder und Wiesen erstreckten sich rund herum und führten zu einem Fluß, hinter dem sich das Bahngleis befand. Mr. George Brown schien in dieser Beziehung wenigstens die gleiche Vorliebe wie sein Partner Armand Villette zu haben.

Ebenso wie Greenhill machte auch dieses Haus einen verlassenen und öden Eindruck. Sicherlich, es war früher Morgen und man konnte nicht erwarten, daß schon Fenster geöffnet waren und Leute herausschauten. Aber in allen Räumen im Erdgeschoß waren die Vorhänge zugezogen, und Lydia wußte, noch bevor sie anklopften, daß ihnen niemand öffnen würde.

»Es ist schon eine äußerst unangebrachte Zeit, um jemanden zu besuchen«, murmelte sie.

»In den Staaten pflegt man die Leute zum Frühstück einzuladen«, sagte er lakonisch und legte seinen Finger auf die Türglocke. Sie konnten das Schrillen im Innern des Hauses hören, aber nichts als lautlose Stille folgte.

»Diesmal schlägt nicht einmal eine Uhr«, murmelte Lydia. Klopf einmal.«

Er wummerte in ganz ungehöriger Weise gegen die Tür, aber auch dann ertönte von drinnen kein Laut.

»Gehen wir einmal zur Rückseite«, schlug er vor, und sie bahnten sich den Weg durchs taunasse Gras zur Hintertür, die ebenfalls fest verschlossen und verriegelt war.

»Wer immer auch dieser George Brown sein mag, er ist jedenfalls nicht hier«, sagte Philip. »Wir haben unseren Ausflug umsonst gemacht.«

»Aber nein!« Lydia griff nach seinem Arm. »Hat der Milchmann nicht gesagt, er habe die Milch hergebracht? Wo ist sie denn? Wer hat sie hineingeholt?«

»Er sagte, eine Frau habe von London aus angerufen«, sagte Philip langsam. »Aber wenn die Milch weg ist, muß sie hier gewesen sein, um sie wegzunehmen.«

»Sie rief von hier aus an!« erklärte Lydia, und jetzt flüsterte sie, denn das Haus schien doch Ohren zu haben, lauschende Ohren, vielleicht genau hinter dieser Tür versteckt, oder hinter den zugezogenen Vorhängen.

»War sie allein hier?« flüsterte sie.

Philips Gesicht war angespannt und erregt.

»Ich werde noch einmal meinen Palmbaum-Trick anwenden. An den oberen Fenstern sind die Vorhänge nicht zugezogen. Ich klettere die Regenrinne hinauf.«

»Ja, tu das!«

»Wir können nicht den ganzen Tag drauf warten, daß Sergeant Peters von seiner Landpartie zurückkommt.« Bevor er die Rinne hinaufkletterte, sah Philip Lydia augenzwinkernd an: »Du hast was übrig für kleine Einbrüche, nicht wahr?«

»Ich sterbe fast vor Angst. Kann ich auch hinaufkommen?«

»Du bleibst genau da, wo du jetzt stehst.«

In kürzester Zeit hatte er eines der Fenster erreicht. Einen Augenblick schien sein Körper wie erstarrt. Dann rief er barsch:

»Wirf mir einen Stein herauf. Irgend etwas. Ich will das Fenster einschlagen.«

Lydia warf ihren Schuh hinauf. Dann hörte sie das scharfe Splittern von Glas, dann griff Philip mit dem Arm ins Fenster, öffnete es und schob sich hindurch.

Es schien eine Ewigkeit zu dauern, bevor sich die Vordertür öffnete und Philip mit grimmigem Gesicht sagte: »Komm rauf. Schnell!«

Sie lag auf dem Bett in dem kleinen, niederen Zimmer. Ihr dunkles Haar flutete über das Kissen, ihre dunklen Wimpern ruhten auf ihren blassen Wangen. Sie sah wunderschön und vollkommen überirdisch aus, eine Eisprinzessin, eine schlafende Schönheit, befangen in einem jahrhundertelangen Schlaf.

Aber sie atmete noch.

Philip erhob sich, nachdem er ihren Puls gefühlt hatte. »Wo ist ein Telefon? Es ist zu spät, um es mit Kaffee zu versuchen, aber du könntest trotzdem einen machen. Kümmere dich nicht um die Hintertür. Sie ist sperrangelweit offen. Er ist weg.«

»Weg!« wiederholte Lydia dümmlich. »Wer?«

»Derjenige, der hier war, während wir klopften. Er ist auf dem Weg zum Bahnhof, nehme ich an. Ich würde ihn gern erwischen, aber wir müssen versuchen, Aurora zu retten.«

»Kannst du sie nicht aufwecken?«

»Versuch du's. Schlaftabletten, nehme ich an. Ich vermute, das hat er die ganze Zeit über mit ihr gemacht.«

Das Telefon befand sich im Wohnzimmer. Philip begann eine Nummer zu wählen.

»Sie brauchen sich deswegen keine Gedanken mehr zu machen«, sagte eine Stimme hinter ihm. »Wir haben Armand Jules Villette bereits aufgegriffen. Den richtigen Armand Villette. Interessant, wie? Ich habe seinem Landhaus einen kleinen Besuch abgestattet und eine Menge entdeckt. Nun, wo ist die Leiche?«

Es war Sergeant Peters, der lächelnd hinter ihm stand.

»Bin Ihnen nachgefahren«, fügte er hinzu. »Gute Arbeit. Sie haben die Ratte hinausgescheucht.«

»Aurora ist oben«, sagte Philip tonlos. »Aber lassen Sie erst einen Arzt kommen. Es ist dringend.«

Sie war nicht tot. Mit etwas Glück und durch die Kraft ihrer Jugend würde es ihr gelingen durchzukommen. Sie würde ihre Augen wieder öffnen, um ihr Königreich anzusehen. Und nicht einmal ein sehr verändertes Königreich.

Philip war noch immer da, auch Clara Wilberforce, Lydia, die exaltierte Millicent und June Birch, goldhaarig und neugierig wie immer.

George Brown, Armand Villettes Chefbuchhalter, der sich im Hintergrund hielt, seit ihm vor Jahren seine Lizenz als Rechtsanwalt entzogen worden war, schuldete Armand Dank dafür, daß er ihm einen kleinen Posten gab. Er war nicht imstande, seinem Arbeitgeber einen Wunsch abzuschlagen, nicht einmal einen kriminellen. Denn er hatte Angst, dann seinen Job zu verlieren und damit auch seine ruhelose, extravagante, unzufriedene Frau.

Es war George Brown, der still dalag und auf seinen Prozeß wartete. Als er schließlich doch seine Frau verloren hatte und wußte, was auf ihn zukam, konnte er nicht mehr weiter.

Der Mann, den Sergeant Peters festgenommen hatte, als er versuchte, in Moston den Morgenzug zu erreichen, war Armand Jules Villette. Seine ältliche Tante, Honoria Chabrier, wurde am Londoner Flughafen aufgegriffen.

Sie wurden beschuldigt, den Mord an Blandina Paxton begangen zu haben, die sie systematisch all ihres Vermögens beraubt hatten, bevor sie sie über die Klippen hinunterstießen.

Es hatte den Anschein, als sei auch Aurora Hawkins mitschuldig, aber sie würde in Anbetracht ihrer Jugend und Schönheit leicht davonkommen. Außerdem stand sie dauernd unter dem Einfluß von Schlafmitteln.

Die Geschichte war vorüber. War sie wieder da, wo sie begonnen hatte? In einem idyllischen englischen Dorf, während der Vorbereitungen zu einer Hochzeit?

Einige Stunden später war Aurora fähig, mit Lydia zu sprechen. Sie lag flach in einem weißen Krankenzimmer und sah so hübsch aus wie immer.

»Aurora, Liebling, bist du wirklich schon kräftig genug, um zu sprechen? Das war knapp, nicht wahr?«

»Ich nehme an, ja. Doch ich will sprechen. Ich habe der Polizei alles gesagt. Ich war Armand verfallen, von dem Augenblick an, als ich in seinem Büro anfing zu arbeiten. Wenn er mich auf den Mond geschickt hätte, ich wäre gegangen.«

»Du willst sagen, er zwang dich dazu, ihm bei der Geschichte mit der alten Blandina Paxton zu helfen?«

»Ja. Aber ich sollte nur mitkommen, um sie aufs Land zu bringen. Ich dachte, sie sei seine richtige Tante. Erst nachdem ich in der

Zeitung von der unbekannten Toten las, wurde ich mißtrauisch. Aber ich konnte nicht zur Polizei, denn ich liebte ihn zu sehr. Ich wollte Philip heiraten und versuchen, Armand zu vergessen.«

Sie fröstelte ein wenig.

»Aber er ließ es nicht zu. Ich dachte zuerst, es sei deshalb, weil er mich liebte. Er hatte mir früher schon teure Geschenke gemacht und gesagt, eines Tages würden wir heiraten. Als er mich an jenem Abend bei Millicent anrief, sagte er mir, wir würden nach Edinburgh gehen, um zu heiraten. So lief ich in die Falle wie ein Idiot. Ich verließ Philip am anderen Ende des Parks und traf mich mit Armand, der in seinem Jaguar wartete. Ich wollte eigentlich nur mit ihm sprechen, aber er kidnappte mich förmlich, da er es sich nicht leisten könne, daß ich frei herumlief und zuviel redete. Da sei es schon besser, er würde mich heiraten, denn eine Ehefrau könne nicht gegen ihren Mann aussagen. Alles wäre vielleicht gutgegangen, wenn ich ihm nicht erzählt hätte, daß mir die alte Mrs. Paxton einen wertvollen Anhänger geschenkt hatte, weil ich so freundlich zu ihr war. Freundlich! Und dann hatte ich ihm auch nichts von ihrer alten Schwester erzählt, weil ich fürchtete, er könnte auch sie erwischen. So begann alles schiefzulaufen. Wir hatten keine Zeit, um zu heiraten, Clara Wilberforce erschien auf dem Plan, und ihr beide stelltet Nachforschungen an. Armand zwang George Brown dazu, dich an seiner Stelle zu empfangen, als du das erstemal in sein Büro kamst. Der arme Teufel hatte keine Ahnung, in was er sich da eingelassen hatte. Danach konnte ich nichts anderes mehr tun, als zu versuchen, Clara zu warnen und zu verhindern, daß sie sie vergifteten.«

»Wollten sie das?« fragte Lydia erschrocken.

»Ich weiß nicht. Ich vermutete es. Deshalb wechselte ich nachts ihr Glas mit Wasser aus. Das heißt, wenn ich nicht zu schläfrig war. Die meiste Zeit begriff ich überhaupt nicht, was um mich herum vorging. Dann hörte Armand — oder Jules — von Georges Selbstmord. Das war ziemlich schrecklich. Er mußte aus England raus. Aber wenn Armand Villette tot war, konnte Armand Villette nicht ein Flugzeug benützen. Deshalb nahm er das Risiko auf sich, und wir gingen in Georges Haus, um falsche Pässe zu besorgen. Das heißt, nur einen Paß. Und das war das Ende. Ich wußte, er wollte mich töten, und nach einer Weile fand ich genau wie der alte George, es sei das beste. Jules mußte mich nicht einmal dazu zwingen, die Schlaftabletten zu nehmen. Er war sogar ein bißchen traurig.«

Lydia nahm ihre Hand. »Vergiß das jetzt alles. Du wirst dich jetzt erholen.«

Aurora schloß ihre Augen.

»Ich will wieder neu anfangen«, flüsterte sie. »Ehrlich.«

Als sie wieder in der Wohnung war, rief Lydia Philip sofort an. »Sie kommt wieder in Ordnung, Philip. Du kannst sie morgen besuchen.«

»Gut«, sagte Philip kurz.

»Sie möchte nach Hause kommen. Millicent ist begeistert.«

»Fein. Kann ich rüberkommen?« sagte Philip.

»Hierher? Warum?«

»Ich möchte dich sehen.«

»Oh. Ich sehe aber ziemlich scheußlich aus. Aurora sagte das auch. Wenn es dir nichts ausmacht.«

»Es macht mir nichts aus«, sagte er und hängte ein.

Lydia saß vor Auroras Spiegel und legte Rouge auf die Wangen, dann rieb sie es wieder weg, denn es wirkte unnatürlich. Sie war zu müde, um sich richtig zu schminken. Außerdem, wozu schon? In ein paar Tagen würde Aurora ihr blendendes Aussehen zurückgewonnen haben, und sie, Lydia, wäre dann nur wieder die jüngere Schwester, nicht besonders bemerkenswert, nicht einmal besonders geistreich oder witzig.

Es sollte ihr eigentlich nichts ausmachen. Bis jetzt war sie immer recht glücklich gewesen.

Aber damals war sie nicht verliebt gewesen...

Die Tür hinter ihr öffnete sich. »Entschuldige«, sagte Philip. »Habe ich dich erschreckt? Du bist genauso leichtsinnig wie deine Schwester und läßt die Tür offen.«

»Nein, ich bin nicht wie Aurora«, sagte sie automatisch. »Sie hat nicht nach dir gefragt, denn sie will dich wohl erst wiedersehen, wenn sie ihre frühere Schönheit wiedererlangt hat. Aber es geht ihr schon viel besser. Jedenfalls ist sie wach.«

»Ich auch«, sagte Philip.

»Aber das warst du doch immer!«

»Nicht ganz, Lydia. Nicht genug, um zu wissen, wieviel lieber ich ein Gesicht wie dieses habe. Komm, laß es mich anschauen. Na ja, es ist vielleicht nicht gerade in seinem besten Zustand, nicht wahr?« Er spielte auf die Schatten unter ihren Augen an, auf ihre faltige Stirn und ihren zusammengekniffenen Mund. »Aber es ist die Art Gesicht, die ich liebe.«

Und endlich zog er sie in seine Arme, so fest, daß sie glaubte, die Besinnung zu verlieren.

Dann hörte sie seine erstaunte Stimme. »Lydia! Mein Gott, weshalb weinst du jetzt, Liebling?«